라오라오가
좋아

라오라오가
좋아

구경미

장편소설

현대문학

I

어디로 가지? 하고 그가 물었을 때 아메이는 바다가 보고 싶다고 했다. 그 말을 하는 순간에도 그들은 바다를 보고 있었다. 그들 앞에는 해운대의 바다가 잔잔하게 펼쳐져 있었다. 그녀는 바다를 보고 있으면서도 바다가 보고 싶다고 했다. 어쩌면 그녀가 말하는 바다는 진짜 바다가 아닐지도 모른다고 그는 생각했다. 하지만 꼭 그렇다고 할 수도 없었다. 혹시나 하는 심정으로 그가, 바다 보러 갈까? 물었다. 네. 그녀는 망설임 없이 대답했다. 그는 잠시 생각하다가, 니가 잘 모르는 모양인데 지금 우리가 보고 있는 것도 바다다, 했다. 그녀는 알고 있다고 했다. 며칠 동안 본 거라고는 해운대밖에 없는데 어떻게 모를 수 있겠냐고, 약간 삐친 듯한 목소리로 말했다. 그는 또 잠시 생각하다가, 이런 바다는 싫으냐? 물었다. 그러자 그녀가 바다가 바다 같지 않다고 했다.

"그럼 네가 생각하는 바다는 뭐냐?"

그녀는 대답을 못했다. 바다든 아니든 어차피 그들은 어디론가 가야 했다. 사흘 전부터 그의 휴대폰에 처남의 전화번호가 쌓이기 시작했다. 그것은 곧 그들이 해운대를 떠나야 한다는 뜻이었고, 이제부터는 주위를 잘 살펴야 한다는 뜻이었다. 처남이 알았다면 가만있지 않을 게 분명했다. 일단 호텔에서 짐을 꾸려 나오기는 했지만 어디로 가야 할지 몰랐다. 결국 그들은 저녁마다 산책하던 해운대로 향했고 마지막으로 해운대의 바다를 바라보고 있었다.

그는 바다를 보다가 그녀를 슬쩍 보며, 두려우냐? 물었다. 그녀가 두렵다고 했다. 그는 이해한다고 말했다. 처남의 전화번호가 쌓이기 시작하면서 그녀는 심란해했고 초조해했다. 심란하기는 그도 마찬가지였다. 아무런 사전 계획 없이 우발적으로 벌어진 일이었다. 우발적으로 벌어진 일이었으므로 우발적으로 대처할 수밖에 없었고, 그 순간 그들이 생각해낼 수 있었던 대처란 각자 가족의 눈앞에서 사라지는 것뿐이었다.

그녀의 눈치를 보던 그가 사실은 나도 두렵다, 하고 말했지만 건너오는 대답은 없었다. 그래도 설마 죽이기야 하겠니? 그가 농담 삼아 말했지만 그녀는 대꾸하지 않았다. 우리 멀리 떠날까? 하고 그가 쾌활하게 말해보았지만 그녀의 반응을 끌어내는 데는 실패했다. 혹시나 하는 심정으로 그가 돌아갈까? 물었다.

"돌아가더라도 바다는 보고 갈래요."

순간 그는 말문이 막혔지만 아닌 척, 대수롭지 않은 척했다.

"돌아가더라도?"

"몰라요. 돌아갈 수도 있고 아닐 수도 있죠."

그는 배신감을 느꼈다. 그게 빈말이라 하더라도 서운한 건 어쩔 수 없었다. 돌아가려면 진작 갔어야 했다. 처음에 돌아가지 못했으면 나중에도 가지 말아야 했다. 그것이 룰이었다. 처음에는 돌아갈 수 있었으나 그들이 돌아가지 않았고, 지금은 돌아갈 수 없는데도 그녀는 돌아갈 수도 있다는 뜻을 내비쳤다.

"어디든 데려가달라고 한 건 너잖아."

"알고 있어요."

"그래서 데려왔잖아."

"네."

"그런데 다시 돌아간다고?"

"그러니까 바다 보러 가자고 했잖아요."

그는 울컥, 했지만 간신히 화를 삼켰다. 여기서 화를 내봤자 결국 손해 보는 것은 자신들이라는 것을 알았다. 화를 내고 싶었으나 화를 내지 못한 그는 애꿎은 바다만 노려보았다. 먼저 시작한 것은 그녀였다. 먼저 시작해놓고서 그녀는 태평하게 바다 타령이나 하고 있었다.

이 주일 전 오후였다. 그녀가 전화를 해서는 회사 앞에 와 있는데 나올 수 있겠냐고 물었다. 알았다고 대답한 그는 잠깐 그대로 앉아 있었다. 결혼 이후 그녀 혼자 서울까지 나오는 것은 드문 일이었다. 서울까지 외출은커녕 전화도 마음대로 못한다고 했다. 주말에는 어디 나가지도 않고 집에만 붙어 있는 남편 때문에 힘들어 죽겠다고 하소연했다. 그랬던 그녀가 서울에, 그것도 그의 사무실 앞까지 왔다. 보통 일이 아닐 거라는 느낌이 들었다.

그는 무거운 마음으로 책상 위를 정리하고 메일함을 열어 급히 답신을 요구하는 메일이 있는지 살폈다. 사무실은 전화 통화 소리로 시끄러운 가운데 정신없이 돌아가고 있었다. 누구 하나 그를 주목하는 사람은 없었다. 오랫동안 외국의 현장에 나가 있다 돌아온 그를 사람들은 마치 거래처에서 파견 나온 직원쯤으로 대했다. 그는 친한 동료도 없었고, 그를 따르는 부하 직원도, 그를 챙기는 상사도 없었다. 함께 입사했던 동기들은 험난한 외국 현장 한번 나가지 않고도 벌써 임원이 되어 있었고, 직위가 달라져서인지 얼굴을 못 본 세월보다 더 낯설어져 있었다. 생면부지의 타인보다 더 불편한 동료가 되어 있었다. 한국 본사에서의 그는 혼자였고 이방인이었다. 메일함을 닫은 그는 휴대폰과 지갑을 챙긴 뒤 사무실을 나섰다.

그녀는 옆 건물 가구점에서 가게 앞에다 디스플레이 해놓은 의자에 앉아 있었다. 주인인 듯한 남자가 가게 안에서 그녀를 지켜보고 있었다. 그가 다가가자 그녀가 방긋 웃었다. 어렵사리 집을 벗어난 것치고는 너무나 태평한 모습이었다. 바로 그것 때문에 그는 마음을 놓았고 자신이 너무 오버해서 넘겨짚었다고 생각했다. 무거운 마음으로 책상을 정리한 일이 부끄럽게 여겨졌다. 내심 그녀의 불행을 기다리고 있었던 것은 아닌가 자문해봤지만 꼭 그렇다고 할 수는 없었다. 오히려 소개자로서의 책임감에 가깝지 않을까, 그는 생각했다.

그가 다가가 눈앞에 설 때까지도 그녀는 방긋 웃고 있었다. 왜 웃느냐고 물으니 그냥요, 하고 그녀가 대답했다. 그는 잠시 고민하다 말했다.

"이유 없이 웃지 마라."

그러자 여전히 웃으며 그녀가 물었다.

"왜요?"

"사람들이 오해한다."

"어떻게요?"

"그냥 이유 없이 웃지 마."

"어색할 때도 웃어요."

"지금이 어색하니?"

"지금은 그냥 웃었어요."

"그러니까 그냥이든 어색해서든 아무 데서나 웃지 마."

"왜요?"

그렇게 묻는 그 순간까지도 그녀는 웃고 있었다.

"아무튼."

"나보고 웃지 말라고 한 사람은 소장님이 처음이에요. 아무도 나보고 웃지 말라고 하지 않았어요. 나는 내 맘대로 웃지도 못하나요?"

그 말을 하는 순간에는 그녀도 더 이상 웃고 있지 않았다. 그는 잠시 망설이다 말했다.

"거봐. 안 웃으니까 예쁘잖아. 넌 입술이 가지런하게 붙어 있을 때가 더 예뻐."

"봐주는 사람도 없는데 예쁘면 뭘 해요?"

그는 또 잠시 망설였으나 이번에는 말하지 않았다. 대신 다른 말을 했다.

"일어나라, 가자."

"조금만 더 있다가요."

"팔려고 내놓은 의자에 앉아 있으면 안 돼. 주인이 쫓아내기 전에 얼른 가자."

"소장님이 이렇게 겁쟁이인 줄 몰랐어요. 속았어요."

"뭘 속았다는 말이니?"

"몰라요."

"말해봐."

"커피 마시고 싶어요. 커피 마시러 가요."

의자에서 일어난 그녀는 성큼 앞서 걷기 시작했다. 할 수 없이 그도 따라 걸었다. 뭘 속았다는 건지 궁금했지만 소심하다는 인상을 줄까봐 더 묻지는 않았다.

커피숍에 들어가서도 그녀는 입을 다물고만 있었다. 마시고 싶다는 커피가 대령되었으니 이제 본론을 꺼내겠지 하고 그가 기다린 지 벌써 20분이었다. 그 20분 동안 그녀는 정말 커피만 마셨고, 마치 혼자 커피숍에 온 듯 주위를 두리번거렸다. 그는 시계를 보다가 그녀를 따라 주위를 둘러보았다. 하지만 딱히 시선을 끌 만한 것은 없었다. 그는 지루했고 그러자 슬그머니 자리를 오래 비우는 것에 대해 걱정이 되기 시작했다. 본부장이 언제 호출할지 몰랐다. 본부장과는 어색하기 짝이 없는 관계였고 그의 임기응변 능력은 어색함을 넘어 가히 성수대교 붕괴 수준이었다. 수몰 위기에 처한 나라 키리바시의 운명과 쌍벽을 이룰 만했다.

그는 다시 시계를 보았다. 고작 4분이 지났을 뿐이었다. 할 수 없이 그가 조금은 힐난하는 투로, 설마 커피 한 잔을 마시기 위해 여기까지 온 건 아니겠지? 하고 물었다. 그러자 그녀가 그러면 안 되냐고 반문했다. 그녀는 당당했고 그는 당당하지 못했다. 그녀가 당당할수록 그는 당당하지 못한 마음이 되었다. 그는 빈 잔을 들었다 놓으며 맘대로 하라고 했다. 안 될 게 뭐 있겠냐고 했다. 안산에서 서울까지 커피 한 잔을 마시기 위해 달려오지 못하란 법은 없었다. 어떻게 생각하면 제법 낭만적인 행동인 것 같기도 했다. 그녀에게 커피 한 잔의 여유도 주지 않고 재촉한 것을 후회했다. 후회한다는 것을 보여주기 위해 그는 다시 한 번, 안 될 게 뭐 있겠어? 천천히 마셔, 하고 말했다. 하지만 그렇게 말해 놓고 그는 또 금방 후회했다. 안 될 게 뭐 있겠어, 가 아니라 안 된다고 말해야 하는 거였다. 용건도 없이 다만 커피 한 잔 마시자고 회사에서 일하는 사람을 불러내서는 안 되는 것이었다. 이곳이 라오스라면 문제는 달라진다. 하지만 이곳은 라오스가 아니라 한국이었다. 한국에서의 그는 최고 책임자가 아니라 상사의 눈치를 봐야 하는 월급쟁이에 불과했다. 처지가 이렇게 달라질 줄 알았으면 그는 한국으로 돌아오지 않았을 것이었다. 때때로 그는 본사행을 결정한 것을 후회했다. 하지만 더 때때로 그는 젊을 때 돌아오지 않은 것을 후회했다. 그는 벌써 마흔여섯이었고 새로운 환경에 완벽하게 적응하기에는 무리가 있었다.

"남편은 잘해주니?"

그는 일부러 시계를 보며 물었다. 그녀가 봐주었으면 하는 마음에서였지만 그녀는 창으로 향한 고개를 돌리지도 않았다. 아뇨. 설마 때리지는 않겠지? 혹시나 하는 마음에서 그가 다시 물었다. 신혼이라는 단어가 눈앞으로 지나갔지만 처남의 상태를 떠올리고는 지워버렸다. 그녀의 대답은 간단했다.

"때려요."

깜짝 놀란 그가 정말이냐고 물었다. 언제부터냐고 묻고 어디를 어떻게 때리더냐고 물었다. 몇몇 손님이 그를 쳐다보았다. 그는 목소리를 낮춰서 많이 맞았냐고 물었다. 뒤이어 많이 아프냐고 물었다. 그랬다가, 같이 때리지 맞고만 있었냐고 소리쳤다. 이번에는 종업원까지 그를 쳐다보았다.

"눈으로 욕하고 눈으로 때려요. 그래도 나는 아파요. 어제는 텔레비전을 때려서 텔레비전이 기절했어요."

그는 처음에는 어리둥절해했고 다음에는 어이없어했고 다음에는 그녀의 말 한마디에 호들갑을 떨었던 것을 부끄러워했다. 텔레비전을 때렸어? 그가 묻자 그녀가 그렇다고 했다. 다른 건 뭐 없고? 그렇다고 했다. 사람은 안 때리고? 그렇다고 했다. 그는 한숨을 내쉬었다. 한숨을 내쉬고 나서야 자신이 한편으로는 안도하면서 또 한편으로는 실망한다는 것을 깨달았다. 그녀가 눈치 채기 전에 그는 얼른 말했다.

"그러니까 내가 서두르지 말라고 했잖아."

"소장님 때문이에요. 소장님이 만나보라고 했잖아요."

"만나보랬지 누가 당장 결혼하랬니?"

"만나보라는 게 결혼하라는 소리잖아요."

"그게 왜 결혼하라는 소리야? 먼저 소개해달라고 한 사람은 너야."

"누가 그런 사람인 줄 알았나요?"

"나는 뭐 알았냐? 나도 거의 4년 만에 만났다. 집사람이 말을 안 해서 그렇게 변했을 줄은 꿈에도 몰랐어. 알았으면 소개했겠나?"

그는 언뜻언뜻 광기 비슷한 것이 스치던 처남의 눈빛을 떠올렸다. 만나지 못한 4년 동안 처남은 너무 무섭게 변해 있었다. 예전의 밝고 쾌활하던 사람이 아니었다. 매형, 하고 정감 있게 부르던 목소리의 주인공은 사라지고 검푸른 낯빛과 메마른 목소리의 낯선 사내만 남아 있었다.

아내는 그에게 아무것도 말해주지 않았다. 그는 처남의 사업이 부도난 것도, 그로 인해 사람이 망가진 것도 모르고 있었다. 처남은 왜 결혼하지 않느냐고 그가 물었을 때 아내는 여자가 없다고만 했다. 그가 다시 회사는 어떠냐고 묻고 아내는 그럭저럭, 하고는 끝이었다. 그럭저럭이 어느 수준인지는 몰랐지만 아내가 말을 아껴서 그는 처남의 사업이 조금 힘든가 보다 막연하게 짐작했을 뿐이었다. 아내에게 그녀 얘기를 꺼낸 것도 결혼을 성사시키기 위해서가 아니라 처남을 소개해 달라는 그녀의 부탁을 들어준다는 심정에서였다. 예상대로 아내가 펄쩍 뛰었다. 아내가 열을 올릴수록 그는 기가 죽었다. 아내의 눈치를 보며 변명하듯, 국제결혼이 유행인 것 같아 한번 해본 말이라고 했다. 싫으면 없던 얘기로 하자고 했다. 그녀에게는 적당히 둘러댔다. 그러고 나서 그는 잊었다. 그랬는데 말을 꺼낸 지 일주일인가 지났을 때 아내가 그녀를 만나보겠다는 처남의 뜻을 전했다. 그는 얼떨떨했지만 어쨌

거나 만남의 자리를 만들어주었다. 그리고 그 결과는,

"그 죄로다가 하루에 한 통 꼴로 네 하소연 다 들어주고 있잖 니."

"두세 번 전화할 때도 있었어요."

"잘 아는구나. 내가 죽는다면 원인은 아마 전자파일 거야."

"나도 전자파로 죽어요?"

"넌 휴대폰도 없잖아."

"그게 내 잘못인가요? 아무리 졸라도 안 사주는 걸 어떡해요?"

"나 참. 누가 네 잘못이래? 그냥 그렇다는 소리지."

"술 마시고 싶어요."

그는 뜨악한 표정으로 그녀를 바라보았다. 종업원에게 답이 있지 않음에도 종업원을 쳐다보았고 커피숍 안을 둘러보았다. 농담이지? 물었으나 그녀는 대답하지 않았다. 농담이구나? 떠보았으나 그녀는 넘어오지 않았다. 마지막으로 그는 온 인내심을 쥐어짜, 농담 아냐? 하고 농담이길 바라는 마음을 잔뜩 담아 물었으나 그녀는 대답하지 않는 것으로 대답을 했다. 할 수 없이 그는, 농담 아닌 모양이네? 하는 말로 패배를 인정했다. 패배를 인정하고 나자 인정하기 전보다 마음이 편해졌다.

그가 편안한 마음으로 가만히 있자 이번에는 그녀가 말을 붙였다. 술을 마시기 싫으냐고 물었다. 그는 그건 아니라고 했다. 하지만 낮술은 부담스럽다고 말했다. 그녀는 이해가 안 된다고 했고 비엔티안에서는 심심하면 마시지 않았느냐고 했다. 잠시 생각하던 그가, 거긴 거기고 여긴 여기지, 라고 다소 비굴하게 말해보았으나 그녀에게는 통하지 않았다.

"그게 왜요?"

그는 할 말을 잃었다. 시계를 보았다. 네 시 오 분이었다. 물론 술을 마시기에는 너무 이른 시각이었다. 게다가 술을 마시고 사무실로 돌아갈 수는 없는 일이었다. 퇴근 전까지 끝내야 할 일도 있었다. 상식적으로 생각한다면 노, 라고 대답해야 하는 상황이었다. 하지만 그는 망설였다. 눈을 동그랗게 뜨고 자신을 쳐다보는 그녀 앞에서 차마 안 된다는 말이 나오지 않았다. 자신이 그녀를 불행으로 떠민 것 같아, 혹은 불행으로 뛰어드는 그녀를 막지 못한 것 같아 얼마간 죄책감을 갖고 있던 그였다. 이대로 사무실로 돌아간다면 어쩌면 영원히 후회할지도 모른다는 생각도 들었다. 그의 침묵이 길어졌다.

"술 마시고 싶어요. 맥주 한잔만 해요. 예전처럼."

사실은 그녀를 보는 순간부터 그도 술을 마시고 싶기는 했다. 밝은 대낮, 거리의 의자에 앉아 있는 그녀를 보자 문득 라오스에서의 생활이 떠올랐고, 그곳에서 그녀와 한가롭게 앉아 마시던 맥주 생각이 났고, 매콤한 파파야 샐러드 생각이 났고, 맥주를 마신 뒤에는 의자에 앉은 채 느긋하게 낮잠을 즐기던 생각이 났다. 그런데 이제는 상사의 잔소리가 무서워 술 한잔을 망설이는 자신이 한없이 초라하게 여겨졌다. 이러니 그녀가 겁쟁이란 소리를 하게도 생겼다고 생각하는데, 그녀가 안 돼요? 하고 처량한 얼굴로 물었다. 그 얼굴을 건너다보던 그는 될 대로 되라는 심정으로 짐짓 호탕하게 소리쳤다.

"안 되긴? 그래, 가자. 가."

환하게 밝아지는 그녀의 얼굴을 보며 그가 먼저 자리에서 일어나 밖으로 나갔다.

메뉴는 전적으로 그녀가 선택한 것이었다. 한국에서 먹어본 음식 중에 가장 맛있다고 했다. 바로 꼼장어였다. 특별히 더 매운 양념을 발라 구운 꼼장어를 안주로 그들은 소주를 마셨다. 그녀는 어떤지 모르겠으나 그는 왠지 비장한 심정이었다. 한 잔이 두 잔이 되고, 한 병이 두 병이 되었다.

그사이 해도 기울어 어느덧 주위가 어둑해졌고 그들뿐이던 술집에도 손님이 들어 빈자리를 찾아보기 어려웠다. 술기운과 연기와 왁자한 소음을 뚫고 그녀가 뭐라고 소리쳤다. 하지만 그녀의 목소리는 그의 귀에 닿기도 전에 소음 속으로 빨려들어가 버렸다. 그가 몸을 앞으로 기울이며 뭐라고? 큰 소리로 물었다. 그러자 그녀가 있는 힘껏. 집에 가기 싫다고요, 외쳤고 이번에는 그도 알아들었다. 알아들었다는 뜻으로 고개를 끄덕이다가 자칫 오해의 소지가 있는 행동인 것 같아서 멈추었다. 그런 뒤, 집에 가기 싫다고? 놀라서 되물었다. 네. 집에 안 가면 어디로 갈 거냐고 그가 묻자 그녀는 모르겠다고 했다. 갈 데가 없다고 했고 가고 싶은 데도 없다고 했다. 잠시 생각하던 그는, 가기 싫어도 가야 하는 곳이 집이야, 하고 훈계조로 말했다. 말해놓고 그는 뜨끔했다. 사실은 그도 집에 가기 싫을 때가 한두 번이 아니었다. 그가 술잔을 비우자 그녀도 술잔을 비웠다. 그가 그녀의 잔을 채우자 그녀도 그의 잔을 채웠다.

아무런 반박도 하지 않아서 그는 그녀가 알아들었다고 생각했다. 알아들었다고 생각하자 이번에는 또 얼마간 섭섭해졌다. 이렇게 금방 포기할 거면서 말은 왜 꺼냈지? 하는 생각이 들었다. 그는 아무렇지도 않은 척, 둘이 무슨 일이 있었냐? 물었다. 걱정이 얼굴에 다 쓰여 있다고 넘겨짚었고, 화나는 일은 그때그때 풀어줘야 병이 생기지 않는다고 했다. 그러자 그녀는 사실은……, 하더니 싸우고 나왔다고 했다. 싸워? 그렇다고 했다. 그럼 가출한 거야? 그건 아닌 것 같다고 했다. 아닌 것 같은 게 뭐냐고 그가 묻자 그녀는, 싸움은 전날 밤에 했다고 했고, 그런데 오늘 문득 싸운 일이 생각나면서 화가 났다고 했고, 화가 나서 오빠가 좋아하는 걸 두 개 깨뜨렸다고 했고, 깨뜨리고 나자 냄새가 나서 집에 있을 수 없었다고 했다. 그가 좀 어리둥절한 얼굴로 뭘 깨뜨렸는데? 물으니 소주병이라고 했다.

"그럼 싸워서 나온 거야, 냄새 때문에 나온 거야?"

그녀는 잘 모르겠다고 대답했다. 그는 한숨을 쉬었다. 그가 한숨을 쉬자, 아무래도 둘 다인 것 같다고 그녀가 말을 바꿨다.

"그럼 싸운 것 때문에 집에 들어가기 싫다는 거냐, 아니면 소주병을 깨뜨려서 혼날까봐 들어가기 싫다는 거냐?"

그녀는 역시 잘 모르겠다고 했다. 그랬다가 뜬금없이, 며칠 전에는 오빠가 선풍기를 던져서 죽였어요, 하고 말했다. 그는 놀라지 않았다. 어느 정도 그녀의 화법에 익숙해졌고 게다가 놀라는 거라면 이미 오후에 충분히 했다. 그는 그녀를 멀뚱히 건너다보다가 말했다.

"너는 아마 못 던질 거야. 들지도 못할걸? 선풍기보다 몇 배나 무겁잖아."

"그건 그래요."

그녀가 방긋 웃었다. 그는 많이 먹으라고 했다. 믿을 건 자기 자신뿐이라고 했다. 소음 때문에 그의 말이 잘 전달됐는지는 알 수 없었다. 그들은 소주 세 병을 사이좋게 나눠 마신 뒤 자리에서 일어났다.

그녀가 집으로 돌아가겠다고 했을 때 처음에는 그도 그러라고 했다. 하지만 택시를 잡기 위해 차도로 나서던 그녀는 비틀거렸고 결국 그 자리에 주저앉고 말았다. 그가 괜찮냐고 묻자 그녀는 괜찮지 않은 것 같다고 했다. 그가 집에 갈 수 있겠냐고 묻자 그녀는 모르겠다고 했다. 그는 그녀를 내려다보다가 달려오는 택시를 향해 손을 들었다. 택시가 서지 않고 그냥 가버리자 다시 그녀를 내려다보았다. 그는 그녀 옆에 앉아서 간간이 달려오는 택시를 향해 건성으로 손을 들었다. 시간이 흘러도 그들 앞에 멈춰 서는 택시는 없었다. 할 수 없다는 듯 그가, 술 깨고 갈래? 물었다. 그녀가 좋다고 했다.

술을 깨기 위해 그들이 들어간 곳은 맥주전문점이었다. 사방 벽에 무슨 신전처럼 수백 개의 맥주병들이 우뚝 서 있었고, 여럿이 둘러앉을 수 있는 커다란 테이블에도 맥주병들이 가득가득 꽂혀 있었다. 그 광경을 보고 그녀는 취한 와중에도 입을 다물지 못했다. 놀랍기는 그도 마찬가지였다. 그 역시 맥주전문점은 처음이었다. 한국을 떠나기 전에는 맥주전문점이란 곳이 없었고, 돌아온 뒤에는 늙은 그를 아무도 맥주전문점으로 데려가지 않았다. 그러므로 그와 그녀는 똑같이 라오스 촌놈들이 되어 사방을 둘러보며 탄성을 내질렀다. 실로 오랜만에 완벽한 일심동체를 맛보는 순간이었다. 그들은 테이블에 앉아 전 세계에서 날아온 맥주를, 너무 많아서 뭐부터 골라야 할지 몰라 망연히 바라보고 있었다.

"기특해."

그가 말하자 뭐가요? 하고 그녀가 물었다.

"이 녀석들. 우리를 만나기 위해 짧게는 두 시간에서 길게는 열몇 시간씩 비행기를 타고 왔을 거 아냐. 목욕재계하고 누운 이 요염한 자태 좀 봐. 얼음에 몸 담그고 목만 살짝 내놓은 채 유혹하잖아. 자, 이제 여행을 시작해볼까? 난 먼저 독일이다."

그는 얼음 속에서 벡스 한 병을 쑥 뽑아냈다. 마개를 따고 거침없이 마셨다. 절반은 입 안으로 흘러들고 절반은 목을 타고 내렸다. 이미 소주로 마비된 미각은 차갑다는 것 외에는 아무런 맛도 느끼지 못했다. 그래도 상관없었다. 그는 지금 맥주를 마시는 게 아니라 독일을 마시는 중이었고 독일을 받아들이는 중이었다. 맥주병을 기울이고 있는 동안 그는 모든 상상력을 동원하여 독일을 그렸고, 그리고 보았다. 한 번도 가본 적 없는 독일이 눈앞에 펼쳐졌다. 그가 독일 여행을 끝내고 현실로 돌아오자 그녀가 토라져서는 말했다.

"우리 술이 없잖아요."

요염한 자태로 누워 있던 맥주병들이 처참한 몰골로 얼음 위에 나뒹굴고 있었다. 얼음 속에 있을 때는 시원해 보였던 것이 얼음 위에 팽개쳐져 있자 왠지 추워 보였다. 우리 술? 묻는 순간 그는 알아들었다. 우리 술이란 그들이 함께 마시던 술을 뜻하는 것이었다. 그의 갈증을 식혀주고 그녀의 현실을 잊게 해주었던 술. 그들이 만날 때면 빠지지 않고 등장하던 술. 비어라오.

테이블에는 없었다. 그는 사방 벽의 맥주 신전을 찬찬히 훑어보았다. 역시 보이지 않았다. 할 수 없이 주인을 불러 물어보았다. 없다고 했다. 없다는데 어떡하지? 그가 말하자 토라졌던 그녀는 또 금방 기분이 풀려서는 간신히 찾아낸 중국으로 여행을 떠났다. 그녀는 중국에 대해 각별한 감정을 가지고 있었고, 그것은 그녀의 이름과 무관하지 않았다.

그녀가 태어나기 한참 전이었다. 아직 총각이었던 그녀의 아버지는 세상구경을 위해 여행을 떠났다. 그녀 아버지 인생에 있어서 앞으로 무수한 여행의 시초가 될, 말하자면 기념비적인 생애 첫 여행이었다. 그녀의 아버지는 먼저 중국으로 갔다가 돌고 돌아 타이완으로 건너가게 되었다. 타이완에서 그녀의 아버지는 우연히 아메이족을 만났다. 굶주리고 지친 그녀의 아버지에게 아메이족은 먹을 것을 주고 쉴 곳을 주었다. 그녀의 아버지는 한 달여 동안 잘 먹고 잘 쉬었다. 뿐만 아니라 아메이족의 전통춤에 흠뻑 빠져서 어깨너머로 배우기까지 했다. 그녀의 아버지는 고향으로 돌아가고 싶지 않았지만 부모님을 봉양해야 했으므로 아쉬워하며 그곳을 떠났다. 고향으로 돌아온 뒤에는 결혼을 하고 얼마 후 딸을 낳았다. 그 딸의 이름을 아메이라고 지었다.

뭐 그런 얘기였다. 몇 번인가 그는 그녀의 아버지가 선망한 나라는 타이완이지 중국이 아니라고 설명했지만 그녀는 그게 무슨 상관이냐는 듯 중국에 대한 애정을 거두지 않았다.

그들이 세계 곳곳으로 여행을 다니는 동안 어느새 시간이 흘러 자정이 넘어서고 있었다. 술을 깨기 위해 들어간 맥주전문점에서 그들은 술이 깨기는커녕 맥주병의 화려한 라벨에 이끌려 오히려 더 취해버렸다. 서로가 서로를 부축하고 서로가 서로에게 기댄 형국으로 거리에 나선 그들은 어디로 가야 할지 몰라 한동안 맥주전문점 앞에 망연히 서 있었다. 취한 와중에도 하나 합의를 본 것은 그녀를 '그 상태'로 집에 돌려보내지는 않겠다는 것이었다. 취한 그녀는 오빠가 선풍기를 던져서 죽였어요, 란 말을 반복했고 취한 그의 귀에는 어느 순간부터 그 말이, 남편이 그녀를 던져서 죽일 거라는 소리로 들렸다. 죽일지도 모르는데 방어능력이 제로에 가까워진 그녀를 집으로 돌려보낼 수는 없었다.

그는 주위를 둘러보았다. 흐릿한 그의 눈에 네온사인 하나가 강렬한 빛을 발하며 들어왔다. 한쪽 눈에다 초점을 모으고 뚫어지게 쳐다보았다. 그러자 마침내 글자가 보였다. 모텔 간판이었다. 그는 그녀의 팔을 어깨에 두르고 허리를 잡은 채 힘겹게 모텔을 향해 걸어갔다.

아침에 눈을 뜬 그는 그러나 재빨리 감아버렸다. 눈앞의 상황이 믿어지지 않았다. 정신을 수습해 난감한 상황을 정리해야 했지만 그는 꼼짝하지 못했다. 그들은 발가벗은 채 침대에 누워 있었다. 다리가 맞닿아 있었고 그의 한쪽 손은 그녀의 가슴에, 한쪽 팔은 그녀의 머리를 받치고 있었다. 가슴에 놓인 손만이라도 내려놓아야 했지만 그녀가 깰까봐 섣불리 움직이지 못했다. 하지만 그대로 있기도 민망한 노릇이었다. 그는 그녀의 얼굴을 살핀 다음 살며시 손을 들어 올려 자신의 가슴 위에 내려놓았다. 잠시 기다렸다가 그녀가 깨지 않았다는 것을 확인한 후 이불을 끌어당겨

덮어주었다.

머릿속을 더듬었지만 선명하게 떠오르는 것은 없었다. 모텔에 들어온 것까지는 생각났다. 앉아서 조는 아주머니를 깨워 돈을 지불하고 엘리베이터를 타고 몇 층인가를 올라와 방으로 들어왔다. 비교적 또렷한 기억은 거기까지였다. 침대로 쓰러지는 그녀의 어깨를 잡고 흔들었던가? 세수라도 하고 자라고 말했던가? 둘 다 대취해서 몸도 가누기 힘들 지경이었는데 누가 이 옷들을 다 벗겼지?

서먹하기 짝이 없었다. 그가 잠에서 깬 뒤 그녀도 곧 깨어났지만 그들은 잠든 척 그대로 누워 있었다. 그러다가 그가 먼저 일어나 옷을 입고 화장실로 들어갔다. 그는 거울 앞에 섰다. 마음 같아서는 주먹으로 거울을 쾅, 치고 TV에서처럼 멋지게 피라도 흘리고 싶었지만 그것은 마음일 뿐이었고, 그의 눈은 하룻밤 새 벌써 코밑에 거뭇거뭇하게 자라나기 시작한 수염을 보고 있었다. 마음은, 이제 아이들을 어떻게 보지, 하는 것이었으나 머릿속 생각은 삐죽삐죽 제멋대로 자라난 수염이 지저분해 보이지 않을까 하는 것이었다. 하룻밤 외박에 대해 아내에게 뭐라고 둘러대지, 고민하면서 한편으로는 붉게 충혈된 눈을 보며 출근 시간까지 붉은 기가 사라지지 않을까봐 걱정했다. 때마침 그는 세면대에서 면도칼을 발견했고 이왕 이렇게 된 거 면도나 하면서 생각을 정리하기로 했다.

그녀가 일어서야 그도 일어설 수 있었다. 그녀가 집으로 가야 그도 회사로 갈 수 있었다. 그녀가 남편의 품으로 돌아가야 그도 아내의 품으로 돌아갈 수 있었다. 그것은, 그녀가 일어서지 않으면 그도 일어설 수 없고 그녀가 집으로 가지 않으면 그도 회사로 갈 수 없고 그녀가 남편의 품으로 돌아가지 않으면 그도 아내의 품으로 돌아갈 수 없다는 뜻이었다. 그렇다고 그녀가 일어서지 않겠다고, 집으로 가지 않겠다고, 남편의 품으로 돌아가지 않겠다고 한 것은 아니었다.

"무서워요."

그는 창밖으로 시선을 던지고 있었다. 그녀가 무섭다는데, 무서워하지 마, 할 수도 없었고 내가 지켜줄게, 할 수도 없었다. 그녀가 무서워하는 대상은 그가 아니었고 그녀를 지켜줄 사람도 그는 아니었다. 그렇다고 아무 말도 하지 않을 수는 없었다. 상황에 맞는 말을 찾기 위해 그는 머리를 쥐어짰다. 가뜩이나 숙취 때문에 깨질 것 같은 머리가 더 아팠다. 그런 고통 끝에 마침내 그는 적당한 말을 생각해낼 수 있었다. 유구무언.

유구무언, 하고 한마디 하면 딱 좋은데, 과연 그녀가 그 말을 알아들을 수 있을까 하는 점 때문에 결국 그는 어렵게 찾아낸 말을 포기하고 말았다. 그 자신도 힘겹게 떠올린 것을 그녀가 알아들을 리 없었다.

"집으로 갈게요."

그는 바로 대답하지는 않았다. 다행이라 생각하면서도 한편으로는 그녀가 집으로 간다니 섭섭했다. 그는 시계를 보았다. 오전 열한 시가 막 지나고 있었다. 그녀가 일어섰고 그는, 망설이다가, 집에 밥은 있느냐고 물었다. 그 순간 그가 기대한 대답은 없다, 였다. 그녀는 있을 거라고 했다. 어제 집에서 나올 때 있었으니 그대로 남아 있을 거라고 말했다. 남편이 먹지 않았을까, 그가 물었으나 남편은 저녁에는 밥을 먹지 않는다는 대답이 돌아왔다. 밥을 먹지 않는다고? 그가 되묻자 술을 먹어요, 했다. 그는 창가에, 그녀는 문가에 서 있었다. 그는 그녀가 가기를 바라면서도 가라는 말을 하지 않았고, 그녀는 집으로 간다면서도 문을 나서지 않았다.

"우리 김포나 갈까?"

말을 꺼내는 순간 그는 흠칫, 했고 그녀는 흔들, 했다. 창가에 선 그와 문가에 선 그녀가 서로 마주 보았다. 김포가 어디냐고 그녀가 묻고, 김포는 여기서 가까운 데라고 그가 대답했다. 김포에 뭐가 있느냐고 그녀가 다시 묻고, 잘 모르겠다고, 어쩌면 아무것도 없을지 모른다고 그가 대답했다. 집으로 가기를 망설였으므로 좋다고 할 줄 알았던 그녀가 의외로 좋아하는 기색이 없자 그는 조금은 초조한 심정이 되었다. 창가에서 한 발 걸어 나왔다. 어차피 저녁이나 돼야 남편이 돌아올 텐데 미리 가서 걱정하고 있을 필요가 있느냐고 했다. 혼자 있으면 잡념만 많아져서 더 괴로울 거라고 했다. 빨리 잊기 위해서는 머리를 쉬게 하면 안 된다고 했고 몸을 많이 움직여야 한다고 했다. 돌아다니면서 이것저것 많이 보면 머리가 복잡해져서 한 가지 문제에 집착하지 않게 된다고도 했다. 정 그렇다면……, 뜸을 들이더니 그녀가 좋다고 했다. 그는 '정 그렇다면'이라는 말이 마음에 들지 않았지만, 그 말이 내뱉어지는 순간 그가 그녀를 위로하던 형국에서 거꾸로 그를 위해 그녀가 마지못해 움직이는 듯한 분위기를 풍기게 되었지만, 좋은 게 좋다고 애써 자위하며, 그러나 마지막 자존심은 지켜야 했으므로 그녀를 향해, 가지, 하고 근엄하게 말하고는 먼저 방을 나섰다.

잠에서 깬 그는 얼른 눈을 감았다가, 떴다가, 다시 감았다. 첫 날보다 충격은 덜했지만 그렇다고 아예 없지는 않았다. 제일 먼저 떠오른 단어가 '구제불능'이었다. 다음이 '수렁'이었고, 그다음이 '자포자기'였다. 그다음은, 생각나지 않았고 생각하지 않았고 생각할 수 없었다.

그녀에게 용기를 주기 위해 시작한 술잔이었다. 그녀는 집으로 돌아가야 했고 그러자면 용기가 필요했고 가장 빠른 시간 안에 용기를 '만땅'으로 채울 수 있는 것은 술뿐이었다. 동네 슈퍼에

갈 때도 남편의 허락을 얻어야 한다고 했다. 그런 남편을 상대하기 위해서는, 더구나 얼굴색 하나 변하지 않고 외박에 대해 거짓말하기 위해서는, 뻔뻔해지기 위해서는, 술의 힘을 빌리지 않을 수 없었다. 술 마시고 개가 되어 싸우는 자의 정신을 배워 가지지 않을 수 없었다. 하지만 취하자고 시작한 술잔이 아니었으나 그들은 취해버렸다. 전날보다 더 빨리 취했고 전날보다 더 기억이 짧았다.

그런 황망한 정신의 와중에서도 그는 그녀의 가슴이 예쁘다는 생각을 했다. 상상했던 그대로, 적당히 작고 적당히 단단한 그것. 한때 그렇게 가지고 싶었으나 끝내 가지지 못한 그것이, 이제 가지면 안 될 때에 그의 눈앞에 둥실 떠 있었다. 그는 한숨을 내쉬었다. 비록 그렇더라도, 이왕 이렇게 된 바에야, 이왕 저질러졌을 바에야, 기억이라도 남아 있었으면, 하고 바랐지만 그녀의 몸을 만진 것 같기는 한데 손의 감촉은 하나도 떠오르지 않았고, 그녀 위에서 땀을 흘린 것 같기는 한데 그 순간의 기분이 어땠는지는 도무지 기억나지 않았다. 그는 그 점이 억울했다. 맞아 죽을 각오로 어머니의 지갑에서 돈을 훔쳐내 아이스크림을 사기는 했으나 한 입 먹어보지도 못하고 바닥으로 떨어뜨렸을 때처럼 허망했다. 그럴 때의 사람 마음이란, 아이스크림에 대한 욕망이 더 커지게 마련이었다. 한 번 더 기회를 갖고 싶고 되도록이면 길게 그 맛을 느끼고 싶고 아이스크림을 못 먹을 때를 대비해 오랫동안 맛을 기억하고 싶게 마련이었다. 하지만 그런 이유로 그가 현재의 삶을 내놓고 대신 그녀를 선택한 것은 아니었다.

자는 줄 알았던 그녀가 잠긴 목소리로 말했다.

"어디든 데려가주세요."

그는 대답하지 않았지만 그 순간 마음의 결정을 내리고 있었다. 그녀의 그 한마디가 내뱉어지는 순간 모든 것은 결정되었고 그는 받아들였다. 그리고 실행에 옮겼다. 이미 저질러진 일이었다. 후회해봤자 늦었다. 한 번도 아니고 두 번씩이나 벌어진 일이었다. '한 번'을 수습하기 위해 노력했으나 결국 '한 번'을 더하는 결과가 되고 말았다. 그렇다면 세 번째 '한 번', 네 번째 '한 번'이 일어나지 않는다고 장담할 수 없었다. 그는 운명에 맞서지 않기로 했다. 주어진 것을 받아들이기로 했다. 맞서지 않는 것, 받아들이는 것, 그것은 또한 그가 가장 잘하는 일이기도 했다.

두 번째 날의 아침, 눈을 뜨는 순간 그의 세계는, 아이들과 아내는 그로부터 성큼 멀어져 있었다. 그에게는 결정권이 없었다. 책임질 수 있는 것을 책임지는 일밖에 남지 않았다. 그가 책임질 수 있는 일이란 바로 눈앞에 누워 어디든 데려가달라고 호소하는 그녀였다. 그는 알았다는 뜻으로 그녀를 꼭 끌어안았다.

점심시간을 이용해 사두실에 들른 그는 누구의 눈에도 띄지 않고 가방을 챙겨 나오는 데 성공했다. 그런 뒤 터미널로 가서 가장 먼저 출발하는 버스에 몸을 실었다. 오후에 서울에서 출발한 그들은 저녁 무렵이 조금 지나서 부산에 도착했다. 쓰린 속을 달래기 위해 도착하자마자 저녁부터 먹었다. 그도 그녀도 몰골이 말이 아니었다. 이틀 동안의 폭음으로 얼굴은 붉어지고 눈은 퀭하고 머리카락은 푸석거렸다. 총기 잃은 눈은 국수 그릇의 삶은 부추처럼 자꾸만 아래로 처지고 머리도 맑지 않았다. 그런 몰골로 터미널 식당에 앉아 떨리는 손으로 국수가닥을 건져 올리기 위해 애쓰는 자신을 보자 그는 그만 울컥해졌다. 하지만 그녀가 있었으므로, 자신이 우울해하면 그녀도 우울해할 것이므로, 스스로를 향해 그리고 그녀를 향해 괜찮아, 하고 말했다. 말하고 나니 정말 괜찮은 것 같기도 했다.

저녁을 먹고 나자 피곤이 몰려왔다. 그녀는 금방이라도 곯아떨어질 것처럼 하품을 해댔다. 아는 곳이 없었으므로 가고 싶은 곳도 없었다. 가고 싶은 곳이 없었으므로 어디로 가든 상관이 없었다. 그는 터미널 근처 모텔로 그녀를 데려갔고, 그럴 생각은 없었지만 어쩌다 보니 그곳에서 일주일이나 묵게 되었다. 떠나고 돌아오는 사람들이 고스란히 보이는 곳에서 그는 담배가 좀 늘었고 그녀는 말수가 조금 줄었다.

터미널 근처 모텔에서 해운대 근처 호텔로 숙소를 옮긴 것은 자존심 때문이었다. 숙소를 옮기기 직전 그는 회사에 전화를 걸어 휴직 신청을 했는데, 상사가 얼마나 깐깐하게 구는지 그는 사정하고 빌고 거짓으로 꾸며낸 사유와 직접 가서 신청하지 못하는 이유를 거듭 설명해야 했다. 20년 넘게 일한 회사에서 그렇게까지 나올 줄은 몰랐던 그는 섭섭하기 짝이 없었지만 일단은 휴직 신청이 받아들여지는 게 중요했으므로 간절한 목소리를 잊지 않았다. 그가 휴직 기간을 1년에서 6개월로 변경한 대가로 얻은 대답이란, 힘써보겠다는 것이었다.

"어떻게 될지는 모르겠지만 아무튼 힘써보겠네."

그러니까 일주일이나 묵은 모텔에서 갑자기 숙소를 옮긴 것은 자신이 적어도 해운대 근처 호텔에서 묵을 정도는 된다는 걸 스스로에게 보여주기 위해서였다. 그렇게라도 해서 자신감을 되찾고 싶어서였다. 과연 종업원들의 극진한 대접을 받고 좋은 곳에서 자고 좋은 것을 먹고 좋은 것을 보니 자신이 마치 귀한 사람이 된 듯 마음이 풀렸다. 그러나, 그러면서도, 처남이 언제 불쑥 나타날지 모른다는 불안은 늘 마음 한구석에 도사리고 있었다.

*

"우리, 배 타고 일본이나 갈까?"

그것은 즉흥적인 생각이었다. 바다가 보고 싶다는 그녀의 말을 듣는 순간 그는 호텔 로비에서 본 안내 책자를 떠올렸다. 배를 타고 일본으로 간다면, 오가는 동안 바다를 실컷 볼 수 있을 터였다. 하지만 좋아할 줄 알았던 그녀는 일본요? 하고 심드렁하게 되물었다.

"왜, 싫니?"

"아니에요."

"싫으면 싫다고 말해."

"안 싫어요."

"그런데 목소리가 왜 그래? 심드렁하잖아."

그녀는 대꾸하지 않았다. 그는 불뚝거리려는 마음을 가라앉힌 다음, 일본은 가까운 데 있는 나라라고 말했다. 바다만 건너면 닿는 나라라고 했고 당분간은 처남의 눈을 피할 수 있을 거라고 했다. 그래도 그녀는 대꾸하지 않았다. 그는 그녀를, 그녀는 움직임 없는 해운대의 바다를 바라보고 있었다. 대답을 기다리다 지친 그가 마침내 참지 못하고 소리쳤다.

"그래! 가지 말자! 싫으면 안 가는 거지! 안 가면 되잖아!"

"그래요. 싫어요. 됐어요?"

"너…… 후회하니?"

"뭘요?"

"나랑 함께 있는 거."

그렇게 물어놓고 그는 금방 후회했다. 그녀가 아니라고 대답하길 기다렸으나 끝내 돌아오는 대답은 없었다. 그녀는 뭔가에 단단히 삐쳐 있으면서도 아닌 척했고 그러면서도 삐친 감정을 엉뚱한 곳에다 고스란히 드러내고 있었다. 그는 이유도 알지 못한 채 하루 종일 그녀의 삐친 감정과 사투를 벌이는 중이었다. 그것이 억울하기도 하고 괘씸하기도 해서 그는 버럭 소리를 질렀다.

"난 후회한다! 죽고 싶을 만큼 후회해!"

소리를 지르기는 했지만 그녀가 미운 것은 아니었다. 화를 내는 대상도 그녀만은 아니었다. 어쩌면 아내에게 더 서운한 건지도 몰랐다. 사흘 전부터 오늘까지 그의 휴대폰에는 마흔네 통의 부재 중 전화번호가 찍혀 있었다. 그중 다섯 통이 업무인계 문제로 회사에서 걸려왔으나 그가 미처 받지 못해서 나중에 다시 통화한 전화였고 나머지는 모두 처남, 즉 그녀의 남편이 건 전화였다. 처남은 그가 아니라 그녀 때문에, 자신의 부인 때문에 전화를 한 것이었다. 그렇다면 그의 아내는? 한 통의 전화도 없었다. 벌써 이 주일이나 외박을 했는데도 무관심으로 일관했다.

그는 억울했다. 뼈 빠지게 일한 사람은 그인데 정작 돈을 만지고 쓰는 사람은 아내였다. 더운 나라에서 비지땀 흘리며 일하느라, 한국에 들어와서는 상사 눈치 보며 굽실거리느라 그는 점점 허리가 구부러지는데 아내는 점점 콧대만 높아졌다. 아이를 만들기는 그가 만들었으나 그 아이들의 재롱에 깔깔대며 웃는 사람은 아내였다. 가족을 먹여 살리는 사람은 그인데 아이들은 아내를 중심으로 똘똘 뭉치고 그는 소외했다. 아이들의 유년기 추억 속에는 그가 없었다.

아내가 전화 한 통만 했어도 그는 용서를 빌고 집으로 돌아갔

을지 몰랐다. 어디든 데려가달라는 그녀의 말 한마디에 그가 모
든 것을 버렸듯, 아내의 전화 한 통에 그는 다시 소처럼 일만 하
는 이전의 가장으로 돌아갔을지 몰랐다.

"이럴 줄 알았으면 차라리 라오스에 있을 때 저질러버릴걸 그
랬다!"

그러자 그녀가 바다에서 시선을 돌려 그를 바라보았다.

"감쪽같았을 거야. 문제 자체가 안 됐을 거라고. 죄책감도 필요
없고. 상사에게 사정할 일도 없고. 이렇게 도망 다닐 일도 없었겠
지. 그렇지 않니?"

내내 굳어 있던 얼굴을 풀고 그녀가 방긋 웃으며 말했다.

"가요. 저도 일본 가보고 싶어요. 바다도 보고 싶어요."

"넌 왜 그렇게 바다 타령이냐? 내가 후회한다는데, 더 일찍, 더
지능적으로, 더 계획적으로 저지르지 않은 걸 후회한다잖아!"

"기회만 있었으면 저질렀을 거잖아요. 한 번만 하자고 조른 사
람이 누군데요."

"그래 너 잘났다. 너는 천사고 나는 개다! 됐니?"

"엄마가 보고 싶어요."

그녀가 그 말을 하는 순간 그는 풀이 죽었다. 조금 전의 흥분은
온데간데없어졌다. 그의 어머니도 혼자 계셨다. 아버지는 젊은
시절 행방불명되었고 어머니는 빛도 잘 들지 않는 야산에, 혼자,
덩그러니, 계셨다. 그는 어머니의 임종을 지키지 못했다. 어머니

를 모신 자리도 아내가 급히 마련한 것이었다. 그는 간신히 삼일장에 늦지 않게 도착했을 뿐이었다.

그는 그녀를 보다가 나도, 하고 말했다. 그녀는 이해한다는 듯 고개를 끄덕였다. 그 모습에 완전히 마음이 풀린 그가, 왜 하루 종일 기분이 나쁜 거냐고 물었다.

"호텔 사람들이 자꾸 쳐다봐서요."

이번에는 그가 고개를 끄덕였다. 그러다가 문득 뭔가를 깨닫고는 물었다.

"일본 말고 그럼 으리 라오스로 갈까?"

"일본으로 가요."

"거기서도 쳐다볼지 모르는데?"

"괜찮아요. 거기는 상관없는 나라니까."

"그래 그럼. 일본기나 갔다 오자. 앞으로 어떻게 할지 가서 생각해보자."

그들은 자리에서 일어나 잠시 서로를 멀뚱히 쳐다보다가 걸음을 옮기기 시작했다. 모러사장이 끝나는 지점에 멈춰 서서 신발을 벗은 다음 손바닥으로 쳐서 모래를 털어냈다. 누구도 말을 하지 않았다. 한쪽 신발을 턴 다음엔 다른 쪽 신발을 벗어서 털었다. 생각보다 모래가 많이 떨어졌다. 그러는 그들을 사람들이 쳐다보았지만 그들은 알지 못했다. 신발을 다 턴 다음엔 양말을 갈아 신었다. 그 일이 끝나자 해운대를 벗어나 큰길로 나갔다. 마침

다가오는 택시를 향해 그가 손을 번쩍 들었다. 뒷좌석의 문을 열어놓은 채 또 잠시 서로를 멀뚱히 쳐다보다가 그녀가 먼저 타고 그가 뒤따라 탔다. 택시가 달리기 시작했다.

2

그들이 사라졌다. 어느 날 갑자기, 그리고 동시에 사라져버렸다. 언니가 사랑했고, 또 오빠가 사랑하고자 노력했던 사람들이었다. 언니와 오빠는 한동안 충격에 빠져 멍한 상태로 지냈다. 하지만 나는 믿을 수 없었다. 믿고 싶지 않았다. 그들을 속속들이 잘 안다고 말할 수는 없었다. 한 사람은 잘 알았으나 오래 떨어져 있으면서 잘 모르게 되었고, 한 사람은 아무것도 모르는 상태였다. 그러니까 현재로서는 두 사람을 다 모른다고 말할 수도 있었다. 그래도 믿고 싶지 않았다. 믿어버린다면, 불행해질 사람이 너무 많았다.

*

정오 무렵이었다. 언니가 전화를 걸어서는 한숨을 푹 내쉬었다. 괜찮지 않을 게 뻔했지만 괜찮냐고 물었다. 달리 할 말이 없었다.

"일본으로 튀었단다."

나는 알고 있다고 했다. 언니는 놀라지 않았다. 부산까지 내려갔다 왔다고 했다. 언니가 조금 놀랐다.

"네가 거긴 왜?"

차마 내 눈으로 확인하고 싶어서, 라고는 말할 수 없었다. 나는 그냥, 하고 말았다. 자세한 행적은 찾지 못했다고 했다. 언니가 발끈하더니 궁금하지도 않다고 목소리를 높였다. 그럴 줄 알고 마지막 행적만 쫓았다고 말했다. 언니가 가만히 있었다. 침묵이 길어졌다.

애초 부산까지 내려갈 생각이 없었다. 처음에는 그들이 어디 있는지 몰라서 찾을 수 없었고, 나중에는 그들 중 하나인 그가 부산에 있다는 것을 알게 되었지만 굳이 찾으러 갈 마음이 생기지 않았다. 그가 부산에서 휴대폰을 사용하기는 했지만 반드시 그들이 함께 있다고는 할 수 없었다. 여전히 나는, 믿고 싶지 않았다. 하지만 확인되지 않은 추측과 억측 속에 앉아 아무것도 하지 않고 있을 수는 없다는 생각이 들었다. 오빠를 대신해 탐정이 간다면, 언니를 대신해서는 내가 가야 한다는 의무감도 들었다. 그래야 공평할 것 같았다. 물론 내 눈으로 진실을 확인하고 싶은 마음도 있었다.

나는 부산에 도착하자마자 버스터미널로 갔다. 휴대폰의 위치 추적 결과 그 혹은 그들이 부산에 있다는 것만 오빠에게 들어 알고 있을 뿐이었다. 하지만 그 혹은 그들은 차를 가지고 있지 않았다. 버스나 기차로 도착했을 가능성이 컸다.

우선 버스터미널로 갔다. 약국, 꽃가게, 국수가게, 김밥가게 들을 돌며 탐문을 시작했다. 사진도 보여주었다. 그때까지도 확신은 없었다. 혹시나 하는 마음으로 두 사람이 각각 찍은 사진을 보여주었을 뿐이었다. 얼마 안 가 그들을, 그나 그녀 혼자가 아니라 그 둘을 봤다는 사람이 나타났다. 자신의 가게에서 국수를 먹었다고 했다. 국수 두 그릇 먹고 수표를 내는 바람에 거스름돈을 마련하기 위해 다른 가게에 뛰어갔다 온 것까지 기억하고 있었다. 나는 그 자리에 주저앉고 싶은 것을 간신히 참았다. 의심이 결국, 사실로 확인되는 순간이었다. 언니나 오빠는 진작 그들에 대한 믿음을 버렸다. 이지는 내 차례였다.

가게 주인들이 모여 웅성거렸다. 그들이 뭘 잘못했냐고도 물었고 내가 누구냐고도 물었다. 나는 아무것에도 대답해줄 수 없었다. 하나 확실한 것은 있었다. 그들은 눈에 잘 띄었고 사람들의 기억에 오래 남았다. 그런 이유로 그들의 행적을 알아내는 것은 어렵지 않았다. 비전문가인 나조차 약간의 수고만으로 그게 가능했다.

그들이 버스로 도착한 것을 확인한 나는 터미널 앞의 택시 승차장으로 갔다. 내가 할 수 있는 일은 그것뿐이었다. 역시 사진을 보여주며 그들을 태운 적이 있느냐고 물었다. 없는 것 같은데, 하면서도 택시기사들은 포기하지 않았다. 동료들에게 전화를 걸어 물어보았다. 그 동료들은 또 다른 동료들에게 전화를 걸었다.

택시 승차장의 택시는 끊임없이 물갈이되고 있었다. 택시 하나가 손님을 태우고 떠나면 금방 다른 택시가 달려와서 빈자리를 채웠다. 나는 갈 곳을 잃고 마냥 서 있었다. 어디로 가야 할지 몰랐다.

얼마간 시간이 흐르고 택시 하나가 달려오더니 내 앞에 멈춰 섰다. 나는 타고 떠날 손님이 아니었다. 내가 선 곳도 택시를 기다리는 줄이 아니었다. 나는 아니라는 뜻으로 손을 흔들었다. 그러자 택시에서 기사가 내리더니 내 쪽으로 걸어왔다. 사진을 보여달라고 했다. 전화를 받았다고 했고, 긴가민가해서 확인하기 위해 달려왔다고 말했다. 나는 가방에서 사진을 꺼내 보여주었다. 맞는 것 같은데요. 기사가 말했다.

"터미널이 아니라 시내 쪽에서 태우긴 했지만 확실히 이 사람들 맞아요."

기사는 자신만만한 표정을 지었다. 자신은 사람의 얼굴을 잘 기억한다고 자랑 비슷하게 말하기도 했다. 둘이 꼭 싸운 사람처럼 보여서 화해시키려고 이런저런 말을 던졌지만 대답을 잘 안하더라고 했다. 돈만 있으면 한참 어린 여자도 데려와서 살 수 있으니 세상 참 좋아졌다고 감탄하기도 했다. 기사는 그들이 내린 곳을 기억하고 있었다. 하필 사람의 얼굴을 잘 기억하는 기사의 택시를 탄 탓도 있겠지만, 그들은 어디서든 사람들의 눈에 쉽게 띄었고 그런 만큼 오래 기억에 남았다. 어쩌면 그것 때문에 그들의 도피는 실패할지도 몰랐다.

"일본은 도대체 왜 갔다니?"

내내 거친 숨소리만 내뿜던 언니가 불쑥 소리쳤다. 새삼 화가 나는 모양이지만 나는 해줄 말이 없었다. 언니도 내게 답을 기대하고 물은 것은 아니었다. 내가 가만히 있자 언니가, 돈이 썩어난다, 했다. 역시 나는 호응해주지 못했다. 언니가 마음껏 화를 낼 수 있게 멍석을 깔아줘야 했지만 나는 그러지 못했다. 예전에 술 마시고 늦게 들어온 그를 무섭게 몰아세우던 언니 모습이 떠올랐기 때문이었다. 멍석을 깔아주는 대신, 부산에 갔다가 우연히 탐정을 만났다고 화제를 돌렸다.

"그래, 어떻던?"

예상대로 언니가 관심을 보였다.

탐정을 만난 것은 부산 국제여객터미널에서였다. 그들의 행적을 확인한 나는 여객터미널 밖으로 나갔다. 시원한 공기를 쐬고 싶었다. 마음이 답답했다. 여권이 있었어도 일본까지 쫓아갈 생각은 없었지만 막상 여권 때문에 못 간다는 생각을 하니 막막한 기분이 들었다. 출입문 앞에 서서 심호흡을 하고 있는데 누군가가 어깨를 건드렸다. 고개를 돌리자 그곳에 탐정이 서 있었다. 탐정은 손수건으로 목덜미의 땀을 닦으며 나를 흘끗 바라보았다. 어깨를 건드린 게 실수인지 고의인지 표정만으로는 읽어낼 수 없었다. 탐정은 나를 본 적이 없을 테지만 그렇다고 반드시 내 존재를 모른다고 할 수도 없었다. 나 역시도 그를 우연히 보았던 것이다. 오빠의 집 앞까지 갔다가 그냥 돌아설 때 마침 그곳 대문에서 나오는 그를 보았고, 보는 순간 그가 누구인지 알 수 있었다. 탐정을 고용할 거라는 말을 미리 들은 탓도 있겠지만, 그는 온몸으로 쫓는 자의 냄새를 피우고 있었다. 어쩌면 일부러? 하는 생각이 들 정도로 그는 필요 이상 경계하는 눈빛으로 주위를 두리번거렸다.

"어디 가서 시원한 거라도 마시며 얘기하죠. 너무 더워서 이거 원."

그 얘기뿐 나를 안다는 말도, 모른다는 말도 하지 않았으므로 나는 가만히 있었다. 탐정은 6월 초순의 날씨에 지나치게 땀을 많이 흘리고 있었다. 그렇게 더운가? 물론 조금 덥긴 했지만 손수건이 흠뻑 젖을 정도는 아니었다. 나는 고개를 갸웃거렸고, 갸웃거리면서 어딘가 몸이 안 좋을지도 모른다는 생각을 했고, 동시에 몸도 안 좋은데 맡은 일을 제대로 해낼 수 있을까 미심쩍어했다. 탐정이 몸을 돌려 걷기 시작했다. 유심히 바라보자 걷는 모양새가 조금 뒤뚱거리는 것 같았고 어깨도 약간 구부정했고 검은 머리카락 속에 흰머리도 제법 보였다.

앞서 가던 탐정이 멈춰 서더니 나를 돌아보았다. 내가 다가가자 탐정은 걷기 시작했고, 내가 멈춰 서자 다시 돌아보았다. 눈앞으로 사람들이 지나다녔다. 타악기의 억양을 가진 사람들이 단체로 지나가는 바람에 몇 초 동안이나 탐정이 보이지 않기도 했다. 나는 움직이지 않고 그대로 서 있었다. 탐정이 보이지 않아서가 아니었다. 뭔가를 문득 깨달았기 때문이었다. 사람들이 다 지나가고 나자 의아한 얼굴로 서 있는 탐정이 보였다. 내가 다가가지 않으니 그도 앞서 걷지 않았다. 우리는 서로를 바라보며, 상대방이 먼저 움직이기를 기다리는 듯, 먼저 움직여야 나도 움직일 거라고 오기를 부리듯 그렇게 가만히 서 있었다. 몇 초가 지나고 마침내 졌다는 얼굴로 탐정이 내 쪽으로 걸어왔다.

"왜요?"

다분히 시비조로 들렸다.

"아무것도 없어요."

"뭐요?"

"그쪽으로 가면 아무것도 없다구요."

"어떻게 알아요?"

"오면서 봤어요."

탐정은 곧 아차 하는 얼굴이 되었다. 뭐가 있기 위해서는 적어도 몇 십 분은 걸어야 했다. 돌아오는 길까지 생각한다면, 차를 가지고 나가든가 아니면 여객터미널 안으로 들어가야 했다. 탐정과 몇 마디를 나누기 위해 차를 가지고 길도 잘 모르는 시내로 나가고 싶지는 않았다. 나는 여객터미널을 돌아보았다.

우리는 2층으로 올라가 탐정이 가리키는 식당으로 들어갔다. 이왕 이렇게 된 바에야, 하더니 탐정은 국밥을 시켰고 나는 식당 자판기에서 뽑은 커피 한 잔을 앞에 두고 앉았다.

어떻게 알았는지 안 물어봐요? 하고 탐정이 물었다. 그는 자리에 앉자마자 물을 두 잔이나 마셨고 손 닦으라고 갖다준 물수건으로 얼굴을 닦았다. 잠깐 더럽다는 생각을 했지만 그런 말을 할 자리가 아닌 것 같아서 내버려두었다. 대신 나를 어떻게 알았느냐고, 그가 물어봐주기를 기대하는 것을 물었다.

"여객터미널 직원들에게 그들 얘기를 꺼내자마자 대뜸 형사냐고 묻더군요. 나는 단지 그들의 행선지를 알 수 있겠냐고 떠봤을 뿐인데. 게다가 내가 뭐라고 대답하기도 전에 알려주더군요. 그건 누군가 앞서 다녀갔다는 뜻이죠. 밑밥을 뿌려놓았다는 겁니다. 그것도 필요 이상으로 많이."

시간과 수고를 절약하게 해주었으므로 고마워서 하는 말인 줄 알았다. 괜찮다, 는 말을 준비했지만 탐정이 다른 말을 꺼내서 써 먹지는 못했다.

"그것뿐만이 아닙니다. 버스터미널에 들렀을 때는 또 어땠는지 아세요? 딱 한마디를 꺼냈을 뿐이죠. 그 한마디에 가게 주인들이 몰려들더니 봤다고 이구동성으로 외치더군요. 사진을 꺼낼 필요 도 없었어요. 택시 승차장에서도 마찬가지였구요. 자기가 태운 손님이 아니라면서도 그들이 어디로 갔는지 다들 알고 있었습니 다. 그것은 이미 그들에 대한 논의가 있었다는 것이고, 역시 누군 가 앞서 다녀갔다는 뜻이죠."

그 말 역시 나는 칭찬으로 알아들었다. 전문가가 아니면서도 나는 전문가 못지않은 실력을 발휘했다.

"당신인 줄 어떻게 알았느냐. 고소를 안 한 상황에서 그들이 부 산에 있다는 정보를 알 수 있는 사람은 가족뿐이죠. 고속도로 휴 게소에서 나를 유심히 쳐다보던 당신 얼굴도 떠올랐어요. 그리고 사진. 건네받은 결혼식 사진 속에서 당신을 발견했습니다. 그렇 지만 작고 흐릿해서 고속도로 휴게소에서의 당신과 동일인물인 지 아닌지 확신은 없었죠. 여객터미널 직원에게 물으니 내가 오 기 직전에 여기자가 다녀갔다고 하더군요. 그렇다면 아직 터미널 안에 당신이 있을 가능성이 크죠. 어딘가에 몸을 숨긴 채 나를 지 켜보고 있을지도 모른다는 생각이 들었어요. 혹시나 해서 터미널 밖으로 나갔더니 곧 당신이 뒤따라 나오더군요."

뒤따라 나간 게 아니라는 말을 하려다가 그만두었다. 말을 하려는 찰나 국밥이 나와서 타이밍을 놓쳐버렸다. 탐정은 배가 고팠던지 국밥 몇 순가락을 급히 떠 입안으로 밀어 넣었다.

"솔직히 기분 나빴습니다."

커피를 마시다 말고 나는 탐정의 얼굴을 빤히 쳐다보았다. 하루를 탁 뒤집어놓고 메주콩 속에서 검정콩을 골라내듯 잘못을 찾아봤지만 이거다 싶은 것은 없었다.

"영역을 침범당한 기분이랄까요. 내가 못 미더운가요?"

나는 잠시 생각하다 그게 아니라고 대답했다.

"그럼 왜 그런 겁니까?"

"꼭 말해야 하나요?"

내가 되물었다. 복잡한 머릿속을 말로 다 설명할 자신도 없었고 그러고 싶지도 않았고 무엇보다 말을 하기가 귀찮았다. 탐정에게 일일이 보고해야 할 의무가 없다는 생각도 들었다. 하지만 탐정의 생각은 다른 것 같았다.

"당연하죠. 내가 물었으니까."

탐정이 말했다. 종이컵을 내려놓고 탐정의 얼굴을 쳐다보았다.

"내가 왜 말해야 하죠?"

순간 탐정이 당황하는가 싶더니, 그건 내 일이니까요, 했다.

"우리 일이기도 하죠."

탐정이 마지못해 고개를 끄덕였다. 하지만 곧, 이럴 거면 탐정을 왜 고용했냐고 투덜거렸다. 감시받는 기분이 어떤 줄 아느냐 고 했다.

"어쩌다 한 번 앞섰다고 우쭐하신가 본데 우리 일 그렇게 만만 하지 않아요. 목숨 걸고 일한다 그겁니다, 우리가. 오늘은 억세게 운이 좋았던 거고. 서울에서 내가 먼저 출발하기만 했어도……."

"식사 다 하셨으면 먼저 일어나도 될까요?"

손안에 쥔 종이컵을 구기며 내가 물었다.

"아뇨. 그보다 사과 아직 안 했는데요."

나는 말없이 한숨을 내쉬었다. 이 머나먼 부산땅에서 탐정과 하찮은 문제로 실랑이를 벌이고 있는 내가 한심하게 여겨졌다. 탐정의 행동이 어이없기도 하고 괘씸하기도 했다. 의뢰인의 가족 이 지금 어떤 상황에 처해 있는지 누구보다 잘 알면서 한 줌 알량 한 자존심을 챙길 때인가. 나는 다시 한숨을 내쉬었다. 그러자 탐 정이 내 눈치를 살피더니 너스레를 떨었다.

"아, 농담이었어요, 농담. 사과는 무슨. 농담 한번 한 걸 갖고 뭘 그리 심각한 표정을 짓고 그럽니까. 다 친해지자고 하는 말이 죠. 그나저나 또 올 건가요?"

"……?"

"부산 말입니다. 일주일 뒤에 돌아온다잖아요."

"아뇨. 안 올 거예요."

"왜요, 구경 삼아 오시지."

그래놓고 탐정은 또 아차 하는 표정으로 실수였다고 둘러댔다. 그런 다음에는 휴대폰을 꺼내 번호를 꾹꾹 눌렀다. 통화는 금방 끝났다. 몇 마디의 보고와 잠깐의 침묵.

"돌아올 때까지 기다리라네요. 이 기회에 일본이나 가볼까 했는데."

그 말을 하며 탐정은 내 얼굴을 흘끗 쳐다보았다. 반응을 살피는 모양이었지만 내게는 이미 내보일 반응이 남아 있지 않았다. 다만, 불같은 성격의 오빠가 그들이 돌아올 때까지 기다리라고 한 것은 조금 의외였다. 어쩌면 전세자금을 빼서라도 쫓아가라고 할지 모른다는 예상을 했었다.

"너무 느긋한 거 아닙니까?"

또 한 번 내 얼굴을 슬쩍 살피며 탐정이 말했다.

"와이프가 딴 남자랑 눈이 맞아 도망을 갔는데 얌전히 앉아 기다린다는 게 말이 됩니까?"

일본 아니라 아프리카까지라도 쫓아가야 하는 거 아니냐고 했다. 그런 마당에 엎어지면 코 닿을 곳에 와이프가 있는데, 바다 하나만 건너면 되는데 그걸 지켜보고 있느냐고 답답해했다. 내가 대꾸 없이 가만히 있자 어떻게 생각하느냐고 물었다.

"어떻게 생각하긴 뭘 어떻게 생각해? 그놈이 미친놈이지. 지가 뭔데 쫓아가라 마라야. 탐정이 탐정 노릇도 못하고 그래 너한테까지 뒤처지냐?"

예상대로 언니는 화를 내었다. 내가 깔아준 멍석 위에서 원 없이 뛰놀았다. 물론 탐정을 설명함에 있어 주관적인 감정이 전혀 섞이지 않았다고는 할 수 없었다. 그러나 애초에 주관적인 감정을 완전히 걷어낸다는 게 불가능하지 않은가. 게다가 어차피 누군가에게 화를 내야 한다면, 나로서는 탐정 쪽이 편했다.

"정효 하는 거, 잘하는 짓인가 싶다."

탐정을 고용한 걸 두고 하는 말이었다. 보지 않았으면 모르겠으되 이미 탐정을 본 나로서는 언니의 말에 공감하는 바가 컸다. 탐정에 대한 신뢰가 생기지 않았다. 오빠의 선택이 믿을 만한 것인지 회의가 들었다. 하지만 오빠가 결정한 일이었다. 오빠가 생각을 바꾸기 전에는 어쩔 수 없는 일이었다. 또 다른 당사자인 언니는 아무런 행동도 취하지 않았다. 애들 때문인가, 추측했지만 확실하지는 않았고 왜 아무런 행동도 취하지 않느냐고 물을 수도 없었다. 질문 자체가 또 하나의 상처가 될 수 있었다.

"그렇게라도 해서 분풀이를 할 수 있으면 다행이지."

말해놓고 아차, 했다. 오빠의 입장만 생각해서는 안 되는 것이었다. 언니의 입장도 있었다. 언니는 분풀이를 원하지 않을 수도 있었다. 그래도 20년을 함께 산 사람이었다. 아이들의 아버지였다. 나는 숨을 죽였다. 그러나 언니는, 이제 와서 이게 다 무슨 소용인지 모르겠다고 한숨을 쉬며 말했다. 그렇게 분하고 억울하면 차라리 고소해버리지 탐정은 고용해서 뭘 하느냐고 했다. 있는 정 없는 정 진작 다 떨어졌는데 잡아와서 뭘 어쩌겠느냐고 푸념 섞어 말했다. 그런 남편은 없는 게 낫고 그런 아버지는 없는 게 낫다고 말하기도 했다. 말은 그렇게 했지만 목소리에는 힘이 하나도 없었다. 오래 세워두어서 진액은 모두 가라앉고 멀건 윗물만 따라놓은 막걸리 같은 목소리였다.

"우리가 바보였지. 아니, 내가 바보였어. 진작 눈치 챘어야 했는데. 정효까지 망쳐놓고. 내가 무슨 낯으로 정효를 보니."

수화기 속의 언니가 다시 한숨을 쉬었다. 한숨 끝에 아이들 얘기를 했다. 한수가 걱정이라고 했다. 누나인 지수는 올해 대학에 들어갔고 한수는 고등학교 2학년이었다. 언니가 걱정하는 것은 내년에 있을 한수의 대입 시험이었다. 그때까지는 모든 것을 비밀에 부쳐야 한다고 했다. 그 대목에서 언니의 목소리에 반짝 힘이 들어갔다. 나는 그게 가능하겠냐고 했다. 한두 달도 아니고 1년 넘게 속이기는 쉽지 않을 거라고 조심스럽게 말했다.

"나중에 알아서 배로 충격 받느니 차라리 지금 말하는 게 낫지 않을까?"

"나도 잘 모르겠다."

머릿속이 뒤죽박죽이 돼버려서 아무것도 결정을 내리지 못하겠다고 언니가 말했다. 심지어는 거실 창에 여름 커튼을 달아야 하는데 어떤 것을 골라야 할지 아직까지 결정을 내리지 못하고

있다고 했다. 겨울 커튼을 떼내고 봄에는 커튼 없이 살았다고 했
다. 그런데 이제 햇빛이 따가워져서 여름 커튼을 달아야 하는데,
커튼가게에만 가면 정신이 아뜩해지고 눈앞이 막막해진다고 하
소연했다. 나는 진정으로 언니가 걱정되었다. 그런 얘기를 듣고
가만있을 수가 없어서 내가 커튼을 골라주겠다고 했다. 내가 사
가지고 가서 달아주겠다는 말까지 했다. 그렇게 말하면 언니가
좋아할 줄 알았다. 그러나 언니는 됐다고 했고, 아이들 눈이 까다
롭다고 했고, 내 안목을 믿을 수 없다고 했다. 나는 서운했지만
상황이 상황인 만큼 내색하지 않았다.

"네가 고생한다."

커튼 얘기에 이어 뜬금없이, 네가 고생한다, 했다. 무슨 말인가
했다.

"부산까지 갔다 오고."

부산 한 번 갔다 온 걸로 듣기에는 과분한 말이었다. 게다가 내
가 가든 안 가든 결과는 같은 것이었다. 탐정과 나는 실패했다.
결과는 참담했다. 세차게 물을 움켜쥐었으나 손안에 남은 것은
아무것도 없었다. 그들은 일본으로 건너갔고 우리는 바다 너머를
마냥 지켜볼 수밖에 없었다. 내 잘못이 아님에도 나는 부끄러워
졌다. 그래서, 부산 한 번 갔다 온 걸로 고생은 무슨, 하고 말했
다. '네가 고생한다'는 말 속에 다른 뜻이 더 담겨 있었다는 것은
곧 드러났다.

"나는 당분간 정효 얼굴 못 보겠다. 걔도 나를 보는 게 편하지는 않을 테고. 어떡하고 있나 네가 좀 가봤으면 좋겠는데. 시간 되니?"

짧은 동안이었지만 나는 대답을 못했다. 이성이라는 것이 재빨리 내 입을 틀어막았다. 그런 뒤 몇 초 후에야 풀어주었다. 나는 마음을 가다듬고 그러겠다고 했다. 하지만 솔직한 심정은, 가고 싶지 않다, 였다. 나는 가고 싶지 않았다. 나 역시 오빠를 보는 게 편하지 않았다. 그래서 오빠 집 앞까지 갔다가 그냥 돌아선 것이었다. 하지만 언니에게 싫다고 말할 수는 없었다. 커튼 고르는 것까지 거절당한 마당에 뭐든 내가 할 수 있는 거라면 해야 했다. 가겠다고 했다. 이미 고생한다고 말했으므로 언니는 다시 고생한다거나 고맙다는 말은 하지 않았다.

"들렀다 갈래? 뭐 좀 만들어줄게."

그냥 마트에서 적당히 사가겠다고 했다. 그랬다가 오해의 소지가 있는 말인 것 같아서, 오늘 중으로 넘겨야 할 삽화가 있다고 했다. 그건 사실이었다. 철석같이 약속을 해놓은 거라 어길 수가 없다고 했다. 그것도 아마 사실일 것이다. 철석같이는 아니지만 아무튼 약속을 하기는 했다. 담당자는 날짜를 어기지 말라고 했고 나는 그러겠다고 했다. 아마 날짜를 어겨서는 안 되는 삽화인 모양이라고, 그럼 어기지 말아야지, 하고 담당자와 통화를 하며 생각했다. 그런 이유로 언니한테까지 들를 시간은 안 될 거라고 조심스럽게 말했다.

"그럼 그럴래?"

내가 구구절절 변명한 것에 비해 언니는 너무 쉽게 대답했다. 나는 부끄러워졌고, 그걸 만회하기 위해 통화를 계속하려고 했으나 언니는 전화 끊는다, 하더니 정말 전화를 끊어버렸다. 나는 이제 아무 소리도 들리지 않는 휴대폰을 선뜻 내려놓지 못하고 찜찜하게 바라보며 입맛을 다셨다.

점점 낯선 사람이 되어가는 오빠가 안쓰러우면서도 한편으로는 두려웠다. 가까운 사람의 치부를 들여다보는 일만큼 민망한 것도 없었다. 차라리 변변한 직장 하나 못 구한다고, 그나마 구한 직장도 오래 붙어 있지 못하고 자꾸 옮겨 다닌다고 호통 치던 예전의 오빠가 나았다는 생각이 들었다. 그때 오빠는 자동차 부품을 만드는 작은 회사를 운영하고 있었다. 규모는 작았지만 매출은 적지 않았다. 오빠의 큰소리는 바로 그 매출에서 나오고 있었다. 그러나 회사는 부도가 났고, 오빠는 재산을 다 날리고 겨우 전셋집 하나만을 건질 수 있었을 뿐이었다. 그게 2년 전이었다. 오빠의 잘못은 아니었다. 연쇄부도라는 먹이사슬 맨 밑바닥에 오빠의 회사가 있었을 뿐이었다. 오빠의 잘못이라면 하청업체의 하청업체라는 데 있었다. 오빠의 잘못으로 부도가 났다면, 아마 그랬다면 오빠는 덜 망가졌을지도 몰랐다. 억울함이 덜했을 테고, 분노가 덜했을 것이다. 분노도 힘이라는 것을 나는 오빠를 보며 깨달았다. 오빠는 분노로 인해 발생한 힘을 자신에게 쏟아부었다. 자신을 망가뜨리는 데 온 힘을 썼다.

전화를 끊은 뒤에도 한동안 책상 앞에 앉아 움직이지 않았다. 대기모드로 돌입한 컴퓨터 모니터를 바라보았다. 모니터 속에는 물고기가 한 마리 살고 있었다. 이름을 알 수 없는 물고기는 입을 동그랗게 오므려서 물방울을 만든 뒤 공중으로 쏘아 올렸다. 그 모습은 흡사 흡연자가 도넛 모양의 담배연기를 뿜어내는 것과 닮아 있었다. 물방울을 쏘아 올리던 물고기가 돌연 내 쪽으로 몸을 돌렸다. 그리고 느끼한 미소. 혹은 음흉한 미소. 물고기의 오른쪽 입꼬리가 위로 올라갔다. 정확히 3초 뒤 물고기는 눈을 아래로 내려뜨고 입을 앞으로 내민 채 내 쪽으로 키스를 날렸다. 평소의 나라면 여기서 쿡, 웃음이 터졌다.

다음이 압권이었다. 키스를 날리는 것으로 만족하지 못한 물고기가 모니터 밖으로 나오려고 발버둥을 쳤다. 마치 어항 속의 물고기가 유리에 머리를 부딪치듯 모니터 속의 물고기도 오른쪽 구석에 쿵, 왼쪽 구석에 쿵, 모니터 한가운데에 쿵, 부딪쳤다. 그때마다 물고기의 머리에는 반창고가 하나씩 늘어났다. 나중에는 더 붙일 자리가 없을 정도로 물고기의 머리는 반창고투성이가 되었다. 마침내 물고기는 탈출을 포기하고 나를 바라보며 처량하게 눈물을 흘렸다. 애절한 표정. 한 번만, 하는 얼굴. 동정심을 얻기라도 하겠다는 듯.

이 플래시는 남자친구가 만들어준 것이었다. 벌써 3년 전이었다. 재미로 보라고 만들어준 것을 나는 화면보호기로 설정해놓고 그림이 잘 되지 않을 때 쳐다보며 쿡쿡, 웃음을 터뜨렸다. 남자친구에게 났던 화가 둘고기 덕분에 슬그머니 풀어지기도 했다. 남자친구와 헤어질까 말까 고민할 때도 물고기는 헤어지면 안 된다 편에 서서 강력한 힘을 발휘하고는 했다. 결국 작년에 남자친구와는 헤어졌지만 물고기와는 헤어지지 못했다. 오랜 세월 보고 있으니 마치 내가 살아 있는 물고기를 키우는 듯한 착각마저 들었다. 식사시간이면 물고기는 굶기고 나 혼자 밥을 먹는 것이 괜히 미안해지기도 했다. 어떨 때는 맥주를 마시며 물고기에게 중얼중얼 신세한탄을 늘어놓기도 했다.

일어서야 하는데 나는 맥을 놓고 앉아 망연히 물고기만 바라보고 있었다. 물고기가 음흉한 표정으로 키스를 날려도, 모니터에 부딪쳐 반창고가 하나씩 늘어나도 웃음은 나오지 않았다.

처음 만난 자리에서 환하게 웃던 아메이의 얼굴이 떠올랐다. 그 미소를 보며 내가 생각한 것은 다행이라는 것이었다. 환하게 웃을 줄 아는 사람이어서 다행이었고, 그 미소가 오빠를 변화시킬 것이므로 다행이었다. 당장은 저렇게 찌푸리고 있지만 언젠가는 그녀의 미소에 전염되어 오빠의 얼굴도 환하게 펴질 거라고 생각했다. 우리 입장에서만, 너무 안이하게 생각했던 것일까.

*

　오빠와 아메이가 결혼한 것은 지난해 12월이었다. 서둔 면이 없지 않았다. 형부의 소개로 만난 두 사람은 고작 한 달 만에 결혼을 했다. 신부의 나라까지 날아가 얼굴 한 번 보고 결혼식을 올리는 것보다는 낫다지만 오빠와 아메이 역시도 변변한 데이트 한 번 못 해보았다. 너만 좋다면야, 하면서도 언니는 아메이를 탐탁지 않아 했고 두 사람을 소개한 형부까지도 조금 더 시간을 가지라며 충고했다. 하지만 누구도 오빠의 고집을 꺾을 수는 없었다. 서둘기는 아메이도 마찬가지였다. 오빠가 앞에서 끄는 사람이라면 아메이는 뒤에서 밀어주는 사람이었다. 오빠가 묻는 말마다 네, 라고 대답했다. '네'와 '아니오'가 한 쌍이어서 어떨 때는 '네'를, 어떨 때는 '아니오'를 사용해야 한다는 걸 모르거나 '네'라는 대답만 머리에 입력된 사람 같았다. 만남과 청혼과 백년가약이 벼락치듯 눈 깜짝할 사이에 이루어졌기 때문에 아메이의 가족들은 결혼식에 참석하지 못했다.

　그런데 오빠는 왜 그렇게 서둔 것일까. 결혼할 당시 오빠는 서른여덟이었다. 삼십 대 중반까지는 청춘을 회사에 바치느라, 그리고 회사가 문을 닫은 후에는 분노하고 절망하느라 그때까지도 오빠는 혼자였다. 그러니까 서른일곱까지의 오빠는, 결혼에 관한 한 느긋하다 못해 포기한 것처럼 보였다. 언니의 잔소리도 소용없었다. 그런데 왜 갑자기? 우리는 아무런 설명도 들을 수 없었다.

결정은 오빠가 내렸지만 정작 바빠진 사람은 언니였다. 오빠는 결정만 내렸을 뿐 결혼을 위한 준비에는 게을렀다. 결국 애가 탄 언니가 나섰다. 가장 큰 문제는 예식장이었다. 당장 빌릴 수 있는 곳이 없었다. 언니가 예식장을 알아보기 위해 사방으로 뛰어다닐 동안 나는 친척들에게 전화를 돌렸다. 반응은 한결같았다. 금방 애 나오냐? 나는 아니라고 했다. 신부가 몇 살이냐? 스물일곱이라고 했다. 그러자 친척들이 다시 물었다. 그럼 네 오빠 나이 많다고 신부 측이 싫어서 서두는 거냐? 나는 그것도 아니라고 했다. 친척들은 궁금한 게 많았다. 몇 년 전에 아버지가 돌아가시고 얼마 뒤 어머니까지 돌아가신 뒤에는 전화 연락조차 하지 않던 친척들이었다. 친척들이 물었다. 신부는 어떤 여자냐? 나는 말문이 막혔다. 딱 한 번 얼굴만 보았을 뿐인 아메이에 대해 내가 알 턱이 없었다. 그날 아메이는 우리 가족을 향해 환하게 웃었고 우리는 어정쩡한 미소만 지었다. 언니는 아메이가 외국 사람이어서, 나는 나보다 다섯 살이나 어린 아메이에게 새언니 소리가 나오지 않아서 어색하게 굴었다. 자리가 파할 때쯤 아메이가 내 귀에다 대고 소곤거렸다.

"그냥 아메이라고 불러요. 나는 이름으로 부르는 게 좋아요."

내가 어물쩍 호칭을 생략하고 말하는 걸 알아챈 모양이었다. 한국에 온 지 얼마 안 됐다면서도 아메이는 한국어가 유창했고 가족 관계의 호칭에도 능통한 듯했다. 나는 아메이를 신기하게 쳐다보다 알았다고 대답했다. 그러자 다시 아메이가 활짝 웃었다.

하지만 친척들에게 그런 말을 할 수는 없었다. 신부가 어떤 여자냐고 물었을 때 나는 잘 모르겠다고 대답했다. 그러나 그 정도로 물러설 친척들이 아니었다. 그들은 질문을 바꿨다. 뭘 하는 집안이냐? 어머니와 남동생이 있다는 얘기는 들었지만 그들이 뭘 하는지는 몰랐다. 나는 또 모르겠다고 했다. 친척들은 집요했다. 그들은 다시 질문을 바꿔 물었다. 어디 출신이냐? 그건 대답할 수 있었다. 나는 라오스요, 하고 대답했다. 그러자 친척들은 오빠가 며칠 내에 결혼한다는 말을 들었을 때보다 더 놀랐다. 라오스? 라오스가 어디야? 신부가 라오스 여자라는 말이냐? 도대체 왜? 정효가 어디가 어때서? 나는 아무것에도 대답해줄 수 없었다. 결혼식 준비로 바쁘다는 핑계를 대고 전화를 끊었다.

언니는 결국 자신이 사는 동네의 구민회관을 빌리는 데 성공했다. 그 구민회관을 빌리기 위해 언니는 자신의 인맥을 동원했고 그런 인맥을 가진 스스로를 무한히 자랑스러워했다.

"시일이 촉박하다고 처음에는 안 된다는 거야. 그래서 힘을 좀 썼지. 이래 봬도 내가 우리 구에서 내로라하는 사모님들하고 언니 동생 하는 사이거든. 물론 나도 그 수준이 되니까 가능한 거지만."

싫다는 걸 언니가 우겨서 오빠는 정장을, 아메이는 한복을 한 벌 맞췄다. 오빠가 입은 정장도, 아메이가 입은 한복도 어색하기 짝이 없었다. 정장을 읽은 오빠는, 새 옷 때문에 더욱 낡아 보였다. 마르고 까만 얼굴. 굽은 등. 늦가을의 낙엽 같은 머리카락. 2년 사이 변해도 너무 변했다. 그동안 잘 느끼지 못했던 변화가 정장을 입으니 확연하게 눈에 띄었다. 그만큼 옷과 오빠는 겉돌고 있었다. 오빠에 비하면 그나마 아메이가 나은 편이었다. 처음에는 한복 입은 아메이가 눈에 설더니 조금 지나자 익숙해졌고, 아메이도 한복에 적응한 듯 자연스럽게 행동했다.

하객은 많지 않았다. 내가 전화를 돌린 친척들 이십여 명과 아메이가 한국에서 만났다는 외국인 친구 서너 명이 다였다. 언니의 시댁 쪽 친척들은 부르지 않았다. 언니가 싫다고 했다. 오빠의 친구들도 부르지 않았다. 부를 친구가 없다고 했다. 자리가 텅텅 비었다. 친척들은 식장에 도착하자마자 신부 대기실을 기웃거렸다. 그날도 아메이는 활짝 웃고 있었다. 외국인 친구 서너 명이 아메이 곁을 지켰다. 친척들이 눈살을 찌푸렸다. 여기가 한국인지 동남안지 모르겠네. 누군가가 말했다. 나는 한국어를 다 알아듣는다고 친척들에게 말해주었다. 그러자 누군가는 뜨끔, 하는 표정을 지었고, 누군가는 신기하다는 반응을 보였고, 또 누군가는 당연한 거 아니냐는 얼굴을 했다.

친척들은 아메이를 노골적으로 쳐다보지는 않았지만 유심히 살피기는 했다. 그랬다가 나중에 내게 와서 말했다. 베트남이나 뭐 그런 데보다 더 까만 것 같지 않냐? 나는 잘 모르겠다고 대답했다. 또 누군가는 와서 말했다. 거기는 공산당 나라라며? 어디들일 사람이 없어서 빨갱이 나라 사람을 들이냐. 나는 라오스가 사회주의 국가이긴 하지만 여행도 자유롭고 경제도 개방돼 있다고 대답했다. 또 누군가는 와서 말했다. 부모님이 살아 계셨더라면 절대 허락하지 않았을 거야. 그래서 나는, 부모님도 오빠 고집은 꺾지 못했을걸요, 하고 대답했다. 오빠는 원래 고집불통이었다. 또 누군가는 와서 물었다. 데려오는 데 돈이 얼마나 들었어? 나는 데려오지도 않았고 돈도 들지 않았다고 대답했다. 그러자 그 누군가가 깜짝 놀라며 말했다. 그럼 여자가 공짜란 말이냐? 그 같은 질문은 예상 못했으므로 나는 잠깐 생각하다가, 오빠도 공짠걸요, 하고 대답했다. 그런 다음 복도에 서서 웅성거리는 친척들을 식장 안으로 몰아넣었다.

결혼식은 금방 끝났다. 그건 오빠가 미리 부탁한 것이었다. 주례사가 10분을 넘지 않을 것. 내가 왜냐고 묻자 오빠는 피곤해서, 라고 대답했다. 그랬다가 자신의 결혼식을 위해 애쓰는 동생에게 한 말치고는 너무 성의가 없었다고 생각했는지 번거롭잖아, 덧붙였다. 나는 으응, 하고 말았지만 진짜 이유를 알 것 같았다. 오빠가 꺼리는 것은 불편함이었다. 관계의 불편함. 그리고 시선의 불편함. 오빠는 오랫동안 사람들과의 관계를 끊고 살았다. 집 밖에도 잘 나오지 않았다. 그러니 친척들은 물론이고 예식장 관계자들을 대하는 것도 불편할 수밖에 없었다. 부탁한 대로 10분 만에 주례사가 끝나고 다 같이 모여 사진을 찍었다. 폐백은 없었다. 친척들이 서운해했지만 오빠가 신부를 데리고 식당으로 내려가버리자 더 불평하지 않았다.

식당에는 테이블마다 갈비탕과 가자미회무침 그리고 편육이 조금씩 차려져 있었다. 친척들이 오빠에게 술을 권했지만 받지 않았다. 그러자 이번에는 친척들이 신부에게 술을 권했지만 역시 오빠가 받지 못하게 했다. 친척들은 금방 포기하고는 자기들끼리 먹고 마셨다. 오빠는 갈비탕 한 그릇을 먹고 일어섰다. 신부는 반도 먹지 못했다. 나는 오빠를 쳐다보았다. 오빠는 신부를 내려다보았다. 신부는 나를 바라보다가 오빠를 올려다보았다. 그러더니 숟가락을 놓고 일어섰다.

나는 콜택시를 불렀다. 오빠는 택시에다 신부를 태우고 여행가방 하나가 전부인 신부의 짐을 싣고 출발했다. 어디로? 우리는 나중에야 알았다. 오빠는 고속버스터미널로 향한 게 아니었다. 아직 더블침대도 준비하지 못한 좁고 구질구질한 오빠의 안산 집으로 갔다. 우리는 눈이 보고 싶다는 신부의 뜻에 따라 설악산 아래의 호텔을 예약해 두었었다. 언니와 나는, 눈밭을 달리며 잡기놀이를 하거나 어떤 영화를 흉내 내 앞으로 취침 뒤로 취침 때 아닌 군대놀이까지는 아니더라도 발갛게 언 볼과 손을 서로 슬그머니 녹여주는 장면 정도는 기대했다. 하지만 오빠는 아무런 마음의 준비도 없이, 나눠 가질 추억 하나 만들지 않은 채 결혼생활이라는 터널 속으로 곧장 돌진해 들어갔다.

3

　그는 사무실과 사무실을 연결하는 구름다리 위에서 담배를 피우고 있었다. 구름다리는 건물 2층 높이에 걸쳐져 있었고, 그 아래 마당에는 백 명 가까운 인부들과 그 인부들의 가족들이 모여 바글거리고 있었다. 그날은 인부들의 월급을 지급하는 날이었다. 통장이 있을 리 없는 인부들에게는 매달 현금이 주어졌고, 온 가족의 한 달 생계비인 현금을 남편의 도벽으로부터, 혹은 음주로부터 지키기 위해 몸소 현장으로 나오는 일부 아내들까지, 월급날 저녁의 풍경은 그야말로 희로애락을 완벽하게 갖춘 삶의 축소판과 같았다.

　가장 볼만한 것은 남편이 현금을 받아쥔 지 몇 분도 안 돼 아내에게 뺏기고 나서 그 아내의 뒤를 졸졸 따르며 몇 깝이라도 달라고 애원하는 장면이었다. 허옇게 먼지를 뒤집어쓴 머리카락, 하루 종일 땀 흘려 일하느라 땟물 자국이 선명한 얼굴, 새카만 손으로 아내의 치맛자락을 붙잡고 늘어지는 모습은 언제 봐도 신기한 광경이었다. 매달 월급날 저녁이면 그는 구름다리 위에 서서 담배를 피웠다. 담배를 피우며 인부들을, 그들의 가족들을, 라오스의 한 풍경을 감상했다. 변화 없는 생활에 지쳐가는 그에게, 하루가 다르게 의욕이 꺾여가는 그에게 인부들이 발산하는 에너지는 신선한 자극제가 되었다. 그 힘으로 또 한 달을 간신히 버텨내는 것이었다.

일곱 시 이십오 분. 구름다리 위에 서면 저 멀리로 메콩 강이 내다보였다. 그 시간쯤이면 강은 붉은빛에 감싸여 하루의 삶을 마치고 장렬한 최후를 맞이하기 마련이었다. 그래서 그런가. 해질 무렵이면 그는 늘 숙연해졌고 마음이 울적했다.

메콩 강에 이어 그가 맡은 공사현장도 보였다. 제방보수 작업은 반쯤 진척되었다. 그 작업이 끝나면 제방도로를 건설해야 했다. 회사에서 지시한 기간보다 더 오래 걸릴 것 같았다. 인부들은 지나치게 낙천적이어서 '빨리빨리' 서두르기만 하는 한국인을 이해하지 못했다. 누가 잔소리를 하건 말건 자신들의 리듬에 맞춰 일을 했다. 그 같은 고민은 동남아의 다른 나라로 파견된 동료들도 마찬가지였다. 게다가 요즘은 인부들의 눈도 높아져서 야금야금 임금인상을 요구하기도 했다. 7, 8년 전 그가 처음 발을 디

덨을 때의 그 순진하던 사람들이 아니었다.

그런 생각을 하며 그가 새로운 담배에 불을 붙이고 있을 때였다. 비스듬하게 고개를 젖히고 라이터돌을 굴리려는 순간 네다섯 명의 사람들이 사무실 마당으로 뛰쳐 들어왔다. 요란한 발소리와 비명에 가까운 외침에 그는 고개를 들었다. 그리고 그들이 하는 행동을 멍한 눈으로 바라보았다. 저들은 누구지? 여기서 뭘 하는 거지? 복면을 쓰고 있는 그들을 보면서도, 손에 든 시커먼 물건을 보면서도 현실감이 없었다. 자그마한 덩치 때문에 초등학생들의 학예회를 보는 듯한 착각마저 들었다.

그들은 사방으로 뛰어다니며 소리를 질러댔다. 흡사 토끼몰이를 하는 사냥꾼들 같기도 했다. 조금 시간이 흐르자 비명에 가까운 그들의 외침을 알아들을 수 있었다. 그것은 '손들어!' 였고, '꿇어앉아!' 였고, '고개 숙여!' 였다. 인부들은 그렇게 했다. 인부들의 가족들도 그렇게 했다. 일사불란하게, 마치 그들과 미리 손발을 맞추기라도 한듯 한 치의 망설임도 없이 손을 들었고, 꿇어앉았고, 고개를 숙였다. 인부들은 그렇게 했다. 그는 그렇게 하지 않았다. 인부들에게 월급을 지급하던 한국인 직원들도 그렇게 하지 않았다. 그러자 그들이 다시 외쳤다. 그것은 '이것은 진짜 총이다!' 였다. 그러면서 총을 들어 보였다. 그래도 실감이 나지 않았다. 군대 밖에서 총을 보는 건 처음이었다. 총을 든 강도들을 보는 것도 처음이었다. 그는 여전히 한 손에는 담배를, 한 손에는 라이터를 든 채 넋을 놓고 서 있었다.

그의 위치가 나빴다. 구름다리 위에 선 그는 너무 눈에 잘 띄었다. 높은 데 있으려면 아주 높든가, 낮은 데 있으려면 아주 낮아야 했다. 하지만 그는 어중간하게 높았고 어중간하게 낮았다. 그가 선 구름다리는 10여 미터 떨어진 그들의 눈높이와 거의 일치했다. 그들의 눈에 띄지 않는 게 오히려 이상한 일이었다.

마침내 그들 중 하나와 눈이 마주쳤다. 그도 놀랐지만 그와 눈이 마주친 상대도 놀란 듯했다. 빨간 손수건으로 얼굴을 가린 자였다. 빨간 손수건의 눈동자가 커지더니 그 눈에 두려움의 빛이 떠올랐다. 그 역시 마찬가지였다. 그의 눈동자도 커졌고 그의 눈에도 두려움의 빛이 깃들었다. 어느 순간 총구가 그를 향했다. 목표물이 불특정 다수에서 그로 정해진 것이었다. 빨간 손수건이 외쳤다.

"손들어!"

그는 손을 들었다. 여전히 반응이 느렸지만 처음 그들이 비명 같은 외침으로 요구했을 때보다는 훨씬 빨라졌다.

"지갑 꺼내!"

그는 지갑을 꺼냈다. 지갑을 어디다 넣었는지 얼른 생각이 나지 않아서 주머니란 주머니는 다 뒤진 뒤였다. 그가 주머니를 뒤지는 동안 빨간 손수건은 도움을 요청하려는 듯 동료들을 힐끔거리며 안절부절못했다. 하지만 동료들은 준비해온 검정 봉지에다 현금을 쓸어 담느라 정신없이 바쁜 시간을 보내는 중이었다. 그들에게는 초보 동료에게 신경 쓸 겨를이 없었다.

"시계 풀어!"

그는 시계를 풀었다. 얼마 전에 산 고급 시계였다. 할부금이 아직 석 달이나 남아 있었다. 정장을 입을 일이 거의 없는 그에게는 물론 어울리지 않는 물건이었다. 까맣게 탄 몸에서 시계만 유난히 번쩍거렸다. 그 시계를 사느라 그는 다른 쪽의 지출을 줄여야 했다. 궁색을 떨어야 했다. 월급의 대부분을 한국으로 송금하고 나면 그에게는 한 달을 살 수 있을 만큼의 돈만 남았다. 그의 입장에서 고급 시계는 분명 사치였다. 하지만 그렇게라도 하지 않으면 스물네 시간 목구멍 안쪽에 붙어서 그를 괴롭히는 권태란 녀석을 물리칠 방법이 없었다. 할부금을 갚는 동안에는 권태를 느끼지 않을 수 있었다. 그러나 이제 손목에서 시계를 푸는 그 순간에는 딱히 필요하지도 않은 고급 시계를 산 걸 후회했다.

"이리 던져!"

그는 정말 던지려고 했다. 지갑과 시계를 한 손에 쥐고 빨간 손수건과의 거리를 가늠해 보았다. 지갑은 받지 못하더라도 상관없었지만 시계는 아니었다. 그와 빨간 손수건 사이에는 꿇어앉은 인부들이 있었다. 빨간 손수건이 그에게로 다가오지 못하는 이유였다. 현재 상태라면 잘 던지고 잘 받기에는 거리가 너무 멀었고, 받지 못한다면 깨질 것이 분명했다. 이제 자신의 손을 떠날 시계의 안위에 대해 걱정할 필요가 없었지만 그는 걱정했고, 빼앗기는 것보다 깨질 것이 더 아까워서 선뜻 던지지 못하고 머뭇거렸다. 그는 빨간 손수건을 바라보았다. 빨간 손수건은 그의 얼굴에서 망설이는 이유를 읽어내고는 당혹스러운 듯 주위를 둘러보았다. 빨간 손수건을 도와줄 한가한 동료는 없었다. 어쩔 줄 몰라 하던 빨간 손수건이 문득 묘안을 생각해내고는 소리쳤다. 그 눈동자 위로 만족의 기운이 스쳐갔다.

"어이, 거기 맨 앞에 놈. 일어나서 지갑이랑 시계 받아 와."

구름다리에서 가까운 곳에 꿇어앉아 있던 인부들 서넛이 주섬주섬 일어났다. 누가 '맨 앞에 놈'인지 가늠하려는 듯 잠깐 서로를 바라보더니 결국 각자 꽃봉오리가 벌어지듯 두 손을 머리 위로 모아 활짝 펼쳤다. 어쨌거나 그들의 목적은 누가 '맨 앞에 놈'인지 가리는 게 아니라 지갑과 시계를 무사히 받아내는 것이었다. 빨간 손수건이 빨리빨리, 하고 한국어로 소리쳤다. 그것은 받을 준비를 하는 인부들이 아니라 그에게 하는 말이었다. 그는 마지막으로 자신의 물건들을 내려다본 뒤 심호흡을 했다. 그가 막 지갑과 시계를 아래로 던지려는 순간이었다.

사무실 마당 옆 조그맣고 허름한 문이 벌컥 열리더니 구부정한 자세로 사내 하나가 나왔다. 인부들이 사용하는 야외 화장실이었다. 삐걱거리는 소리가 유독 크게 들린 것은 주위가 너무 조용해서일 터였다. 빨간 손수건이 사내를 돌아보더니 재빨리 그쪽으로 총구를 들이댔다. 당황한 빛이 역력했다. 허리춤을 잡고 있던 사내는 눈을 굼적거리며 빨간 손수건을, 그런 뒤엔 천천히 고개를 돌리며 주위를 둘러보았다. 이해할 수 없다는 표정이었을 뿐 총구 앞에 서서도 두려워하는 기색이 없었다. 빨간 손수건이 외쳤다.

"손들어!"

사내가 고개를 갸웃거렸다. 꽃봉오리처럼 손을 벌리고 있던 인부들도, 그도 숨을 죽였다. 벌겋게 달아오른 얼굴로 빨간 손수건이 다시 외쳤다.

"손들라니까!"

조금은 비굴하게 보이는 웃음을 물며 사내가 오른손을 막 바지 주머니에 넣었을 때였다. 작은 돌로 큰 돌을 내려칠 때처럼 땅, 소리가 나더니 화약 냄새가 피어올랐다. 그는 재빨리 바닥에 엎드려 눈을 감았다. 구름다리가 흔들리는 것 같았다. 실제로 엎드린 그의 머리 위로 시멘트 가루가 떨어지기도 했다. 몇 초 동안의 정적이 지나간 뒤 여기저기서 목소리가 튀어오르기 시작했다. 목소리들은 우왕좌왕했고 발걸음은 빨라졌다. 조금 뒤에는 새된 오토바이 소리가 귀청을 흔들었다. 다시 기나긴 정적이 이어졌다. 그는 비로소 바닥에서 몸을 일으켰다. 걷잡을 수 없을 만큼 심장이 급박하게 뛰고 있었다. 권태 따위는 이미 인도양까지 멀어진 뒤였다.

마당 구석에 사내가 누워 있고 그 주위를 인부들이 에워싼 채 내려다보고 있었다. 누구도 말을 하지 않았다. 평소 인부들을 부리는 한국인 직원들은 넋을 놓은 채 주저앉아 있었다. 인부 중 하나가 앞으로 나서더니 사내의 눈을 감기고 주머니에서 사내의 손을 빼냈다. 사내의 손에 딸려 나온 것은 어이없게도 때에 전 줄이었다. 허리춤에 묶여 있어야 할 줄이 바지주머니에 들어가 있었다.

그 사내가 바로 아메이의 아버지였다.

*

이름 딸랏사오, 45세, 고향 방비엥.

딸랏사오, 라는 이름을 보는 순간 그는 경건해야 한다는 것도 잊고 웃음을 터뜨릴 뻔했다. 간신히 웃음을 참으며 그는 이름이 맞느냐고 직원에게 물었다.

"잘 모르겠습니다. 서류에 그렇게 기재돼 있기에……."

도시마다 한두 개씩은 다 있는 것이 딸랏사오였다. 심지어는 딸랏사오라는 버스정류장도 있었다. 아침시장이라는 뜻이었다. 아침 일찍 개장해서 이른 오후에 폐장하는 시장이었다. 당연한 일이지만, 사람의 이름으로는 어울리지 않는 말이었다. 한국식으로 하자면 자식의 이름을 새벽시장이나 백화점으로 짓는 것과 같았다. 나중에 아메이에게 물으니 아침시장처럼 늘 먹을 게 풍족하라는 의미로 할아버지가 지었다고 했다. 지금이라고 별반 나아진 것은 아니지만 아메이의 아버지가 태어날 당시만 해도 하루에 한 끼 먹기도 힘든 시절이었고, 굶어서 죽는 아이들도 수두룩했다고 했다.

"그런데 어떻게 연락을 하지?"

서류의 주소란에는 달랑 '방비엥'만 적혀 있을 뿐이었다. 아마 전화가 없을 게 뻔했다. 그렇다고 당장 시신을 싣고 달려갈 수도 없는 일이었다. 강도들이 현금을 탈취해가는 바람에 회사의 손실이 컸다. 아마 본사에서는 현장 책임자인 그에 대한 징계 수위를 놓고 한창 논의가 진행 중일 터였다. 그동안 그는 정확한 피해 액수와 사건 경위를 보고서로 작성해야 했고, 라오스 경찰들의 수사에도 협조해야 했다. 그는 직원에게 방비엥의 관공서에 부탁을 해서라도 딸랏사오의 가족을 찾아보라고 지시하고는 사무실을 나섰다. 머릿속이 복잡했다.

구름다리로 나간 그는 담배를 피우며 공사현장을 바라보았다. 인부의 숫자는 전날에 비해 절반도 되지 않았다. 강도들은 현금만 탈취해갔지만 그가 잃은 것은 현금뿐만이 아니었다. 사람에 대한 신뢰도 함께 잃었다. 전날 월급을 받지 못한 인부들이 파업을 선언했다. 월급을 받기 전에는 일을 할 수 없다고 막무가내로 버텼다. 공사 일정이 빠듯하다는 걸 알고서 하는 행동이었다. 어쨌거나 일정 차질은 불가피해졌다. 하루 벌어 하루 먹고사는 그들의 입장을 전혀 이해 못하는 것은 아니면서도 그는 서운했고 배신감마저 들었다.

배신감은 강도들이 물러간 직후부터 솔솔 피어오른 것이었다. 강도가 들기를 기다리고 있었거나 하듯 인부들은 재빨리 손을 들었고 무릎을 꿇었고 바닥에 납작 엎드렸다. 월급 한 번 못 받았다고 파업을 선언할 정도로 거친 사람들이 강도들 앞에서는 눈먼 초식동물처럼 얌전하게 굴었다.

애사심이라고는 손톱만큼도 없어.

그 역시 애사심 때문에 즉각 손을 들지 않은 게 아니면서도 그렇게 중얼거렸다. 오랜 내전을 겪으며 총의 위력을 뼈저리게 느낀 라오스인들이었다. 지금도 산악지대에서는 종종 지뢰가 터져 사람들이 죽거나 다치기도 했다. 그들의 일사불란한 행동에는 그런 역사적 배경이 깔려 있다는 걸 알면서도 배신감은 줄어들지 않았다.

결국 가족 없이 딸랏사오의 장례식을 치르기로 결정했다. 그 결정은 나이 많은 인부들이 한 것이었고 비용은 회사에서 대기로 했다. 딸랏사오의 가족을 찾는 데는 실패했다. 방비엥의 관공서에서는 바쁘다는 말과 모른다는 말만 반복했다. 마냥 기다릴 수 없었다. 더운 날씨 때문에 시신에서는 벌써 냄새가 나기 시작했고 파리가 들끓었다. 사무실 주위로 피와 부패의 냄새를 맡은 검은 파리 떼가 무시무시한 소리를 내며 몰려다녔다.

사흘째 되는 이른 아침이었다. 뚝딱뚝딱 관 하나를 만들어서는 시신을 넣고 트럭에 실었다. 그와 직원 하나, 나이 많은 인부들 셋이 동행했다. 목적지는 비엔티안 외곽의 작은 절이었다. 의논 끝에 복잡한 장례절차는 생략하기로 했다. 스님 한 분이 나와 망자를 위해 염불을 한 뒤, 그를 포함한 다섯 명이 나란히 관 앞에 서서 사진을 찍었다. 오른쪽, 왼쪽, 을 지시하던 스님이 마지막 순간 치즈, 하고 말했다. 하지만 아무도 치즈, 를 따라하지 않았고 웃지 않았다. 가장 나이 많은 인부가 관에 불을 붙였다. 다시 그를 포함한 다섯 명이 불타는 관 앞에 나란히 서서 사진을 찍었다. 이번에 스님은 치즈, 하고 말하지 않았다.

관은 잘 타올랐다. 그 장면도 사진으로 기록을 남겼다. 인부 셋은 먼저 공사현장으로 돌아가고 그와 직원만 남아 불타는 관을 지켜보았다. 그렇게 아메이의 아버지 딸랏사오는 한 항아리의 유골이 되었다.

*

아메이를 알아보는 것은 어렵지 않았다. 그녀는 흙먼지 날리는 황량한 터미널에 서 있었고 주위에 젊은 여자라고는 그녀뿐이었다. 여러 외국인들과 함께 버스에서 내렸지만 그녀 역시 곧바로 그를 알아보았다. 아마 나이 때문이었을 것이다. 함께 내린 외국인들 중 사십 대로 보이는 사람은 그 하나였다.

그는 다가갔고, 다가가며 그녀의 미모에 잠깐 놀랐고, 부음을 전하러 온 마당에 젊은 여자의 얼굴이나 힐끔거린 게 스스로도 민망해서 헛기침을 하며 고개를 돌렸다. 그런 다음 늦어서 미안하다고 말했다. 만나기로 한 때보다 한 시간이나 지체되었다.

"오다가 타이어 펑크가 나서……"

"그럴지도 모른다고 생각했어요."

그녀가 말했다. 그는 손수건을 꺼내 얼굴의 땀을 닦았다. 멀고도 험한 길이었다. 버스를 타고 오는 내내 차를 가지고 오지 않은 것을 후회했다. 초행에 길을 못 찾아 헤매느니 차라리 편하게 버스를 타자고 생각했다. 하지만 버스는 에어컨이 고장 나서 찜통 속에 앉아 있는 듯 무더웠고, 심하게 덜컹거렸고, 한없이 느렸다. 그런 와중에 타이어 펑크까지 났다. 멈춘 김에 쉬어간다는 생각인지 기사는 태평한 얼굴로 앉아 담배를 두 대나 피운 뒤에야 타이어 교체를 시작했다. 유골 항아리만 아니었어도 그 역시 그 상황을 즐겼을지 몰랐다. 참으로 오랜만에 수도를 벗어나 여행길에 오른 것이었다. 하지만 그의 배낭에는 유골 항아리가 들어 있었고, 부음을 전해야 하는 부담스러운 책임을 지고 있었다. 빼어난 산세도, 카약을 타고 유유자적 쏭 강을 따라 흐르는 젊은이들의 낭만도 눈에 들어오지 않았다.

"오시느라 고생하셨겠네요."

그는 얼른 손사래를 치며 아니라고 대답했다.

"가세요. 어머니가 기다리고 계세요."

"아, 네."

그는 앞서 걷는 아메이의 뒤를 따랐다. 쏭 강가의 몇몇 호텔과 리조트만 아니라면 전형적인 시골마을의 풍경이었다. 집들이 띄엄띄엄 있었다. 거리에는 사람이 거의 보이지 않았고 간혹 배낭족과 아이들만 눈에 띨 뿐이었다. 장담할 수는 없지만 이런 마을에서 누군가의 가족을 찾는다는 것이 그다지 어렵지는 않아 보였다. 그는 새삼 방비엥 관공서에 대해 분노를 느꼈다.

딸랏사오의 장례식을 마치고 그는 직접 관공서로 전화를 걸어 가족을 찾아봐달라고 한 번 더 부탁했다. 돌아오는 대답은 한결같았다. 바쁘다는 것이었다. 그는 이리저리 수소문해보다가 방비엥에서 리조트를 건설 중인 한국 회사가 있다는 것을 알아냈다. 경쟁회사였고 책임자와 일면식도 없는 사이였지만 방법이 없었다. 전화를 걸어 사정을 설명하고 거듭 부탁을 했다. 타국에서 한국 사람들끼리 도와야 하지 않겠느냐는 낯간지러운 소리까지 했다. 비엔티안에 볼일이 생기면 그때는 자신이 나서서 도와주겠다는 품앗이성 발언도 서슴지 않았다. 그렇게 해서 어렵게 아메이와 연락이 닿은 것이었다.

"집이 먼가요?"

그들은 벌써 20분째 걷고 있었다. 여섯 시간이나 버스를 타고 온 그는 지쳤고 목도 말랐다. 마침 근처에 카페도 있었다. 그렇게 물으면 그녀가 적당히 눈치 채고 쉬어가자고 할 줄 알았다.

"아니에요. 이제 조금만 더."

"아, 네."

그녀가 멈추지 않았으므로 그도 멈출 수 없었다. 다시 10여 분을 걸었다. 불쑥 그가 말했다.

"아버님은 용감하셨습니다."

말해놓고 그는 뜨끔했다. 미리 준비한 말도 아니었다. 그 자신도 모르게 튀어나온 말이었다. 어쩌면 침묵이 부담스러웠을 수도 있고 이제 곧 몰아닥칠 딸랏사오 가족의 비난이 두려웠을 수도 있었다. 어쨌거나 이미 뱉어버린 말이었다. 자포자기의 심정으로 그는 덧붙였다.

"아버님은 강도들에 맞서 용감하게 싸우다가 돌아가셨습니다. 아버님은……"

말을 하는 동안 그는 점점 자신감이 생겼고, 진실과 거짓이 교묘하게 뒤섞이며 어떤 게 진실이고 어떤 게 거짓인지 점점 알 수 없게 되어갔다. 어느 순간부터는 자신의 입에서 뱉어지는 말이 진실이 아닐까 하는 생각마저 들었다.

"누구 하나 맞서는 자가 없었죠. 오직 아버님만이 무시무시한 강도들의 총 앞에서도 의연했습니다. 덕분에 저는 소중한 지갑과 시계를 지킬 수 있었죠. 회사 공금을 다 잃지 않은 것도 아버님의 공이라고 할 수 있습니다."

딸랏사오가 그를 구하다 죽은 것은 아니지만 어쨌거나 결과적으로는 그렇게 되었다. 게다가 그는 딸랏사오 덕분에 지갑과 시계를 빼앗기지 않을 수 있었다. 삼분의 일 정도의 회사 공금을 지킬 수 있었던 것도 딸랏사오가 죽었기 때문이었다.

"아버님은 누구보다 열심히 일하는 노동자였습니다. 게으름을 피우지도 않고 다른 인부들과 싸우는 일도 없었죠. 성실한 일꾼이었는데 돌아가시다니 참으로 유감스럽습니다."

그는 딸랏사오를 알지 못했다. 죽은 뒤에야 딸랏사오를 알았다. 죽지 않았으면 아마 영원히 알지 못했을 것이다. 그는 가슴이 뜨끔했지만 선의의 거짓말이었으므로 죄책감을 느끼지는 않았다.

"유족분들의 심정이 어떨지는 잘 알고 있습니다. 아마 가슴이 찢어지는 고통을 느끼겠죠. 회사도 슬픔과 책임을 느끼고 있습니다. 초면에 이런 말씀 드리기는 뭣하지만, 아버님의 죽음에 대해 어떤 식으로든 보상을 해드릴 생각입니다. 원하시면 우리 회사에서 일하셔도 되고, 다른 일을 원하시면 최대한 지원을 해드리겠습니다."

회사의 지원이라고는 50만 원가량의 위로금뿐이었다. 그는 '우연'이라거나 '재수가 없어서' 같은 말은 쏙 빼고 딸랏사오에게 유리한 쪽으로 보고서를 작성했고 결국 50만 원이라는 위로금을 받아냈다. 많지는 않지만 그렇다고 크게 적지도 않은 금액이었다. 딸랏사오가 공사현장에서 몇 달을 일해야 벌 수 있는 돈이었다.

"얼마 안 되지만 우선 위로금을 받으시고 천천히 미래도 생각해보세요."

"다 왔어요."

그는 눈을 들었다. 어느새 그들은 양철지붕을 얹은 집 앞에 서 있었다. 집은 금방이라도 쓰러질 것처럼 오른쪽으로 심하게 기울어 있었고, 양철에는 오돌토돌하게 녹이 슬어 있었다. 바람이라도 분다면 녹들이 우수수 일어나 머리 위를 맴돌 것 같았다. 그는 시계를 보았다. 50분쯤 걸은 것 같았다. 처음의 30분은 어지간히 힘들었는데 나중의 20여 분에 대해서는 기억이 없었다. 어디를 어떻게 걸어왔는지도 생각나지 않았다. 그는 뒤늦게 혼자 떠들어 댄 것이 부끄러워 얼굴을 붉혔다.

"들어가세요."

그는 들어갔다. 너무 조용해서 집 안에 다른 가족이 있으리라는 생각은 들지 않았지만 어두컴컴한 안으로 발을 들여놓았다. 몇 초간은 아무것도 분간할 수 없었다. 눈이 어둠에 적응할 동안 그는 가만히 서 있었다.

"앉으세요."

그는 앉았다. 아메이가 앉기 좋게 그의 엉덩이 쪽에다 의자를 대주었으므로 그는 몸을 내려놓기만 하면 되었다.

"드세요."

그는 들었다. 차가운 얼음물을 기대했지만 물론 있을 리가 없었다. 얼핏 둘러본 것만으로도 가전제품은 키우지 않는다는 것을 알 수 있었다. 그래도 물을 마시니 조금은 살 것 같았다.

"인사하세요. 어머니예요."

그는 인사를 했다. 그의 맞은편에 여인이 앉아 있었다. 딸랏사오의 부인이라기보다는 어머니에 가까워 보이는 여인에게 그는 자신을 소개했고 여인이 안녕하세요, 하고 말하는 소리를 들었다. 그들이 인사를 나누는 동안 아메이는 어딘가로 가더니 커다란 쟁반을 들고 돌아왔다. 쟁반 위에는 라오라오 한 병과 야채와 소스 그릇이 올려져 있었다. 그는 설마, 했다. 이렇게 더운 날에, 이렇게 더운 곳에서, 이렇게 독한 술을……, 생각했다. 하지만 태연한 얼굴로 쟁반을 내려놓은 아메이는 그와 여인의 중간쯤 되는 곳에다 의자를 놓고 앉았다. 위치 때문인지 아메이가 마치 중재자처럼 보였다.

"받으세요."

그는 받았다. 망설이는 마음과 달리 손은 어느새 잔을 들어 앞으로 내밀고 있었다. 아메이가 병을 따고 그녀의 어머니가 술을 따랐다. 잔은 하나뿐이었다. 그는 얼른 마시고 잔을 돌려야 하는

가, 고민하다가 그대로 내려놓았다. 숨이 막힐 것 같은 날씨에 독한 술을 마실 엄두가 나지 않았다.

"아버지가 술을 좋아하세요. 언제 오실지 몰라 늘 한 병은 집에 준비해두는 편이에요. 아버지 대신 오셨으니 아버지의 술을 대접해야 한다고 하시네요. 드세요."

그는 망설이다가 결국 잔을 들어 입안에 털어 넣었다. 뜨거운 물줄기가 식도를 타고 내려가 뱃속에 고이는 느낌이 들었다. 다음 순간에는 역한 기운이 올라와서 그는 야채를 입에 넣고 씹었다.

"한 잔 더 받으세요. 대접할 게 이것밖에 없어요."

아메이가 말했다. 맞은편의 여인이 간절한 눈으로 그를 쳐다보고 있어서 거절할 수가 없었다. 그는 잔을 내밀었다.

"드세요."

그는 또 들었다. 첫 잔처럼 역하지는 않았다. 원한 건 아니지만 어쨌거나 혼자 마시는 게 무안해서 그는 잔을 여인 앞에다 놓았다. 여인이 술을 따르고는 그를 빤히 쳐다보았다. 어쩔 수 없이 이번에도 그가 잔을 비웠다. 세 잔째 마시자 뜨거움은 점차 따뜻함으로 변해갔고 그는 그 온기가 싫지 않았다. 몸 바깥의 온도보다 몸 안의 온도가 올라가면서 어쩐지 자신이 보호받고 있다는 느낌을 받았다.

그가 잔을 내려놓자 여인이 다시 술을 따랐고 이번에 그는 망설임 없이 잔을 비웠다. 분위기 때문인지 술을 마시는 행위가 마치 의식을 치르는 듯해서 그는 경건함마저 느꼈다. 이전의 그는 인부들이 왜 저녁마다 시원한 맥주를 두고 독한 라오라오를 마시는지 이해하지 못했지만 이제는 이해할 수 있을 것 같았다. 한마디로 화끈한 술이었다. 군더더기가 없었다. 강한 자만이 마실 수 있는 술이었다. 마시면 강해지는 술이었다. 넉 잔만으로도 온몸에 활기를 주고 뱃속에 용기를 심어주었다.

"어머니가 궁금해하세요."

그는 알아들었다. 설명을 시작했다. 걸어오면서 한 말에다 약간의 살을 덧붙이고 약간의 양념을 더 쳤다. 여인이 때때로 고개를 끄덕였다. 신이 난 그는 더 많은 살을 붙이고 더 많은 양념을 쳤다. 그가 말을 하면 할수록 딸랏사오는 점점 영웅이 되어갔다. 그가 설명을 마칠 즈음에는 딸랏사오는 한 세기에 한 명 나올까 말까 한 비범한 영웅이 되어 있었고, 딸랏사오를 제외한, 살아남은 사람들은 비천한 인간으로 떨어져 있었다. 마침표를 찍으며 그는 자신도 비천한 인간 중 하나라는 듯 고개를 숙였다. 때에 전 줄 따위는 깨끗하게 잊어야 했다. 딸랏사오가 바깥의 소란을 어떻게 모를 수 있었는가 하는 문제를 놓고 누군가는 전날 술을 마셨을 것이다, 누군가는 가는귀가 먹었다, 또 누군가는 멍청해서 그렇다, 분분하던 인부들의 의견도 잊어야 했다. 잊는 것은 어렵지 않았다. 술기운이 오르기 시작한 그는 때에 전 줄과 인부들의 의견을 한 줌 먼지보다도 가볍게 훅 털어버렸다.

여인이 눈물을 찍어냈다. 그는 배낭을 열고 유골 항아리와 장례식 사진을 꺼내 여인 앞으로 밀었다. 혹시라도 가족의 동의 없이 맘대로 장례를 치렀다고 비난할까봐 두려웠다. 그는 서둘러 그간의 사정을 설명했다. 관공서의 무심함과 불친절에 대해서도 말했다. 그때 여인이 뭐라고 말을 했다. 발음을 알아듣기가 힘들었다. 드문드문 남은 이 사이로 바람이 넘나들었다. 게다가 입을 거의 벌리지 않고 웅얼거리듯 말하는 습관이 있었다. 그는 아메이를 쳐다보았다.

"고맙다고 하시네요."

머리를 숙이는 여인을 향해 그도 마주 머리를 숙였다. 또 여인이 뭐라고 말을 했다. 그의 라오어는 유창하다고 할 수는 없었다. 하지만 지금까지 언어소통에 크게 문제가 있었던 적은 없었다. 아무래도 빠진 이 때문에 발음이 새는 모양이었다. 그래도 그는 말을 못 알아듣는 게 자신의 잘못인 것만 같았고, 통역을 바라며 아메이를 쳐다볼 때마다 죄책감을 느꼈다. 아메이나 여인이 먼저 빠진 이 얘기를 해줬으면 했지만 아무도 그런 말은 하지 않았다.

"아버지는 집에 붙어 있지를 못하는 사람이에요. 늘 어딘가에 떠나 있는 사람이죠. 집에 돌아왔다가도 또 금방 일어서는 사람이에요. 최근에는 아버지가 어디 있는지도 몰랐어요. 하도 여기저기 돌아다니니 아버지도 아마 연락을 안 했을 거예요. 그래도 마지막 순간에는 어디서 뭘 하며 살았는지 알게 돼서 다행이라고 하세요. 죽은 줄도 모르고 평생 기다릴 뻔했는데 알려줘서 고맙다고 하세요."

아메이의 말이 끝나기를 기다렸다가 여인이 다시 그를 향해 머리를 숙였다. 그도 얼른 머리를 숙였다. 그는 주머니를 뒤져 위로금 봉투를 꺼냈고 여인 앞으로 밀었다. 약소하지만 회사에서 마련한 위로금입니다, 하고 그가 격식을 갖춰 말했다. 낍으로 환전해온 터라 봉투는 제법 두툼했다. 여인이 봉투를 집더니 안을 들여다보았다. 주름진 얼굴 위로 놀람과 기쁨의 빛이 흘러갔다. 그는 안도의 숨을 내쉬었다. 나중 일을 고려하지 않고 망자를 너무 띄웠던 것이다. 준비해온 금액을 생각하지 않고 지나치게 영웅화시키는 바람에 슬그머니 후회하고 있던 터였다. 여인이 연신 머리를 숙이며 고맙다고 말했다. 그런 뒤에는 '그제야' 그의 잔에 술을 따랐다. 그가 혼자 마셔도 될지, 하며 같이 마셨으면 하는 뜻을 내비쳤으나 여인은 고개만 저을 뿐이었다.

할일이 끝났다. 그만 일어나야 했지만 그는 뭔지 모르는 뭔가가 미진해서 그대로 앉아 있었다. 삼각형 구도를 이룬 세 사람이 조심스럽게 서로를 바라보았다. 이제 볼일이 끝났다는 듯 아무도 말을 하지 않았다. 뒤늦게 라오라오의 맛을 알게 된 그의 잔에 술을 따르지도 않았다. 할 수 없이 그는, 여인은 이미 고개를 저었으므로 아메이에게 잔을 내밀었으나 그녀는 아버지의 술을 좋아하지 않는다며 사양했다. 그래서 그는, 이미 고개를 저었지만 그동안 생각이 바뀌었을 수도 있으므로 한 번 더 여인에게 잔을 내밀어보았다. 그러나 여인은 의지를 굽히지 않고 이미 저은 고개를 다시 저었다. 그렇다면 그의 잔에 술을 따라줄 법도 한데 누구도 그러지 않았다.

어쩔 수 없이 그는 일어났고 밖으로 나갔다. 여인과 아메이가 뒤를 따랐다. 아메이가 어디서 묵을 거냐고 물었다. 그는 반사바이 방갈로에 예약을 해뒀다고 말했다. 길을 아느냐고 물어서 그는 모른다고 했다. 방비엥은 처음이라는 말도 덧붙였다. 어떻게 찾아갈 거냐고 물어서 그는 사람들에게 물어보면 알려주지 않겠느냐고 했다. 그랬다가, 정 못 찾으면 까짓 노숙을 해버리는 수밖에 없지 않겠냐고 말했다. 그러자 여인이 그렇게 좋은 호텔을 왜 안 가려고 하느냐며 펄쩍 뛰었다. 아까워서 안 된다고 했다. 아메이의 등을 떠밀며 데려다주라고 했다. 그에게는, 얘가 길을 아니까 데려다줄 거라고 말했다. 그는 고맙다고 했다. 그러면서 이제 길을 안내하라는 듯 아메이를 바라보았다.

그들이 말없이 걷고 있을 때 아메이가 마주 오던 꼬마아이에게 아는 척을 했다. 말이 너무 빨라서 그는 그녀가 꼬마아이에게 뭐라고 하는지 알아듣지 못했다. 그녀의 말이 끝나자 꼬마아이가 어디론가 뛰어갔다. 아는 아이냐고 그가 묻자 그녀가 그렇다고 했다. 누구냐고 물으니 동생이라고 했다. 저렇게 어린 동생이 있냐며 그가 놀라워하자 그녀는 어쩐지 얼굴을 붉히더니 대답을 못했다.

"동생에게 뭐라고 한 겁니까?"

그가 물었다.

"어두워지기 전에 집에 들어가라고 했어요. 어머니가 기다리고 있다고."

그러고 보니 어느새 해가 지고 있었다. 붉은 기운이 하늘 가득 퍼져 있었다.

한동안 말없이 걷다가 그는 문득 뭔가가 궁금해져서 동생이 몇 살이냐고 물었다. 열두 살이라고 했다. 그가 다시, 그럼 누나는 몇 살이냐고 물었다. 진짜 궁금한 것은 그것이었다. 그녀의 나이를 알기 위해 먼저 동생의 나이를 물었다. 그녀는 잠깐 생각에 잠겨 있다가 뒤늦게 그의 질문을 깨닫고 자신은 스물세 살이라고 대답했다. 생각보다 나이가 많은 것에 그는 놀랐다. 얼굴만 봐서는 스무 살로밖에 보이지 않았다. 그가, 얼굴만 봐서는 스무 살로밖에 보이지 않는다고 하자 그녀가 살풋 웃었다.

또 한동안 말없이 걸었다. 시계는 보지 않았지만 30분은 거뜬히 걸은 것 같았다. 그들 옆으로 쏭 강이 흐르고 있었다. 어느 순간부터 쏭 강이 나타나 그들 옆에서 함께 걷고 있었다. 낮에 보는 쏭 강과 저녁에 보는 쏭 강이 너무 달라서 그는 놀랐다. 낮의 쏭 강이 주변을 둘러싼 뾰족한 산들 때문에 그리고 따가운 햇살 때문에 날카롭고 우렁차 보였다면, 검붉은 기운에 감싸인 저녁의 쏭 강은 한결 다스곳해 보였다. 부드러워 보였다. 산과 강이 연인처럼 보였다. 카약을 타고 지나치던 젊은이들이 그와 그녀를 향해 손을 흔들었다. 그는 웃으며 마주 손을 흔들었다. 그녀는 흔들지 않았다. 그는 그녀를 돌아봤다가 얼른 고개를 바로 했다.

"아직 멀었나요?"

그가 물었다. 이번에는 지치거나 목이 말라서가 아니었다. 그도 눈치는 있었다. 제법 반듯한 건물들이 점점 자주 눈에 띄고 있었다. 그녀와의 산책이 곧 끝나리라는 것을 짐작할 수 있었다. 그러므로 그가 아직 멀었냐고 물은 것은 아쉬움 때문이었다. 아니나 다를까 그녀가 다 왔다고 말했다. 그는 장난기가 발동했다.

"다 왔다고 했다가 앞으로 몇 십 분은 더 걸을 거죠?"

"진짜로 다 왔어요."

그녀가 걸음을 멈췄다. 머쓱해진 그도 멈춰 서서 눈앞의 건물을 올려다보았다. 비엔티안에서 예약한 방갈로였다. 그들은 선뜻 헤어지지 못하고 입구에 서 있었다. 그는 돌아서는 척하다가 그녀에게 물었다.

"그런데…… 어머니는 뭘 하세요?"

시장에서 야채를 판다고 했다. 동생이 잡아온 물고기도 판다고 했다. 가끔은 동생이 잡아온 메뚜기나 개구리도 판다고 했다. 이것저것 팔 수 있는 건 다 판다고 말했다.

"그럼…… 당신은 뭘 하세요?"

딱히 하는 건 없다고 했다. 안 하고 싶어서가 아니라 할 게 없어서라고 했다. 그는 고개를 끄덕였다. 농사를 지을 땅도 없고 취직할 일자리도 부족해요, 그래도 그럭저럭 먹고는 살아요, 하고 그녀가 말했다. 그는 고개를 갸웃거렸다. 그러자 그녀는 딱히 하는 건 없지만 그렇다고 아무것도 안 하는 건 아니라고 말을 바꿨다. 가끔은 나물도 캐러 다니고 이웃의 밭으로 옥수수를 따러 가기도 한다고 했다.

"가끔은 동생을 따라 물고기를 잡으러 가기도 해요."

조용히 듣고 있던 그는, 그 정도면 딱히 하는 일이 없는 게 아니라 많은 일을 하는 거라고 말했다. 세상에는 할일이 있음에도 안 하는 사람들이 얼마나 많은지 아느냐고 했다. 그런데 당신은 할일이 없음에도 많은 일을 찾아서 하니 자부심을 가질 만하다고 칭찬했다. 그녀가 살풋 웃었다. 그는 그녀를 더 붙잡아두고 싶었지만 이제는 정말 질문거리가 떨어졌다. 질문도 뭘 알아야 할 수 있는 것이었다. 초견에 물어볼 수 있는 것은 다 물어보았다. 시간을 끌 수 있는 유일한 방법은 이제 그녀가 그에게 질문을 던지는 것이었다. 하지만 그녀는 묻지 않았고 물을 가능성도 없어 보였다.

그는 망설였다. 사실은 그녀의 집을 나서는 순간부터 말을 할까 말까 망설이던 것이었다. 이제는 결정해야 했고 그는 후회를 남기지 않기로 했다. 라오라오가 그에게 용기를 주었다. 게다가 여기서 헤어진다면 앞으로 다시는 만나지 못할 사람이었다. 그는 돌아서는 척하다가 방금 생각난 듯 말했다.

"여기 강가에 제법 근사한 레스토랑이 있다는데 같이 저녁 먹을래요?"

그의 오랜 망설임에 비해 그녀는 너무 쉽게 고개를 저었다. 그는 더 매달리지 않았다. 어려운 일 있으면 연락하라고 말하고는 돌아섰다. 그리고 쿨한 척 경쾌한 발걸음으로 걸었다. 정원을 지날 때에야, 연락하라고 하고서는 명함도 주지 않았다는 걸 생각해냈지만 다시 돌아갈 수는 없었다. 그는 미소를 지었는데, 그것은 자조의 냄새를 강하게 풍기고 있었다. 허전함을 감추기 위해 내가 오늘 왜 이러지? 하고 소리 내어 말해보았다. 아무래도 총격의 충격이 가시지 않은 모양이라고 생각했다. 그는 프런트로 걸어가 키를 받아서는 곧장 방으로 올라갔다.

반사바이 방갈로로 아메이가 찾아온 것은 이튿날 아침이었다. 그들은 방갈로 내 레스토랑에서 커피를 마시며 애기를 나누었다. 그런 다음 그녀는 집으로 돌아갔고 그는 쏭 강으로 산책을 나갔다.

그들이 다시 만난 것은 정오 직전이었다. 그는 트럭 짐칸에 자신의 배낭과 그녀의 가방을 실은 뒤 조수석으로 가 자신이 먼저 타고 손을 내밀어 그녀가 타는 것을 도와주었다. 터미널로 가는 동안 그들은 한 마디도 나누지 않았다.

연착하는 버스를 기다리며 그들은 터미널에 서서 점심으로 햄버거를 먹었다. 20분이나 늦게 버스가 도착했지만 누구도 불평하지 않았다. 그가 먼저 타고 그녀가 뒤따라 탔다. 그는 창가 쪽의 자리를 그녀에게 양보했다. 마을 주민으로 보이는 사람들이 그녀와 그를 힐끔거렸다. 그녀는 창밖으로 펼쳐지는 고향마을을 오랫동안 내다보았다. 그는 눈을 감은 채 사무실 서랍에 넣어둔 고급 시계를 떠올렸다. 그 아비 덕에 지킨 시계를 그 딸을 위해 팔아야 하다니 인연이란 참으로 묘하다고 생각했다. 시계를 누구에게 넘겨야 제값을 받을 수 있을지 궁리했다. 가장 시급한 일이 그녀가 머물 방을 구하는 것이었다. 다음으로는 한국어 수강증을 끊는 것이었다.

비록 선의에서 나온 행동이기는 하지만 아내에게는 아메이의 일을 비밀에 부치기로 마음먹었다.

4

　입국 수속을 마치고 하카타 항을 빠져나온 것은 오전 여덟 시
가 조금 지나서였다. 버스정류장은 금방 눈에 띄었고 그들은 곧
장 그곳으로 걸어갔다. 간밤에 어디로 갈지를 놓고 약간의 다툼
이 있었다. 그녀는 도시로 가고 싶어했고 그는 시골로 가고 싶어
했다. 그녀는 움직이고 싶어했고 그는 쉬고 싶어했다. 의견이 팽
팽히 맞서 좀체 결론이 나지 않았다. 서로가 서로를 고집쟁이라
고 핀잔을 주었다. 어린 사람이 좀 지지, 하고 그가 말하면 원래
늙은 사람이 양보하는 거 아니냐고 그녀가 맞받았다. 늙은 사람
이라는 말에 화가 난 그는 급기야 물주는 나야, 하고 선언함으로
써 그녀를 할 말 없게 만들었다. 결국 그의 뜻대로 온천마을로 결
정하기는 했지만 그녀는 여전히 볼이 부은 채였다.

그는 버스를 기다리는 동안 담배를 피웠다. 등줄기로 땀이 흘러내렸다. 밤사이 ㅇ름의 초입에서 불볕더위 한가운데로 훌쩍 건너온 느낌이었다. 전날 마트에 들렀을 때 부채를 사지 않은 것을 후회했지만 이제는 소용없는 일이었다. 그는 배낭을 벗어 바닥에 내려놓으며 하카타 항을 돌아보았다. 부채를 팔지도 모른다는 생각이 들었지만 이번에는 움직이기가 싫었다. 그는 간밤에 거의 잠을 자지 못해서 오로지 눕고 싶다는 생각뿐이었다.

"안 덥니?"

그녀 옆에 슬그ㅁ니 앉으며 그가 물었다. 덥다는 대답이 돌아왔다.

"부채 사줄까?"

맘대로 하라는 대답이 돌아왔다.

"부채 사러 갈래?"

덥기는 하지만 부채를 사러 돌아다닐 정도는 아니라는 대답이 돌아왔다. 그가 한숨을 쉬자 그녀는, 조금 덥기는 하지만 겨울보다는 여름이 훨씬 낫고 추운 것보다는 더운 게 훨씬 좋다고 말함으로써 그의 한숨을 더 깊게 만들었다.

"물 마시고 싶지 않니?"

있으면 마시겠지만 없어도 상관없다는 대답이 돌아왔다. 조금 뒤에 그녀는, 역시 있으면 더 좋겠지만 자신은 참는 데는 이골이 난 사람이므로 몇 시간이고 물을 마시지 않고도 견딜 수 있다고 자신만만한 얼굴로 말했다. 그는 토라지려는 마음을 간신히 부여잡았다.

"물도 사고 부채도 사게 같이 갈래?"

그녀는 꼼짝도 하기 싫다고 말했다. 멀미 때문에 한숨도 못 자서 피곤해 죽을 지경이라고 했고, 버스가 올 때까지만이라도 쉬고 싶다고 했다. 그러자 마침내 그가 발끈하더니 목소리를 높였다.

"그 배 크기를 보고도 멀미 얘기가 나오니? 핑계를 대더라도 좀 제대로 대야지."

"정말이에요. 밤새 속이 울렁거려서 한숨도 못 잤어요."

그렇게 말하며 그녀는 손바닥으로 가슴께를 지그시 눌렀다.

"네 속은 뭐 나프탈렌으로 만들어졌냐? 가는지 오는지도 모를 배에서 멀미를 하게."

"나프탈렌이 뭐예요?"

"그런 게 있다. 나는 나프탈렌 냄새만 맡으면 구역질이 난다."

"그 말은 내가 구역질 난다는 뜻인가요?"

"누가 그렇대?"

"밤새 잘 잔 사람이 갔다 오면 되잖아요. 코까지 골며 맛있게 잔 사람은 소장님이잖아요."

"놀리냐? 잠자리가 바뀌어서 그런지 나도 한숨도 못 잤다. 나도 피곤해 죽을 지경이야. 가게가 천 리 밖이냐, 만 리 밖이냐? 같이 좀 가면 다리가 부러진다더냐? 내가 이십 대 팔팔한 청춘이라면 냉큼 달려가서 사오겠다."

그녀도 지지 않았다. 상황이 불리해지면 꼭 나이를 걸고넘어진다고 반박했다. 젊은 게 죄냐고도 했고 늙은 게 자랑이냐고도 했다. 혼자 가도 될 걸 왜 꼭 같이 가려고 하는지 모르겠다고 투덜거렸다. '늙은 게'란 말에 그가 한 소리 하려는데 때마침 버스가 와서 그들 앞에 멈췄다. 그가 구로카와에 가냐고 물으니 기사가 대답 없이 고개만 끄덕였다. 할 수 없이 그는 배낭을 들고 버스에 올랐다.

화를 내야 하는티 화를 내지 못한 그는 자리에 앉자마자 부채 대신 안내책자를 거칠게 흔들었다. 팔이 아픈 것에 비해 이는 바람은 형편없이 약했다. 그러는 그를 가만히 쳐다보고 있던 그녀가 갑자기 그의 손에서 안내책자를 빼앗았다. 그가 더는 참지 못하고 기사가 보든 말든 화를 내려는데 그녀가 안내책자의 표지를 부욱, 찢더니 그에게 내밀었다. 그 생각을 먼저 해내지 못한 게 약이 올랐지만 달리 할 말이 있는 것도 아니어서 그는 한층 요란하게 표지를 부채 삼아 흔들어댈 뿐이었다.

복수할 기회는 금방 왔다. 몇 분 후 버스의 냉방장치 덕분에 더이상 부채가 필요 없어진 그는, 내가 몰라서 안 찢은 게 아니다, 조금만 참으면 되는데 네가 아까운 책만 못쓰게 만들었다, 했다. 조금 후에는 또, 어떻게 된 애가 인내심이라고는 손톱만큼도 없어, 핀잔을 주었다. 그녀는 아무 말도 하지 않았다. 그래도 그는 만족했고 머리 위의 에어컨을 기특하다는 듯 쳐다보았다.

그들이 산속에 자리 잡은 온천마을에 도착한 것은 정오 무렵이었다. 대여섯 명의 승객을 내려주고 버스는 산모퉁이를 돌아 사라졌다. 함께 내린 승객들이 흩어지고 나서도 그와 그녀는 같은 자리에 서서 마을을 내려다보았다. 크지 않은 마을 곳곳에서 김이 피어오르고 있었고 울창한 나무들이 작고 검은 목조건물들을 에워싸고 있었다. 나무들이 만들어내는 그늘도 깊고 건물들도 검은색이어서 그런지 피어오르는 김마저도 검어 보였다. 아니나 다를까 조금은 겁먹은 목소리로 그녀가 말했다.

"이렇게 검은 마을은 처음 봤어요."

그것은 그도 마찬가지였다. 나도 그래, 하고 그가 말하는 순간 마을 쪽에서 커다란 까마귀 한 마리가 괴성을 지르며 날아올랐다. 그는 문득 돌아가신 어머니를 떠올렸고, 어머니가 자세한 묘사까지 곁들이며 어린 그를 겁주곤 하던 팔열지옥이라는 단어를 떠올렸다.

"이 나라에서는 까마귀가 길조야."

곧 터질 그녀의 불평을 봉인하기 위해 말은 그렇게 했지만, 마을을 향해 첫발을 내딛는 그는 뜬금없게도 쉬기 위해 찾아온 온천마을이 아니라 팔열지옥의 세계로 들어가는 듯한 느낌을 받았다.

"책에서 본 거랑 다르네요."

주인의 안내로 여관 이곳저곳을 둘러본 뒤 방에 둘만 남게 되자 그녀가 말했다. 그는 테라스로 통하는 문을 열고 졸졸거리며 흐르는 계곡을 내려다보았다. 계곡 주위에는 수풀과 나무들만 우거져 있을 뿐 다른 건물은 보이지 않았다. 절대의 고독과 다소의 은밀함, 그가 원하던 장소였다. 그것 때문에 마을에서 산길을 한참 걸어 올라와야 하는 여관을 택한 것이었다. 잠시 계곡에 마음을 빼앗기고 있던 그가, 거긴 비싼 데잖아, 하고 말했다. 그녀는 대답하지 않았다. 그녀의 불만이 비단 여관에만 있지 않다는 것을 알았지만 그는 여관 때문이라고 생각하기로 했고 여관에 대해서만 말했다.

"어디든 마찬가지야. 박쥐 눈물만큼의 차이밖에 없어."

그녀는 알고 있다고 했다. 하지만 말과 달리 목소리는 퉁명스러웠고 얼굴은 뽀로통했다.

"비싼 데로 옮길까?"

그녀는 됐다고 했다. 산길을 다시 걸어 내려갈 힘도 없다고 했고 자세히 보니 이 여관도 괜찮은 것 같다고 심드렁하게 말했다.

"그런데 표정이 왜 그래? 하나도 즐거운 얼굴이 아니잖아."

"즐거워요."

즐겁다고는 했지만 그녀는 전혀 즐거운 표정이 아니었다. 그녀의 얼굴에 떠오른 것은, 하룻밤을 달려왔지만 변화라고는 호텔방에서 여관방으로 바뀐 것밖에 더 있느냐, 였다. 그는 이해했다.

테라스 의자에 앉아서 방 안의 그녀를 바라보았다. 조금 전 무심코 박쥐라는 단어를 입에 올리는 순간 떠오르는 것이 있었다. 그의 얼굴에 장난기가 잔뜩 어렸다.

"박쥐요리 생각나? 네가 좋아하는 거잖아. 나 먹으라고 만든 건데 네가 다 먹었어."

"억울해요. 그때 소장님이 안 먹었어요. 그래서 내가 먹었어요."

그녀는 벽장문을 열고 그 안에 차곡차곡 개켜진 이불 위에 앉았다. 이불은 푹신해서 그녀의 무게만큼 아래로 내려앉았다.

"사실은 일부러 만들어달라고 했어. 네가 좋아한다는 걸 알았거든."

"어떻게요?"

"비엔티안에서 우리가 처음으로 딸랏사오 구경을 갔을 때 네가 그랬어. 딱 한 번 박쥐요리를 먹어봤다고."

"그게 왜요?"

그녀가 비엔티안으로 옮기고 이 주일쯤 지났을 때였다. 갑자기 생활환경이 바뀌는 바람에 그녀도 힘들었겠지만 사실은 그가 더 힘든 시간을 보내고 있었다. 월급을 받지 못한 인부들의 파업이 계속되고 있었다. 그 바람에 공사 일정이 차질을 빚고 있었고 강탈당한 현금을 되찾을 방법도 묘연했다. 그는 월급도 인부도 제대로 관리하지 못하는 무능한 소장으로 찍혔다. 본사에서는 연일 사건해결과 그의 처리문제를 놓고 회의가 계속되고 있었다. 그가 현장 책임자에서 경질될 거라는 소문도 흘러나왔다. 최악의 경우에는 해고까지 각오해야 할지도 몰랐다. 일할 맛이 날 리가 없었다. 그의 눈치만 살피는 직원들도 부담스러웠다.

며칠, 출근해서 얼굴도장만 찍고 곧바로 사무실에서 나와 거리를 돌아다니는 행보가 이어졌다. 대낮부터 카페에서 맥주도 마셔보고 사원에도 가고 공원에서 낮잠도 잤다. 그동안 바빠서 해보지 못한 것들을 두루 해보았다. 처음에도 신나지는 않았지만 생각보다 더 빨리 시들해졌다. 회사와 관계된 사람은 만나지 않겠다고 결심했는데, 회사와 관계된 사람이나 장소가 아니라면 그가 만날 사람도, 갈 곳도 없다는 것을 깨달았다. 헛살았구나, 한탄할 때 문득 그녀가 생각났고 어떻게 지내는지 한번 본다는 핑계를 스스로에게 대며 찾아갔다.

서먹하기 짝이 없었다. 네 평 공간에 그와 그녀가 마주 앉았다. 공동으로 사용하는 부엌이나 화장실은 모두 바깥에 있었으므로 사각의 방 안에는 책상 하나와 의자 둘, 침대와 옷장이 전부였다. 그가 땀을 흘리자 그녀가 야자수 잎을 엮어 만든 부채를 내밀었다. 선물이라고 했다. 받아도 되냐고 그가 묻자 받아달라고 그녀가 말했다. 고맙다고 말한 그는 빈손으로 온 것이 부끄러워졌고 뒤늦게 여기저기 주머니를 뒤져봤지만 그녀에게 줄 만한 것은 아무것도 나오지 않았다.

그는 헛기침을 한 뒤 그녀가 타 온 차를 마셨다. 그런 다음 지내기에 어떠냐고 물었다. 그녀는 잠깐 생각하더니 좋다고 했다. 조금 뒤에는 방비엥의 집보다 편하다고 덧붙였다. 그건 그가 봐도 그랬다. 방비엥의 양철지붕 집에 비한다면 대궐이라고 해도 될 정도였다. 흐뭇하게 웃던 그가 생활비는 부족하지 않느냐고 물었다. 그녀는 부족하지 않을 만큼만 쓴다고 했다. 잘 이해가 되지 않은 그가 질문을 바꿔, 먹는 건 잘 먹느냐고 물었다. 잘 먹는다고 했다. 그런데 왜 살이 빠져 보이냐고 그가 걱정하자 살짝 고개를 숙이며 그녀가 웃었다.

그는 차를 마시며 질문거리를 생각해내기 위해 노력했다. 처음보다는 나아졌지만 여전히 서먹해서 말을 하지 않으면 안 되었다. 가족과 함께 살다 갑자기 혼자 지내려니 외롭지 않느냐고 그가 물었다. 가끔 외로울 때도 있다고 했다. 외로울 때는 뭘 하느냐고 물었다. 책을 읽는다고 했다. 무슨 책을 읽느냐고 물었다. 아무거나, 하고 그녀가 대답했다. 방 안을 둘러보았지만 어디서도 책은 보이지 않았다. 책을 안 읽을 때는 뭘 하느냐고 물었다. 한국어 공부를 한다고 했다. 그 대답을 듣는 순간 질문거리가 생각났다.

차를 한 모금 마신 뒤 그가 학원은 마음에 드느냐고 물었다. 마음에 든다고 했다. 친구는 많이 사귀었냐고 물었을 때는 아직, 이라고 대답했다. 그가 왜냐고 물으니 자신이 수줍음을 많이 탄다고 했다. 그렇게 보이지 않는다고 그가 말하자 그녀가 눈을 동그랗게 뜨며 왜 그렇게 봤느냐고 물었다. 그는 잠시 생각하다가 그냥, 하고 대답했다. 그녀는 웃지 않았다. 그는 또 잠시 생각하다가, 용감해 보여서 그럴 거라고 말했다. 그녀가 살짝 고개를 숙이며 웃었다. 그런 다음에는 왜 용감해 보이느냐고 물었다. 그는 잠시 생각하다가, 도전정신 때문에 그런 것 같다고 말했다. 새로운 것을 배우기 위해 가족과 고향을 떠난다는 건 아무나 할 수 있는 일이 아니라고 덧붙였다. 그녀가 고개를 들며 활짝 웃었다.

대화를 나누는 동안 차츰 서먹함이 가셨다. 그렇다고 그의 마음이 가벼워진 것은 아니었다. 아니, 오히려 점점 더 무거워졌다. 자신이 경질되면 더 이상 그녀에게 경제적인 도움을 주기는 힘들 터였다. 그의 보조가 끊긴다면 그녀는 고향으로 돌아가야 할지도 몰랐다. 꿈이 뭔지는 모르지만, 그녀는 꿈을 포기해야 할 터였다. 시작하기 전보다 정신적으로 더 힘들어질 수도 있었다. 그는 마음이 무거웠다.

그가 입을 다물고 있자 이번에는 그녀가 차를 더 마실 거냐고 물었다. 그녀가 먼저 물어준 것에 감격한 그는 조금 전까지의 걱정은 모두 잊고 밖으로 나가자고 말했다. 밖이라면 어디를 말하는 거냐고 그녀가 또 물었다. 아무데라도, 하고 그가 대답했다. 그녀가 답답하냐고 물었을 때 그는 그런 것 같다고 대답했다. 아마 집이 좁아서 그럴 거라고, 미안하다고 그녀가 말했다. 하지만 그것은 그가 해야 할 말이었다. 그는 손사래를 치며, 좁은 집밖에 얻어주지 못해 미안하다고 말했다. 그녀는 대답하지 않았다.

　몇 분 뒤 그들은 밖으로 나갔고 뜨거운 거리를 걸었고 그러다 너무 더워서 카페에 들어갔다. 카페에는 텔레비전이 켜져 있었다. 종업원과 몇몇 손님들이 모두 텔레비전을 보고 있었다. 그는 라오라오를 마시며, 그녀는 비어라오를 마시며 텔레비전을 보았다. 문득 그녀가 그를 보더니 왜 하필 라오라오를 마시느냐고 물었다. 그는 잠깐 생각하다가 라오라오가 좋아졌다고 말했다. 그녀가 고개를 갸우뚱했다. 그래서 그는, 누구 때문에 라오라오의 맛을 재발견하게 되었다고 했고, 예전에는 좋아하지 않았지만 이제는 좋아한다고 말했다. 여전히 그녀가 고개를 갸우뚱하며 대낮부터 독한 술을 마시면 덥지 않느냐고 물었다. 그는 상관없다고 말했다. 좋아하는 걸 마시는데 더운 게 대수냐고 큰소리쳤다. 그녀는 여전히 고개를 갸우뚱했다. 그러면서 자신은 라오라오를 싫어한다고 말하며 얼굴을 찌푸렸다. 그가 알고 있다고 말한 뒤 왜 싫어하느냐고 묻자 그녀는 망설이지 않고 냄새 때문이라고 했다. 이번에는 그가 고개를 갸우뚱했다. 그래서 그녀는, 어릴 때부터 아버지한테서 그 냄새가 났는데 냄새가 날 때마다 아버지가 울었다고 말했다. 그는 여전히 고개를 갸우뚱했다. 그래서 그녀는, 자신은 우는 아버지가 보기 싫었다고 고백했다. 그는 고개를 끄덕였다. 그런 다음에는 내게서도 냄새가 나느냐, 물었다. 그녀가 잠깐 생각하더니 그런 것 같다고 말했다. 그래서 또 그는 나도 울

것 같으냐, 물었다. 그녀는 대답하지 않았다. 그는 다시 한 번 고개를 끄덕이고 이번에는 그녀와 같은 맥주를 마시기 시작했다.

더는 할 말이 없었으므로 그와 그녀는 코미디 프로가 방영 중인 텔레비전을 보았다. 그녀는 간혹 웃었지만 그는 웃지 못했다. 웃음코드가 달랐다. 그녀는 웃을 때마다 그를 보았고 웃지 않는 그를 발견하고는 웃음을 거두었다. 그는 그녀의 배려에 감동을 받았다. 그 뒤부터는 그녀가 좀 더 편한 마음으로 웃을 수 있도록 종업원과 몇몇 손님들이 웃을 때 그도 따라 웃었다. 하지만 카페 안의 모든 사람들이 웃을 때, 심지어 그도 웃을 때 그녀는 웃지 않았다. 그는 그녀의 세심한 배려에 더 큰 감동을 받았다.

카페에서 나온 그들은 다시 뜨거운 거리를 걸었고 걷다 보니 어느덧 딸랏사오에 와 있는 자신들을 발견했다. 파장 직전의 딸랏사오에는 사람이 거의 없어 돌아다니기에 좋았다. 집 안에서는 그가 말을 많이 했지만 밖에서는 그녀가 말을 많이 했다. 어머니 얘기도 하고 동생 얘기도 하고 어릴 적 친구들 얘기도 했다. 결혼해서 벌써 아이를 둘이나 낳은 친구 얘기도 했다. 그러던 와중에 그가, 단지 그때 박쥐와 도마뱀이 놓인 좌판이 눈에 띄었으므로, 저런 걸 어떻게 먹는지 모르겠다고 말했다. 질문이라기보다는 혼잣말에 가까웠다. 그가 보는 것을 그녀도 보았고 망설이던 그녀가 말했다.

"딱 한 번 박쥐요리를 먹어봤어요."

"그 말을 할 때 네 표정. 때로는 표정이 말보다 더 많은 걸 말해주는 법이거든."

그날 그는 박쥐요리를 한번 먹어보고 싶다고 말하고, 그녀가 정말이냐고 묻고, 그가 고개를 끄덕이고, 그런 다음 박쥐 한 줄을 사서 함께 그녀의 집으로 갔다. 그의 부탁을 받은 집주인 여자가 요리를 할 동안 그들은 다시 차를 마시며 얘기를 나누었다. 요리가 완성된 뒤 그는 소화불량 핑계를 대며 그녀 앞으로 그릇을 밀어주었다.

"이곳 여관을 박쥐요리라고 생각해. 튀긴 거나 탕으로 끓인 거나 맛있는 건 똑같잖아. 요리를 즐기느냐 그렇지 않느냐 차이라고. 박쥐요리가 너한텐 진미지만 나한텐 그렇지 않은 것처럼."

"여관을 어떻게 박쥐요리라고 생각해요? 말도 안 돼요."

말은 그렇게 했지만 그녀의 목소리는 부드러웠고 얼굴은 웃고 있었다. 그는 맞은편 의자에 다리를 올려놓으며 대꾸했다.

"왜 말이 안 돼? 말로 못할 게 뭐 있어? 말로는 하룻밤에 대궐 같은 집도 짓고 눈 깜짝할 새 천 리도 가는데."

그녀의 집을 방문한 며칠 뒤 본사에서 연락이 왔다. 징계를 하여야 마땅하나 그동안의 노고를 참작하여 이번만은 눈감아주기로 했다는 내용이었다. 그러나 사실은 그를 대신할 사람이 없어, 즉 그만큼 라오스에 정통한 사람을 구할 수 없어 어쩔 수 없이 그를 경질하지 않기로 했다는 후문이었다.

*

온천마을에서 그들의 하루는 모닝콜로 시작되었다.

일곱 시 삼십 분, 모닝콜이 울리면 그들은 힘겹게 몸을 일으켜 겨우 눈곱만 떼고 아래층 식당으로 내려갔다. 다른 사람들이 온천 후 붉어진 뺨과 생기 있는 얼굴로 조용조용 대화를 나누며 아침을 먹을 때 그들은 베개 자국 난 뺨과 푸석한 얼굴로 말없이 아침을 먹었다. 일어나자마자 먹는 밥이 잘 넘어갈 리 없었지만 지금이 아니면 저녁까지 밥 구경을 못한다는 심정으로 꾸역꾸역 밀어 넣었다. 그나마 일곱 시 삼십 분에라도 일어나는 것은 아침식사 시간이 정해져 있기 때문이었다.

식사가 끝나면 방으로 올라가 다시 잠을 자거나 테라스 문을 열어놓고 산에서 흘러내리는 물소리를 들었다. 그렇게 한두 시간 뒹굴거리고 난 뒤 각자 남탕과 여탕으로 온천을 하러 갔다. 그 시간쯤이면 대부분 손님 하나 없이 노천탕이 텅 비어 있었다. 다들 떠나거나 관광하느라 바빴고, 새로운 손님이 들기에는 일렀다. 그는 탕 속에 몸을 담그고 앉아 대나무 벽 너머로 들려오는 그녀의 노랫소리를 듣기도 하고 따라 부르기도 했다. 아무것도 하지 않고 가만히 있으면 쉴 새 없이 잡념이 들끓었으므로 노래를 부르지 않을 땐 얘기를 나눴고 할 얘기가 없으면 숫자를 세었다.

온천이 끝나면 옷을 갈아입고 밖으로 산책을 나갔다. 그녀는 모자를 깊숙이 눌러 썼고 그는 수염을 붙이고 안경을 썼다. 그들 나름의 위장술이었다. 첫날 저녁 산책을 나갔다가 의외로 한국인 관광객이 많다는 것을 알고 난 다음 상점에서 산 것들이었다. 한국인 관광객 속에 그들을 쫓는 자가 없으리라고 장담할 수는 없었다. 최후의 만찬이 될지도 몰랐으므로, 적어도 작정한 일주일 만큼은 쫓는 자의 방해 없이 편안하게 보내고 싶었다.

마을은 작았고 아무리 천천히 걸어도 한 시간이면 마을 입구에 닿았다. 그들은 산책 시간을 늘리기 위해 상점마다 들어가 기웃거렸고, 의자가 있으면 앉아 쉬었고, 신기한 물건이 있으면 한참 들여다보았다. 여기 기웃, 저기 기웃, 하면서 걷다 보면 어느새 그들 뒤에는 두세 마리의 까만 고양이가 따르기 마련이었다. 고양이를 놀려먹는 것은 또 다른 재미였다. 과자를 줄 듯 줄 듯 하다가 주지 않았다. 혹은 과자를 던지는 시늉을 하기도 했다. 그들은 매번 속이고 고양이는 또 매번 속았다. 어쩌면 다른 고양이인지도 몰랐다. 마을에는 까만 고양이가 수십 마리는 있었고 개개의 고양이를 구별할 능력이 그들에게는 없었다.

가끔은 계곡으로 내려가 차가운 물에 발을 담그고 맥주를 마시기도 했다. 또 가끔은 길가의 의자에 앉아 온천수에 삶은 달걀을 먹기도 했다. 더 가끔은 길가의 족탕에 발을 담그고 앉아 대여섯 명씩, 혹은 서너 명씩 수다를 떨며 몰려다니는 자그마한 일본인 아주머니들을 몰래 관찰하기도 했다. 처음에는 심심하다고, 따분하다고, 지루하다고 투덜대던 그녀도 이틀이 지나자 어느새 그의 리듬에 적응했는지 더 이상 투덜거리지 않았다. 어쩌면 포기한 것일 수도 있었다. 하지만 옷 좀 바로 벗어놓지, 그가 한마디 하는 통에 크게 싸울 뻔한 적은 있었다. 막 유카타를 벗고 외출복으로 갈아입던 그녀가 발끈했다. 청소하는 아주머니가 우리를 뭘로 생각하겠어, 했던 그는 결국, 자신의 일이니까 당연히 아주머니가 치워야지, 하고 패배를 인정함으로써 위기를 넘겼다.

숙소로 돌아가기 전에는 반드시 상점에 들러 맥주와 간식거리를 샀다. 기나긴 밤 시간을 보내기 위한 필수품이었다. 대개 오후 네 시쯤 숙소로 돌아온 그들은 테라스에 나란히 누워 맥주를 마셨다. 뭔가를 먹거나 삼킬 때만 상체를 약간 일으켰고, 일어난 김에 주위를 둘러봤고, 나무에 둘러싸여 인적이든 뭐든 아무것도 보이지 않고 여전히 안전하다는 것을 확인한 뒤엔 다시 드러누웠다. 오후의 햇살은 얼굴까지 기어오르지 못하고 발끝에서 살랑거렸다. 덥지도 차갑지도 않은 바람이 머리카락이며 옷자락을 나풀거리게 했다. 그래도 이따금씩 나뭇잎들을 한 방향으로 쓸어가는 바람이 불기도 했는데 그때는 서늘한 기운이 소름을 돋게 했다. 그러나 한차례 떨고 나면 그만이었다. 다시 계곡물 소리뿐 주위가 고요해졌고 따뜻한 바람이 얼굴을 간질였고 햇살이 테라스 밖에서 어른거렸다. 오후 일과의 마지막은 늘 깜빡깜빡 조는 것이었다. 둘 중 하나가 말을 하다 하지 않으면, 대답하다 하지 않으면 졸고 있는 것이었다. 그러면 남은 하나가 차가운 맥주 캔을 볼에 대거나 과자로 볼을 찔렀다. 그이거나 그녀는 화들짝 놀라 눈을 뜨면서도 끝까지 졸지 않았다고 우겼다.

그들이 예정된 일정을 다 채우지 못하고 이틀 먼저 귀국한 것은 여행경비 때문이었다. 나흘째 되는 날 오후, 상점에서 물건을 사고 신용카드를 내민 그는 결국 물건을 제자리에 돌려놓고 나와야 했다. 카드가 정지되어 있었다. 예상하지 못한 일이어서 그는 당황했다. 전날까지도 정상적으로 거래를 했으므로 더욱 그랬다. 그가 가진 신용카드는 하나뿐이었다. 그것도 라오스에서 한국으로 돌아온 뒤 혹시 모를 경우를 대비해 만든 것이었다. 실제로 사용한 것은 몇 번 되지 않았다. 평소의 그라면 카드보다는 여전히 현금에 익숙했으나 급히 서울을 떠나느라 도피자금을 충분하게 준비하지 못했기 때문에 최근 들어 카드를 애용한 것이었다.

여관으로 돌아온 그는 가진 현금을 확인했다. 다행히 숙박비를 계산하고도 약간의 여유가 있었다. 그는 가슴을 쓸어내렸다. 그런 다음에는 스스로를 질책했다. 카드를 정지시킬지도 모른다는 생각을 진작 했어야 했다. 좀 더 철저하게 준비를 했어야 했다. 하마터면 온천마을에서 오도 가도 못하는 신세가 되어 때 아닌 머슴 노릇을 할 뻔했다. 팔열지옥이 어디 딴 곳이던가, 떠날 자유가 없다면 이곳이 바로 팔열지옥이었다.

그들은 숙박비를 제하고 남은 얼마간의 현금으로 맥주를 사서 다시 한 번 테라스에 누워 마지막 만찬을 즐겼다. 하지만 이미 전날의 햇살이 아니었그, 전날의 바람이 아니었고, 전날의 공기가 아니었다. 모든 조건이 전날과 똑같았으나 아무리 기다려도 전날의 평화는 찾아오지 않았다. 평화는커녕 불길한 생각을 지우기 위해 애를 써야 했다. 오후가 가고 밤이 가고 아침이 밝았을 때 그들은 짐을 싸서 여관을 나왔다. 아쉬운 듯 그녀가 한 번, 또 한 번, 뒤를 돌아보았다.

"다음에 또 오자, 응?"

말은 그렇게 했지만 다시 오기 힘들 거라는 건 그 자신이 더 잘 알았다. 그는 이제 집도 없고 자동차도 없고 신용카드 하나 없는 중년남자에 불과했다. 버스정류장으로 향하며 그는 간절히 소망했다. 아내가 '그것'만은 남겨두었기를. 최소한의 양심이 있다면 '그것'만은. 집도 없고 자동차도 없고 신용카드 하나 없는 그가 이제 기댈 수 있는 것은 오로지 '그것' 뿐이었다.

5

"나는 아무 짓도 안 했다."

내가 들어가자 벽 쪽으로 돌아누우며 오빠가 말했다. 집은, 뭐라 표현할 수 없을 정도로 엉망이었다. 거실에 펼쳐진 상 위에는 밥알이 말라붙은 밥그릇과 양념 묻은 반찬그릇이 그대로 놓여 있었고, 상 밑에는 소주병이 여러 개 뒹굴고 있었다. 베란다에도 술병이 넘치도록 쌓여 있었다. 술병은 집 안 곳곳에 있었다. 방 안에도 있었고 냉장고 옆에도 있었고 신발장 앞에도 있었다.

"밥은 먹었어?"

먹었다고 했다. 하지만 밥을 먹은 얼굴이 아니었다. 까칠한 얼굴에는 윤기가 하나도 없었다. 기운 없이 늘어진 몸 어디에도 탄수화물을 섭취했다는 흔적은 보이지 않았다. 밥상 위의 그릇들만 봐도 알 수 있었다. 며칠 동안 굶다시피 하며 술만 마신 것 같았다.

상을 치우고 사 가지고 간 죽을 내려놓았다. 뚜껑을 열어 냄새를 피웠으나 오빠는 거들떠보지도 않았다. 따뜻할 때 먹어야 맛있대, 하고 말해봤지만 오빠는 들은 척도 하지 않았다. 내 앞에서 늘 잘난 척만 하던 오빠가 어느 날 갑자기 내가 사 간 죽을 먹는 것도 민망할 거라는 생각이 들었다. 더 재촉하지 않고 뚜껑을 닫았다. 데워 먹는 밥은 잘 보이도록 싱크대 위에 올려놓고 반찬은 냉장고에 넣었다. 그런 다음 진공청소기를 돌렸다. 오빠가 힐끗 돌아보더니 내가 아니라 진공청소기를 향해 베개를 집어던졌다. 나는 발로 베개를 막아 진공청소기를 지켜냈다.

"잠깐만 귀 막고 있어."

차마 오빠를 일으켜 세울 용기까지는 나지 않아서 청소는 거실 하나로 끝냈다. 청소를 마치고 거실에 앉아 오빠를 보았다. 궁금한 게 있었지만 나는 감히 묻지 못하고 망설였다. 그러다 딱 세 번만 묻자고 생각했다. 세 번 물어서 대답이 없으면 그걸로 끝이다. 나는 심호흡을 한 뒤 조심스럽게 첫 물음을 내놓았다.

"일본으로 갔다며?"

"……."

예상대로 대답이 없었다. 나는 충분히 기다렸고 대답이 날아오지 않으리라는 확신이 선 다음에야 이번에는 더 조심스럽게 두 번째 물음으로 건너갔다.

"탐정한테는 왜 기다리라고 했어?"

"……."

역시 대답이 없었다. 부서진 플라스틱을 유리테이프로 감아 간신히 제 모습을 갖춰놓은 텔레비전 리모컨을 만지작거리다 나는 작정했던 마지막 물음을 던졌다.

"돌아오면 어떡할 거야?"

오빠는 반응을 보이지 않았다. 화를 낼지도 모른다고 생각했으나 화를 내지 않았고, 그런 거 묻는 거 아니다, 훈계할지도 모른다고 생각했으나 오빠가 좋아하는 훈계조차 없었다. 그만큼 상처가 크다는 반증일 터였다. 나는 화제를 돌리려고 언니가 걱정해, 하고 말했다. 그런 뒤에는 침대 아직 안 샀네? 했다. 하지만 가만히 생각해보니 화제를 돌리려고 꺼낸 말이 별로 적절하지 않다는 생각이 들어 입을 다물었다.

할 일을 끝냈으니 이제 그만 일어서야겠다고 생각할 즈음이었다. 벽을 향해 돌아누운 자세 그대로 오빠가 웅얼웅얼 말을 내놓았다. 발음도 부정확하고 소리도 작아서 처음에는 무슨 말인지 알아듣지 못했다가 2, 3초 뒤에야 문득 가슴에 와 닿은 그것은, 내가 뭘 잘못했냐? 였다. 나는 웅크리고 누워 있는 오빠의 등을 바라보았다.

"인생이 우울해서 술 좀 마신 거? 서울에 못 가게 한 거? 옷 안 사준 거? 동생 학비 보내자고 했을 때 돈 없다고 한 거?"

오빠의 목소리는 나직했다. 하지만 그 나직한 목소리에 절망과 분노, 자기 연민 같은 감정이 고스란히 담겨 있었다.

"험한 말은 좀 했다. 그래도 손찌검은 안 했다. 가장이 할 도리는 다 했다. 자존심 터리고 예전에 거래하던 공장에 취직도 했다."

"……."

"얼굴에 철판을 깔았다. 오랜만에 일했더니 온몸이 다 아프고 꼭 죽을 것 같더라. 죽는 것보다 못한 삶이라는 생각도 들었다. 그래도 매일매일 출근했다. 안 나오는 미소도 짓고 하기 싫은 말도 했다. 그렇게 공들이 노릇 해서 몇 달 월급을 갖다 줬다. 만족을 못하더라. 월급이 왜 이렇게 적냐고 묻더라. 직원이 스무 명도 안 되는 공장인데 월급이 많을 리가 있겠냐. 기술도 없는 공돌이가 월급이 적은 게 당연하지 않냐고 했다. 그랬더니 왜 기술도 없는 공돌이 노릇을 하느냐고 묻더라. 몇 년 전에 회사가 망했다고 했더니 그걸 왜 이제 말하냐고 하더라. 몰랐냐고 물었더니 몰랐다고 하더라. 실망했냐고 물었더니 대답을 안 하더라."

"……."

"할 말이 없어서 술을 마셨다. 그 여자는 텔레비전을 보았다. 텔레비전을 보다가 조, 길거리에 널린 게 찬데 왜 나는 차가 없냐고 묻더라. 직장도 가깝고 갈 데도 없는데 차가 왜 필요하냐고 했다. 필요한 데가 많다고 하더라. 차만 있으면 필요한 데는 저절로 생긴다고 하더라. 쉽게 포기할 것 같지 않아서 돈이 없다고 했다. 그 말은 사실이었다. 돈만 있으면 필요 없는 물건도 필요가 생기는 법이다. 돈이 없으면 필요한 물건도 필요가 없는 법이다. 알아들었을 줄 알았다. 그런데 왜 돈이 없냐고 다시 묻더라. 회사가 망하면서 그동안 벌었던 돈도 다 날렸다고 했다. 그걸 왜 이제 말하냐고 하더라. 내가 돈 없는 줄 몰랐냐고 물었더니 몰랐다고 하더라. 조금 있다가, 내가 돈이 많은 사람인 줄 알았다고 하더라. 이 집 와보고 깜짝 놀랐다고 하더라. 그건 이해가 됐다. 때때로 내 집구석 보고 나도 놀라곤 했다."

"……."

"돈 없는 게 미안해서 술을 마셨다. 그 여자는 텔레비전을 보았다. 그런데 가만 생각하니 좀 억울하더라. 나는 거짓말은 안 했다. 매형이 다 말한 줄 알았다. 그러니 나는 말 안 해도 되는 줄 알았다. 문득 돌아보니 속인 사람은 없는데 속은 것 같은 사람은 있더라. 속은 것 같은 사람의 얼굴을 하고서 텔레비전을 보고 있더라. 그 여자를 가만히 쳐다보다가 궁금한 것을 궁금해하지만 말고 물어보자고 생각했다. 질문 자체가 하나의 복수가 될 수도 있는 법이다. 복수의 칼날을 갈듯 술 한 잔을 마시고 나서 돈 때문에 나와 결혼했냐고 단도직입적으로 물었다. 좀 놀랐는지 얼른 대답을 못하더라. 잠깐 시간을 끌고 나서 그건 아니라고 하더라. 그럼 내가 돈이 없다는 걸 알았어도 결혼을 했겠냐고 다시 물었다. 대답을 못하더라. 복수의 칼날은 상대에게 제대로 가 닿지도 못하고 나를 찌르고 말았다. 그 여자가 확인사살까지 했다. 이왕이면 돈이 없는 것보다는 있는 게 좋지 않겠냐. 나는 '것'과 '게'에다가 '사람'을 넣어보았다. 그랬더니 '이왕이면 돈이 없는 사람보다는 있는 사람이 좋지 않겠냐'가 되더라. 그게 그 여자의 대답이었다."

그동안 어떻게 참았을까 싶게 오빠는 말하고 또 말했다. 높낮이 없는 말이 오빠의 웅크린 등에서 흘러나오는 걸 나는 가만히 듣고만 있었다.

"하루는 자기랑 왜 결혼했냐고 묻더라. 그런 질문을 할 줄은 몰랐다. 사실은 외로워서 결혼했다. 하루 종일 집에 있어도 전화 한 통 안 왔다. 몇 날 며칠 달 한 마디 안 하고 보내는 날이 허다했다. 아침에 눈 뜨면 내가 도대체 왜 살아 있는가 그런 생각이 절로 들었다. 너무 외롭더라. 누구든 상관없었다. 그때 하필 그 여자가 걸렸을 뿐이었다. 그래도 그런 말을 할 수는 없었다. 잘 모르겠다고 했다. 그 여자는 아무 말도 안 했다. 혼자 빚지는 기분이 들었다. 나만 나쁜 놈이 된 것 같은 기분이 들었다. 그래서 나도 물었다. 나랑 왜 결혼했냐? 역시 대답이 없더라. 있을 리가 없었다. 얼굴 두 번 보고 결혼했다. 그 여자도 아마 누군가가 필요해서 결혼했을 거라는 생각이 들었다. 피차 그런 거 묻지 말자고 했다. 이미 결혼했는데 그런 걸 물어서 뭐 하겠냐고 했다. 그 여자도 그러자고 하더라. 조금 있다가, 그런데 술을 왜 마시냐고 묻더라. 맛있어서 마신다고 했다. 맛있는 걸 왜 혼자만 먹느냐고 하더라. 그동안 나 혼자 마셔서 섭섭했구나 생각했다. 어쩌면 술을 좋아할지도 모르는데 한 번도 같이 마시자고 해본 적이 없었다. 내가 부르지 않는데 나이 어린 신부가 냉큼 술상 앞에 앉기는 힘들었을 거라는 생각도 들었다. 그래서 내가 같이 마시자고 했다. 잔을 들고 오라고 했다. 그랬더니 기다렸다는 듯 자기한테 맛있는 건 술이 아니라고 하더라. 뭐냐고 물었다. 나올 대답이란 게 뻔해서 그런 정도라면 얼마든지 사줄 수 있겠다는 생각이 들었다. 그런데 뭐라고 한 줄 아냐. 자기 입에는 코트가 맛있고 구두가 맛있고 서울의 친구들이 맛있다고 하더라. 나는 매일 맛있는 걸 먹는데 자기는 하나도 못 먹는다고 하더라. 나는 매일 맛있는 걸 먹으면서 자기는 하나도 못 먹게 한다고 하더라. 그래서 내가 말했다. 나는 매일 일을 하는데 너는 매일 놀고 있지 않느냐, 하루 종일 노는 너는 하루 세 끼 밥을 먹는데 하루 종일 일한 나는 술 한 병을 못 먹느냐. 그랬더니 발끈하더라. 바퀴벌레 우글거리는 집을 매일 쓸고 닦는 사람이 누구냐고 하더라. 그 말에는 동의할 수 없었다. 그 여자한테는 웬만한 먼지는 먼지가 아니었고 웬만한 벌레는 벌레가 아니었다. 삶의 터전을 나누는 친구였다. 오히려 매일 쓸고 닦는 한국 사람을 이상하게 보았다. 내가 그런 말을 했더니 반박을 못하더라."

"……."

"나는 술을 마시고 그 여자는 텔레비전을 보았다. 침묵이 흘렀다. 오늘은 이걸로 조용하게 넘어가겠구나 안심할 때 그 여자가 불쑥 쏘아붙였다. 나는 하루 종일 다른 사람들과 웃고 떠들며 즐겁게 일하는데 자기는 하루 종일 답답한 집에 갇혀서 말할 상대도 없이 일만 한다고 하더라. 그 말 역시 동의할 수 없었다. 우선 나는 즐겁게 일하는 게 아니라 죽지 못해 일을 했다. 다른 사람들과 웃고 떠든 것은 자의에 의해서가 아니라 마지못해서였다. 집이 답답한 건 맞다. 하지만 그 여자가 하루 종일 집에 갇혀 있다는 건 틀렸다. 그 여자는 아침 밥숟가락 놓고 나면 그 길로 집을 나섰다. 그새 친구는 또 얼마나 많이 만들었는지 안산 구석구석을 돌아다니며 친구들을 만났다. 친구가 일하는 공장까지 찾아가서 잠깐 얘기를 나누고는 또 다른 친구가 일하는 공장으로 갔다. 일요일도 마찬가지였다. 집에 붙어 있는 꼴을 못 봤다. 도대체 무슨 얘기를 하느냐고 물으면 그냥 안부를 주고받는다고 했다. 고작 안부 인사를 하기 위해 친구들의 직장까지 찾아가느냐고 물으면 오히려 그게 뭐 어때서 하는 눈으로 보았다. 그래놓고는 답답한 집 어쩌고 하기에 어이가 없어서 내가 쏘아주었다. 뭐 얻어먹을 게 있다고 친구들의 직장까지 찾아가냐고 말했다. 너는 자존심도 없냐고 말했다. 사람들이 너 공장 다니고 싶어서 환장한 줄 안다고 말했다. 그 여자가 일어서더라. 그리고는 방으로 들어가더니 문짝이 떨어져라 쾅, 닫았다. 내가 말이 좀 심했나 싶었지만 어쩔 수 없었다. 다시는 서울 친구들 얘기가 나오지 않게 하려면 어쩔 수 없었다. 코트, 구두는 사줄 수 있었다. 하지만 서울은 사줄 수 없었다. 그 여자의 목적은 서울 친구들이 아니라 서울의 학원이었다. 서울의 화려함이었다. 기술을 배워 취직하겠다지만 훨씬 나중이라면 몰라도 지금은 안 된다고 판단했다. 매일매일 그렇게 살았다. 하찮은 걸로 싸우고 물어뜯고 서로 상처주며 살았다."

나는 긴 숨을 내쉬었다. 오빠는 여전히 벽을 보고 누워 있었고 나는 거실에 앉아 있었다. 할 말이라고는 아무것도 떠오르지 않았다. 오빠의 목소리가 조금 커졌다.

"왜 하필 매형이냐. 그러면 안 되는 거 아니냐. 차라리 다른 놈을 만나지 매형은 안 되는 거 아니냐. 내가 바보다. 누나도 바보다."

내가 해줄 수 있는 말은 없었다. 다만 해줄 수 있는 것은 있었다. 전자레인지에 죽을 데워 방으로 가져갔다. 오빠가 먹을 때까지 이러고 앉아 있을 거라는 폭탄선언까지 해보았다. 그 말을 하는 중에도 마음이 조마조마했다. 오빠가 벌떡 일어나 그만 괴롭히라며 상을 엎을 것만 같았다. 예전에 그런 일이 있었다. 나는 보지는 못하고 언니에게 듣기만 했다. 오빠가 결혼하기 한참 전이었다. 어떻게든 술을 끊게 하려고 언니가 이틀 연달아 오빠를 찾아왔다. 술을 달라는 오빠에게 언니는 밥상을 내밀었다. 일어서는 오빠를 언니가 막았다. 그러자 오빠가 밥상을 엎어버렸다.

그 뒤로 언니는 오빠에 대한 노력을 포기했다. 미친 것 같더라, 그 눈이, 지금도 심장이 떨려, 하고 나중에 언니가 말했다. 언니 앞에서도 엎는 상을 내 앞이라고 못할 리 없었다. 그나마 깨질 그릇이 없는 게 다행이라고 생각하며 나는 한 번 더 용기를 냈다.

"일단 죽을 먹고 내일은 밥 먹어. 밥하고 반찬 사다놨어."

잠시 숨을 몰아쉬고 나서 내처 말했다.

"오빠 얼굴을 봐. 다 죽어가는 사람 같아."

그때였다. 오빠가 부스스 몸을 일으키더니 숟가락을 들었다. 나는 얼른 오빠 앞으로 상을 밀어주었다.

"바쁘잖냐. 얼른 가라."

"먹는 거 보고."

"지키고 앉았다고 먹고 없다고 안 먹겠냐."

"그래도."

"마음만 먹으면 끊을 수 있을 줄 알았다."

숟가락을 내려놓으며 오빠가 말했다. 잠깐 무슨 말인가 했으나 듣다 보니 음주 얘기라는 것을 알 수 있었다.

"처음에는 아무런 의욕이 없어서 마셨다. 잠이 안 와서 마셨다. 억울해서 마셨다. 생각을 안 하려고 마셨다. 그런데 버릇이 되더라. 세 살 버릇 여든까지 간다는 말, 그게 그렇게 무서운 말인지 처음 알았다. 수단이 버릇 되고, 버릇이 일상 되고, 일상이 목적 되고. 나중에는 마시기 위해서 힘을 냈다. 마시기 위해서 잠을 잤

117

다. 마시기 위해서 억울함을 기억해냈다. 정작 마시고 나면 만족스러운 게 아니라 슬프기만 하더라."

"그럼 끊으면 되잖아. 혼자 힘으로 안 되면 병원도 있고."

"가진 돈 탐정한테 다 줬다. 누나는 헛짓한다고 하더라. 내가 직접 나설 수는 없었다. 보지 말아야 할 것을 볼지도 모른다는 생각이 들었다. 그래서 탐정을 고용했다. 내가 마련할 수 있는 현금은 다 줬다. 공장에서도 잘렸다. 며칠 안 나갔더니 공장장이 전화를 해서는 어떻게 할 거냐고 묻더라. 이제 곧 휴가니 여름휴가를 앞당겨달라고 말했다. 그랬더니 지금 당장은 못 나온다는 소리냐고 또 묻더라. 힘들 것 같다고 했다. 매일 아침 술이 안 깼다. 그래서 출근을 못했다. 그런데 점심때쯤 되면 술이 깼다. 깨야 할 땐 깨지 않고 깰 필요가 없어지니까 깨더라. 깨어 있을 필요가 없어졌으니 다시 마셨다. 그러고 나면 다음 날 아침에는 또 술이 안 깼다. 솔직하게 말했다. 가만히 듣고 있던 공장장이 앞으로도 열심히 마시라고 하더라. 술 마시는 대회가 있으면 내가 일등 할 거라고 하더라. 칭찬해줘서 고맙다고 했다. 나중에 일등 하게 되면 자기 은혜를 잊지 말라고 하더라. 알았다고 했다."

"언니랑 내가 마련해볼게."

"그만하자."

나는 입을 다물었다. 병원 얘기가 한두 번 나온 게 아니었다. 돈이 있을 때도 못하고 첫째인 언니도 못한 걸 내가 할 수 있을 턱이 없었다. 부모님이 계셨으면 가능했을까. 나는 화제를 돌렸다.

"죽 식어. 식으면 맛없어."

"이제 가라."

나는 일어섰다. 가족의 비참한 모습은 오래 보고 있을 게 못 되었다. 약한 모습도 마찬가지였다. 마음이 무거웠다. 뭔가가 개운하지 않았다. 물만 가셔도 체할 것 같은 기분이었다.

"다시 올게."

나는 방문 앞에 서서 말했다. 오빠가 놓았던 숟가락을 들고 있었다.

"안 와도 된다. 곧 잡을 거니까."

잡는다고 뭐가 달라지나, 하는 회의가 들었다. 아메이와 형부에게 벌을 줄 수는 있을 것이다. 속은 후련하겠지. 하지만 그런다고 해서 지금의 오빠 생활에 변화가 생기는 것은 아니었다. 스스로 변하지 않고서는 아무것도 의미가 없었다.

차를 타고 집으로 돌아오는데 문득 이런 생각이 들었다. 아메이와 형부는 바람일까, 사랑일까. 몰래 만나는 것도 아니고 아예 도망을 가버린 그들은 바람을 피우는 것일까, 사랑의 도피를 한 것일까.

*

    일주일이 정신없이 흘러갔다. 일은 늘, 한가했으면 할 때 쏟아져 들어왔다. 오빠에게 다녀온 그날 아는 선배로부터 연락이 왔다. 자기한테 들어온 일인데 내가 대신 해줄 수 있겠느냐고 물었다. 동화 일러스트라고 했다. 한 권에 스무 페이지, 두 권이니까 마흔 페이지. 선배는 왜? 다른 일로 바쁘다고 했다. 솔직한 심정으로는 맡고 싶지 않았다. 가뜩이나 머릿속이 복잡했다. 언니나 오빠가 도움을 청한다면 언제든 달려가야 했다. 동화책을 읽어야 했고 나름대로 내용을 해석한 다음 한 장의 그림으로 표현해내야 했다. 시간이 걸리는 일이었다.

    하지만 지금 이 일을 맡지 않는다면 선배와의 관계는 끝날 것이었다. 선배는 종종 자기한테 들어온 일거리를 내게 넘겨주거나 작업자를 찾는 클라이언트에게 나를 소개하기도 했다. 그런 선배와의 관계가 끝난다면 앞으로 생계에 위협을 받을지도 몰랐다. 생계까지는 아니더라도 수입이 줄어들 것은 틀림없었다. 나는 자동차를 포기하고 싶지 않았다. 내게 자동차는 자동차 그 이상이었다. 스무 살 되던 해 내가 처음으로 가진 차였다. 그 후 우리는 꽤나 사이가 좋아서 10년 하고도 2년이라는 시간을 함께 보냈다. 자동차는 내 젊은 날을 고스란히 지켜본 나이 든 친구였고, 조언자였고, 연인이었다. 좀 많이 먹고 자주 아프지만 오랜 세월 함께 살아온 친구를 버릴 수는 없었다. 나는 자동차를 먹여 살리기 위해 기꺼이 그 일을 맡겠다고 했다.

일은 그뿐만이 아니었다. 출판사 관계자를 만나 자료를 건네받은 다음 날 이번에는 다른 선배에게서 연락이 왔다. 일러스트 학원을 운영하는 선배였다. 선배 왜요? 내가 물으니 선배는 대뜸 시간 되지? 하고 되물었다. 그야 뭐…… 하면서 말을 얼버무렸다. 감이 왔다. 시간이 될 턱이 없었다. 전날에도 나는 밤을 새워 일했고 앞으로 또 얼마나 더 밤을 하얗게 밝혀야 할지 몰랐다. 일은 늘, 초를 다투었고 클라이언트들은 급하다는 말을 벼논에 약치듯 뿌려댔다.

"특강 한번 하자."

안 된다는 말이 나오지 않았다. 이전에 선배가 보여준 정성을 조금이라도 생각한다면 안 된다고 말해서는 안 되는 것이었다. 내가 아무것도 아닐 때, 여기저기 직장을 옮겨다니다 그만두고 이 길로 들어섰을 때 내게 용기를 주고 최초로 일을 준 사람이 선배였다. 일러스트에 관한 한 실력으로 보나 경험으로 보나 생짜인 나를 선배는 대뜸 자신의 학원에서 특강을 할 수 있도록 배려해주었다. 나는 싫다고 했지만 선배가 밀어붙였다.

"결과? 상관없어. 좀 버벅대도 괜찮아. 다 그러면서 크는 거지 뭐."

그 특강을 계기로 나는 용기를 얻었고 사는 일에, 그리고 나라는 인간에 대해 어느 정도 자신감을 가질 수 있었다.

"언제 해요?"

결국 나는 거절하지 못했다. 특강은 이틀 뒤였다. 하던 일을 접고 당장 강의 준비를 시작했다. 특강이 끝난 후에는 다시 본격적으로 동화 일러스트에 매달렸다.

부산에는 가지 않을 생각이었다. 탐정에게도 그렇게 말했다. 내가 간다고 달라질 것은 없었다. 내가 안 간다고 달라질 것도 없었다. 토요일까지는 그랬다. 하지만 일요일이 되자 나는 뭔가에 쫓기듯 초조해졌다. 한가할 때는 고이 숨어 있다가 바쁠 때 불쑥 치고 들어오는 것이 바로 잡념이었다. 머릿속의 잡념과 초조함은 마음을 불안정하게 했고, 불안정한 마음은 손까지 굳게 만들었다. 그림이 되지 않았다.

그들이 돌아온다. 일본으로 출국한 지 일주일 만에 드디어 한국으로 돌아온다. 나는 부산으로 갈 것인가, 말 것인가. 이것은 마중인가, 감시인가. 그들은 반항을 할 것인가, 순순히 따를 것인가. 그들은 어떤 모습으로 돌아올 것인가. 행복해할까, 아니면…… 후회하고 있을까. 나를 본다면 형부는 어떤 얼굴을 할까.

나는 일요일 오전 내내 망설이고만 있었다. 내 마음은 가봐야 하지 않을까, 와 군이 갈 필요가 있을까, 사이에서 격렬하게 충돌하고 있었다. 게다가 마음과는 별개로 이성은, 쌓인 일을 들먹이며 나를 나무랐다. 약속의 중요성을 일깨웠다. 밥벌이의 고단함을 상기시켰다. 하지만 '가면 안 된다' 편에 목록이 쌓일수록 마음은 점점 부산 쪽으로 기울어졌다. 알다가도 모를 일이었다.

한 시가 되었을 대 마침내 나는 자리에서 일어났다. 고민하느라 작업만 놓고 본다면 가도 제로, 안 가도 제로인 상황이었다. 출발할 시간이 지난 뒤에는 또 뒤숭숭한 마음을 수습하느라 작업을 못할 것이 뻔했다. 그럴 바에는 차라리 형부의 마지막 모습이나 보고 오자고 생각했다.

여섯 시에 도착한다던 그들은 그러나 일곱 시가 지나도 입국장에 모습을 드러내지 않았다. 탐정은 신경질적인 얼굴로 주머니에서 담뱃갑을 꺼냈다 넣었다 하고 있었다. 담배는 피우고 싶은데 금연구역이라 참고 있는 것 같았다. 그러다가 불쑥 나를 보더니, 안 온다더니 왜 와서 일을 꼬이게 만드느냐고 투덜거렸다. 나는 무슨 말이냐고 물었다.

"그렇게 둔해요? 당신이 여기 떡하니 서 있는데 그쪽에서 못 보겠냐구요. 도망가도 벌써 갔지."

그렇게 되는 건가. 미처 생각하지 못한 일이었다. 그럴 수도 있겠다 싶었다. 한꺼번에 몰려나오는 사람들 속에서 그들을 찾는 것은 쉽지 않았다. 오히려 그들이 나를 알아보는 게 더 빠를 수도 있었다. 나를 봤다면? 지금쯤이면 부산을 빠져나가고도 남았을 시간이었다. 마음이 복잡했다. 그들이 무사히 도망가기를 바라는

지, 아니면 잡혀서 언니와 오빠가 분풀이를 할 수 있기를 바라는 지, 내 마음이지만 나도 알지 못했다. 둘 다인 것도 같고 둘 다 아 닌 것도 같았다.

일곱 시 삼십 분이 되었을 때 탐정이 갑시다, 했다. 어디로?

"어디긴 어디요. 혹시 모르니 사무실에 가서 물어봐야지."

궁금증은 직원을 만나본 뒤에야 풀렸다. 직원이 컴퓨터로 조회 를 하더니 그들은 이미 이틀 전에 귀국했다고 말했다. 형사의 탈 을 쓴 탐정이 정말이냐고, 보는 사람에 따라서는 험악하다고 할 수도 있는 얼굴로 물었다. 겁먹을 줄 알았던 직원은 전혀 겁먹지 않았다. 기록이 그렇게 돼 있으니 맞을 거라는, 어떻게 들으면 무 책임하고 또 어떻게 들으면 거만한 목소리로 대답을 했다. 직원 은 의자에 앉은 채 몸을 뒤로 젖히며 조금은 한심하다는 눈으로 우리를 바라보았다. 거기서 질문을 그쳐야 했는데 미련을 버리지 못한 탐정이 또 물었다.

"어디로 갔는지 알 수 있을까요?"

"그걸 내가 어떻게 알겠습니까. 귀신이 아닌 다음에야."

이제 직원은 완전히 한심하다는 눈으로 우리를 바라보았다. 그 런 뒤에는 다른 직원을 돌아보며 비죽비죽 웃기까지 했다. 나는 얼굴이 달아오르는 것을 느꼈다. 그때라도 사무실에서 그만 나와 야 했는데 여전히 미련을 버리지 못한 탐정이 발길을 돌리기는커 녕 처량한 얼굴로 컴퓨터 모니터만 내려다보고 서 있었다. 그런 탐정을 보며 나는 그가 정말 탐정이 맞기는 한 건지 의심이 들었다. 동정심을 구걸하는 듯한 그의 얼굴은 어쩐지 서울역 앞의 노숙자들을 생각나게 했다. 지난달 나는 인간의 다양한 표정을 잡아내기 위해 서울역으로 스케치를 나갔다. 집에 돌아와 그날 스케치한 것을 정리하는데, 노트에는 어딘가로 떠나는 여행객의 들뜬 표정이 아니라 때 묻고 지친 노숙자들의 얼굴만 가득했다.

나는 탐정을 내버려두고 밖으로 나왔다. 왜 그 생각을 못했을까. 귀국 날짜는 얼마든지 변경할 수 있었다. 배편이든 항공편이든 좌석만 있으면 가능한 일이었다. 그들도 바보가 아니라는 것을 잠시 잊고 있었다. 그들은 도망자였다. 쫓는 자가 있을지도 모른다는 것은 조금만 머리를 굴려보면 예상할 수 있는 일이었다. 우리 입장에서만, 너무 오만하게 생각했다.

6

그는 판매 직원에게 잠깐만 자리를 비워달라고 부탁했다. 우선은 그녀에게 사정을 설명하고 동의를 구해야 했다. 이곳으로 오기 전에, 아니 부산땅에 다시 발을 디뎠을 때 했어야 할 일이었다. 그가 설명을 미룬 것은 자신이 없어서였다. 그녀가 실망할까봐, 철없이 돌아가겠다고 할까봐 미룰 수 있을 때까지 미뤄둔 것이었다.

이제 그가 가진 것은 천만 원이 든 통장 하나뿐이었다. 집도 없고 자동차도 없고 신용카드 하나 없는 그에게 남은 것이라곤 통장 하나뿐이었고, 그것은 아내가 의도적으로 남겨둔 것이었다. 남겨두었을 뿐만 아니라 약간의 금액을 더 넣어 천만 원이라는 숫자로 딱 떨어지게 만들어놓았다. 그는 아내가 전하고자 하는 말을 알아들었다. 그의 비상금 통장을 찾아내 계산기를 두드리는 수고까지 아끼지 않으며 천만 원을 맞춰놓은 아내의 의도를 알아차렸다. 그것은 돌아오지 말라는 뜻이었다. 천만 원으로 도망을 다니든 살림을 차리든 알아서 하라는 것이었다. 결혼생활 20년 동안 소처럼 일한 대가치고는 보잘것없는 것이었지만 그는 담담히 받아들이기로 했다. 그의 수중에 떨어진 것이 너무 적었기 때문에 오히려 죄책감을 덜 수 있었고 어느 정도 마음이 편해졌다.

하지만 그녀도 그럴지는 장담할 수 없었다. 남편보다 더 가난해진 그를 따를지는 알 수 없는 일이었다. 라오스로 간다면 큰 문제가 되지 않겠지만 라오스로는, 라오스에는, 돌아가지 않겠다고 그녀가 이미 선언한 바이므로 그 얘기를 다시 꺼낼 수는 없었다. 그는 고민했고, 고민하는 동안 시간이 흘렀다. 판매 직원이 지나가는 척하며 창으로 사무실 안을 들여다보았다. 직원의 얼굴에는 분명 신경질이 묻어 있었다. 중고차 하나 사면서 저렇게까지 의논을 해야 하나, 하는 얼굴이었다.

그는 그녀를 돌아보며 피곤하지 않느냐고 물었다. 피곤하다는 대답이 돌아왔다. 그가 예상한 답변은 피곤하지 않다, 였다. 잘 쉬고 와서, 배에서도 내내 잠만 잤기 때문에 피곤할 거라는 생각은 하지 못했다. 할 수 없이 그는 시나리오를 다시 짰다. 그녀를 돌아보며 여행을 좋아하느냐고 물었다. 좋아하는 것 같다고 했다. 좋아하는 것 같은 게 무슨 뜻이냐고 그가 묻자 싫어하지 않는다는 뜻이라고 그녀가 대답했다.

"싫어하지 않으면 좋아하는 거냐?"

그러자 그녀가 왜 자꾸 꼬치꼬치 따져 묻느냐고 했다. 순간 그는 울컥, 했지만 마음을 가다듬고, 이제부터 여행이나 할까 싶어서 그런다고 말했다.

"지금까지 여행하고 돌아왔는데 또 여행을 해요?"

그녀의 눈치를 보며 그가 싫으냐, 하니 싫지는 않다고 했다. 그말에 용기를 얻은 그는 지금까지 바다를 보고 왔으니 이제 산으로 가자, 하고 넌지시 떠보았다.

"도시로 가면 안 돼요?"

"안 돼."

"왜요?"

"네 오빠가 쫓아온다."

그녀는 풀 죽은 표정이었지만 그래도 도시는 포기했다. 무슨 산으로 가느냐고 그녀가 힘없이 물었다.

"지리산."

말하고 보니 지리산이 좋을 것 같다는 생각이 들었다. 지리적으로도 비교적 가까운 곳에 있어 부담이 덜했다. 그녀는 아무 말도 하지 않았다. 그는 다시 불안에 휩싸여 지리산이 싫으냐? 물었다. 그녀는 아무 말도 하지 않았다. 그는 창문을 힐끗거리고 손바닥을 마주 비비며, 지리산이 싫으면 속리산으로 갈까? 물었다.

그녀는 아무 말도 하지 않았다. 그는 약간 화가 나서, 그러나 화를 억누르며, 그럼 설악산이 좋으냐? 물었다. 그때 사무실 문이 열리며 직원이 얼굴을 들이밀었다. 들이밀며, 산다는 차 얘기는 하지 않고 웬 산타령만 하느냐고 타박을 주었다. 그는 직원에게 조금만 더 시간을 달라고 했다. 사무실 문이 닫히고 나서 그녀가 조그만 목소리로 지리산이 좋겠어요, 하고 말했다. 그럴 거면서 왜 진작 대답하지 않았느냐고 그가 따지자 그녀는 더 조그만 목소리로, 지리산인지 뭔지 한국에 온 지 1년밖에 안 된 자신이 어떻게 알겠느냐고 볼멘소리를 냈다. 생각해보니 그 말이 맞는 말이어서 그는 미안하다고 말하고, 산으로 여행을 가기 위해서는 차가 필요하다고 말하고, 이왕 사는 차라면 큰 차가 좋겠다고 말했다. 그러나 자신이 사는 차가 중고차라는 말은 하지 않았고, 앞으로 그 차에서 잠을 자고 밥을 먹게 될 거라는 말도 하지 않았고, 차를 사고 나면 남는 돈이 얼마 되지 않는다는 말도 하지 않았다. 안 해도 되는 말은 잔뜩 하면서 꼭 해야 할 말은 하지 않은 그는 그러나 양심의 가책을 느끼지는 않았다. 나중이라면 몰라도 일단은 그 스스로도 여행이라고 생각하고 있었다.

그는 그녀의 생각이 바뀌기 전에 직원을 불러 재빨리 서류에 도장을 찍고 일어섰다. 그렇게 해서 그가 넘겨받은 것은 12인승 승합차였다.

그들이 시장에 들러 먹을거리와 코펠과 버너를 산 뒤 지리산으로 출발한 것은 오후 서너 시 무렵이었다. 지리산을 모르기는 그도 마찬가지였다. 듣기만 했을 뿐 한 번도 가본 적이 없었다. 게다가 차에는 내비게이션이 없었고 중고차 센터 직원에게서 얻은 지도 한 장이 전부였다. 그녀에게 지도를 봐달라고 했지만, 말은 잘해도 글에는 서툰 그녀는 더구나 깨알 같은 글씨를 잘 읽지 못해서 결국 그가 중간중간 차를 세우고 지도를 들여다봐야만 했다.

손에 익지 않은 차를 끌고 눈에 익지 않은 길을 달리느라 신경이 예민해진 그는, 3년씩이나 학원에 보내줬는데도 이깟 글씨 하나 못 읽는다고 타박을 했다. 그녀는 대답하지 않았다. 그러자 다시 그가, 네 학원비 마련하느라 내 등골이 휘는 줄 알았다, 하고 과장되게 투덜거렸다. 그녀는 대답하지 않았다.

"학원비뿐이니? 월세에 생활비까지."

그녀가 조그맣게 무슨 말인가를 했다.

"뭐라고?"

운전대를 꽉 움켜쥔 채 그가 그녀 쪽으로 몸을 기울여 겨우 알아들은 말은, 누가 대달라고 했냐구요, 였다.

"그래, 그건 네 말이 맞다."

그는 금방 수긍하며 고개를 끄덕였다. 그녀 스스로 원한 건 아무것도 없었다. 그녀는 단지 그가 이끄는 대로 따라왔을 뿐이었다. 그녀가 선택한 건, 그가 무슨 공부를 하고 싶냐고 물었을 때,

아마도 그가 한국인이어서 그랬겠지만, 한국어, 하고 대답한 것뿐이었다. 그 즉시 그는 한국어학원을 찾아내 그녀의 이름으로 등록을 했다. 언어에 재능이 있었던지, 아니면 젊어서인지 그녀는 등록한 지 얼마 안 돼서 그와 한국어로 대화하는 것이 가능할 정도로 발전했다. 그랬으므로 그녀가 글에 서툴다는 것은 미처 알지 못했다. 비엔티안에 한국어 간판이라도 있었다면 재미 삼아 읽어보라고 했을 테지만 그런 것도 없었다.

그가 한국으로 돌아간다고 했을 때 그녀도 같이 가고 싶다고 했다. 한국에서 일하고 싶다고 결연한 얼굴로 의지를 밝혔다. 라오스에는 일자리가 귀했으므로 그에게는 그녀의 결정이 당연한 것처럼 보였다. 공부를 했으니 써먹어야 마땅했다. 라오스는 아직 미지의 땅이었고, 앞으로 라오스로 진출하는 한국기업이 더욱 많아질 전망이었다. 일자리를 알아봐주겠다고 장담했다. 하지만 그녀는 한국의 어떤 회사에도 입사하지 못했다. 복잡한 글자는 잘 읽거나 쓰지 못했고 맞춤법도 수시로 틀렸다. 어떻게 이럴 수가 있지? 하고 그는 놀라워했지만 그게 현실이었다. 다만 그도 그녀도 모르고 있었을 뿐이었다. 진작 알았어야 할 것을 너무 늦게 알았을 뿐이었다.

그녀를 필요로 하는 곳은 그도 보내고 싶지 않고 그녀도 가고 싶어하지 않는 곳들뿐이었다. 그러나 일하지 않고 살아갈 수는 없었다. 먹어야 했고 입어야 했고 잠을 자야 했다. 살기 위해서는 돈을 벌어야 했다. 그의 경제적인 지원도 도움이 되지 못했다. 라오스에서는 가능했지만 한국에서는 가능하지 않았다. 같은 돈으로 라오스에서 한 달을 살았다면 한국에서는 일주일 살기도 빠듯했다. 무엇보다 방값이 너무 비쌌다. 그렇다고 그대로 라오스로 돌아간다는 것은 너무 억울한 일이었다. 이대로는 돌아갈 수 없어요, 하고 그녀가 말했다. 막다른 길에서 결국 그녀가 선택한 것은 결혼이었다.

"혹시라도 비엔티안에 갈 일이 생긴다면 그 학원 선생놈 가만두지 않을 거야!"

그가 주먹으로 클랙슨을 팡 치며 소리쳤다. 텅 빈 국도가 휘청, 했다. 그는 에어컨을 끄고 차창을 내렸다. 한결 기분이 나아지기는 했지만 소음이 너무 컸다. 열린 창으로 고개를 내밀고 야호, 소리 한번 질러주고는 차창을 올렸다. 헝클어졌던 머리카락이 그대로 가라앉았다.

"학원 선생님이 무슨 잘못이에요?"

한참만에야, 겨우 생각난 듯 그녀가 말했다. 그는 어이가 없어서 그녀를 보다가, 앞을 보다가, 다시 그녀를 보았다.

"제대로 못 가르쳤잖아."

"안 보고 어떻게 알아요?"

"널 보면 알지."

그녀는 입을 다물었다. 그는 다시 그녀를 보다가 앞을 보다가 그녀를 보았다. 몇 초 동안 앞을 보다가 룸미러를 보고 사이드미러를 보았다.

"그놈 혹시 한국인이야?"

그녀는 대답하지 않았다. 그녀는 아무 데도 고개를 돌리지 않고 오로지 앞만 바라보았다.

"대답하지 않는 걸 보니 맞구나?"

그녀는 긍정도 부정도 하지 않았다.

"혹시 책 같은 거 없이 수업했어?"

그녀는 커다란 눈을 잘 깜빡이지도 않고 오로지 눈앞의 길만 내려다보았다. 길은 천천히 다가왔다가 재빨리 사라졌다. 달리는 동안 그들 앞을 가로막는 차는 없었다. 휴가철이 아니라 해도 지나치게 도로가 한산했다. 그것이 다행한 일인지 불행의 시작인지는 그들도 알지 못한 채 길이 있으니 달린다는 신념으로 앞으로만 나아갈 뿐이었다.

"둘이 혹시 연애했어?"

그는 명랑한 목소리를 내기 위해 노력했다. 하지만 노력한 보람도 없이 목소리는 잔뜩 갈라지고 게다가 하필 '연애했어?' 묻는 부분에서는 가래가 낀 듯 소리가 목 안으로 잠겨버렸다. 아니나 다를까 내내 대답 않던 그녀가 물었다.

"지금 질투하는 거예요?"

"내가 미쳤어?"

필요 이상으로 발끈했던 그는 곧 그 사실을 깨닫고, 내가 이 나이에 질투는 무슨 질투냐, 그냥 궁금해서 그런다, 내가 먹여 살린 놈이 어떤 놈인지 물어보는 것도 잘못이냐, 내게는 알 권리가 있다, 횡설수설 설명을 늘어놓았다. 그러는 그를 가만히 쳐다보고 있던 그녀가 물었다.

"연애했으면 어떡할 건데요?"

"가만 안 두지. 선생놈이 공부는 안 가르치고 연애질이라니, 말이 되는 소리냐."

"안 했어요, 연애! 누가 나 같은 걸 거들떠보기나 한대요?"

그는 움찔하며 그녀를 보았다. 그런 다음엔 클랙슨을 팡 치고는, 학원 선생놈 눈이 삐었나 보다, 했고 눈이 그 모양이니 학생을 제대로 가르칠 수나 있었겠냐, 분개했다. 그래도 그녀의 기분이 나아지지 않자 이번에는 자책으로 돌아섰다.

"그 학원에 등록한 내 잘못이다. 선생놈을 만나보고 학원을 결정했어야 했는데 그때 내가 좀 바빴다. 너도 알잖냐. 강도 사건 때문에 정신이 없었다. 제대로 배우기만 했어도 취직은 문제없는 건데……."

그는 아쉬워하며 입맛을 다셨고 그녀는 한숨을 내쉬는 것으로 대답을 대신했다.

한동안 말없이 길을 따라 달리기만 했다. 차가 없어서인지, 도로가 좁아서인지, 가로등이 없어서인지, 평소보다 날이 일찍 어두워진다고 그는 생각했다. 헤드라이트를 켜도 눈앞의 거무스름한 것은 별반 달라지지 않았다. 지금쯤 지리산이 나와야 하는데, 생각했지만 크게 걱정하지는 않았다. 그는 지도를 가지고 있었고 지도가 가리키는 대로 따라왔다. 조금 늦더라도 가다 보면 결국 지리산이 나오고야 말 거라고 생각했다.

어둠 속에 가라앉아 있어 그녀의 얼굴이 잘 보이지 않았다. 그는 실내등을 켰다가 껐다. 그녀는 잘 있었다. 너무 조용해서 자는 게 아닌가 했지만 그녀는 눈을 동그랗게 뜨고 생각에 잠겨 있었다. 그 모습을 보자 그는 또 불쑥 의심이 들었다. 별것 아닌 질문에 그녀가 지나치게 예민한 반응을 보인 것도 이상했다. 생각해 보면 이상한 것은 또 있었다. 라오스에서 학원에 대해 물어볼 때마다 그는 어쩐지 그녀가 대답을 피한다는 느낌을 받았었다. 학원 친구들에 대해서는 가끔 얘기했지만 선생에 대해서는 한 번도 말한 적이 없었다. 그가 불러낼 때마다 군말 없이 잘 나오다가도 또 때로는 이유도 말하지 않고 집에 있겠다며 완강하게 버티기도 했다.

그는 한 번 더 물어볼까 말까 망설였다. 속 좁은 인간으로 보일지도 모른다는 우려에도 불구하고 결국 그가 묻고 만 것은 그녀가 한숨을 내쉬며 차창으로 고개를 돌렸기 때문이었다.

"둘이 정말 연애 안 했니?"

"질투 안 한다면서요?"

창밖으로 향한 시선을 돌리지도 않고 그녀가 되물었다.

"질투가 아니라 억울해서 그런다. 뒷바라지는 내가 했는데 연애는 그놈이 했다면 내가 얼마나 억울하겠냐?"

"지리산 언제 가요?"

"지금 가고 있잖냐."

"벌써 몇 시간째 차만 타고 있어요."

"나도 안다. 네가 대답을 안 하니까 지리산이 안 나오는 거야."

그는 혹시라도 산 비슷한 게 보일까 눈을 부릅뜨고 전방을 살폈다. 하지만 사방이 깜깜해서 자동차의 헤드라이트 불빛이 비추는 범위를 벗어나면 아무것도 보이지 않았다. 달조차 뜨지 않은 밤이었다. 할 수 없이 그는 차를 세우고 실내등을 켰다.

"저랑 연애하려고 도와줬어요?"

그를 쳐다보며 그녀가 물었다.

"누가 그렇대? 그냥 억울하다는 소리지."

그는 눈을 피하며 지도를 꺼내 들여다보았다. 그러나 어디쯤 와 있는지 도무지 알 수 없었다. 지도만 따라 왔다고 생각했는데 어디서 길을 잘못 든 모양이었다.

"지도가 잘못된 모양이야. 그놈이 엉터리 지도를 줬어."

그러나 사실을 말하자면, 그는 지도에 익숙하지 못했다. 살아오면서 지도를 들여다볼 일이 많지 않았다. 지도에 대한 경험이 적었으므로 자신이 지도를 잘못 볼 수도 있다는 생각은 하지 못했다. 그래서 방심했고 길이 조금 이상하다 싶어도 크게 의심하지 않고 앞으로만 달렸다.

"저는 소장님이 좋아요."

"엎드려서 절 받기구나. 너 혹시 돋보기 없니? 손전등은? 아, 그래. 물론 없겠지."

그는 지도를 들고 눈 앞에서 떨어뜨려 보기도 하고 가까이 대보기도 했지만 깨알 같은 글자를 읽기는 쉽지 않았다. 실내등 불빛이 있기는 했으나 충분하지 않았고, 밤눈이 밝다면 문제되지 않았겠지만 역시 그는 눈에는 자신이 없었다. 어쩌면 야맹증이 있는지도 모르고 또 어쩌면 늙어서 그런지도 몰랐다. 몸도 늙는데 눈이 늙지 않는다고 할 수는 없었다.

"일단 가자. 가다 보면 뭐라도 나오겠지."

지도를 접으며 그가 말했다. 그녀는 말없이 고개를 끄덕였다. 하지만 그들의 바람과는 달리 가도가도 지리산은 나오지 않고 구불구불 끝 간 데 없이 길만 이어지고 있었다.

*

뭔가 서늘한 느낌에 그는 눈을 떴다. 갑자기 햇빛이 가려져서 구름인가 했지만 왠지 느낌이 달랐다. 그는 눈을 떴고 그 순간 자신을 내려다보고 있는 또 다른 눈과 마주쳤다. 그도 놀랐지만 바

깥의 눈도 놀란 것 같았다. 잠시 사라졌던 눈이 돌아왔고 다시 두
눈이 마주쳤다. 바깥의 눈보다는 안의 눈이 유리했다. 바깥에서
는 햇빛 때문에 그리고 차창의 선팅 때문에 안이 잘 보이지 않았
지만 안에서는 바깥이 잘 보였다. 그가 몸을 일으키자 바깥의 눈
이 커다래지며 긴장의 빛이 떠올랐다. 그러나 조금 전처럼 사라
지거나 하지는 않았다.

"누구요?"

하지만 그건 그가 물어야 할 말이었다. 들여다보고 있던 것은
바깥의 눈이지 안의 눈이 아니었다. 오히려 바깥의 눈 때문에 안
의 눈이 잠에서 깨어났다. 그는 더 자야 했지만, 새벽의 추위가
물러가고 아침의 따뜻한 햇살이 비칠 때 푹 자둬야 했지만 어쩔
수 없이 창을 내렸다. 여든은 돼 보이는 노인이 차창에 매달린 자
세로 그를 들여다보고 있었다. 자그마한 덩치에 비해 키가 꽤 크
다고 그는 생각했지만 사실은 차 옆에 커다란 바위가 있었다. 노
인은 바위 위에 올라서서 그가 깰 때까지 내려다보고 있었던 것
이다.

"누구세요?"

"난 또 죽었는가 했지."

말소리에 깨어난 그녀가 일어나 앉자 노인은 그와 그녀를 번갈
아 보았다. 그러면서 다시 누구신가? 물었다. 하지만 그의 대답
은, 근처에 마을이 있나요? 였고, 여기가 어딘가요? 였다. 지난

밤 그는 개울물 소리를 따라 달렸고, 더 이상 달릴 수 없을 만큼 피곤해졌을 때에야 차를 멈췄다. 노인이 얼굴을 찌푸렸다. 할 수 없이 그는, 지리산을 찾아가는 중인데 아무리 달려도 지리산은 나오지 않고 그 와중에 밤은 깊고 몸은 피곤하여 길에서 하룻밤을 보내게 됐다고 설명했다. 노인이 얼굴을 찌푸렸다. 또 할 수 없이 그는, 자신들은 위험한 사람이 아니며 한가하게 여행을 하는 것도 아니고 단지 볼일이 있어 지리산에 가는 길이라고 말했다. 노인이 그와 그녀의 입성을 찬찬히 뜯어보더니 녹차밭에 가는 거냐고 물었다. 녹차밭이요? 묻고 나서 그는 얼른, 근처에 녹차밭이 있어요? 재차 물었다. 노인이 혀를 찼다. 올 거면 빨리 오든가 늦어도 한참 늦었다고 했다. 벌써 봄에들 다녀갔다고 말했다. 누가 다녀갔냐고 물으니 일하는 아줌마들이지 누구겠느냐고 핀잔을 주었다. 그가 반색하며 남자도 써주나요? 묻자 노인은 귀 됐다 뭘 들었냐고 타박을 하고 나서, 찻잎은 진작 다 땄고 지금은 세서 못 먹는 잎밖에 없다고 했다. 아아, 그런가요. 녹차밭을 찾아온 것이 아님에도 이제 찻잎을 따지 않는다는 말을 듣자 그는 실망이 이만저만이 아니었다. 한숨까지 푹 내쉬었다. 그런 그를 향해 노인이, 이렇게 느려 터져서는 아무 일도 못 찾는다고 호통을 쳤다. 그는 녹차밭을 찾아온 것이 아니라 지리산을 찾아온 거라고 말했다.

"찻잎 따러 온 거 아니었어?"

"아닌데요."

"그럼 죽순 따러 온 건가?"

노인이 혼잣말인 듯 중얼거렸다.

"근처에 죽순밭도 있어요?"

죽순밭에 온 게 아님에도 그는 다시 반색하며 물었다. 노인이 빙글 웃더니, 죽순은 지난주에 다 끝난 거 같던데? 했다. 노인이 웃으니 까맣게 치석 앉은 이가 보였다. 웃고 있는 해골 같은 얼굴로, 고사리는 생각 없어? 물었다. 그제야 그는 노인이 자신을 놀리고 있다는 것을 알았다. 분통이 터졌지만 노인을 상대로 화를 낼 수는 없어서 대신 퉁명스러운 목소리로 여기가 어디냐고 물었다.

"모르고 왔어?"

"모르니까 묻지요."

"지리산 간다며?"

"갈려고 했지요, 어제는. 오늘은 모르겠습니다."

"잘 와놓고선 모르긴 뭘 몰라. 여기가 지리산이야. 피아골. 지리산에 와서 지리산을 찾으니 멍청하달밖에."

"여기가 지리산이라구요?"

"몇 번을 말해. 귀먹었어?"

"여기가 그 유명한 피아골이라구요?"

"우리 동네가 그렇게 유명해?"

"책에서 봤어요."

"난 또."

노인이 실망한 듯 입맛을 쩝 다셨다.

"그런데 근처에 마을이 있습니까?"

"마을이 있으니 나가 왔겠지. 저 다리 건너서 쭉 올라가면 집이 여럿 나와."

그는 그녀를 돌아보며 다행이라는 듯 웃고 나서 다시 노인을 향해 어디로 가는 길이냐고 물었다. 읍내에 볼일이 있어 버스가 다니는 데까지 걸어가는 중이라고 했다. 머느냐, 물으니 멀다고 했다. 얼마나 걸리느냐, 물으니 두 시간은 더 걸어가야 한다고 했다. 그는 잠시 고민하다가, 여든은 돼 보이는 노인을 힐끔 쳐다봤다가, 그녀를 돌아보았다. 그녀는 우울해 보였고 그의 눈짓에도 아무런 말을 하지 않았다. 그가 노인을 향해 태워다 드리겠다고 했다. 한 번이라도 사양할 줄 알았던 노인은 그러나 정 그렇게 원한다면, 하더니 냉큼 조수석으로 달려와 올라탔다. 운전석으로 옮겨 앉은 그는 하품을 하며 노인이 가리키는 방향으로 차를 출발시켰다.

한동안 비포장길이 이어졌다. 엉덩이가 좌우로 심하게 요동을 쳤다. 위로 들썩 들렸다가 엉덩방아를 찧기도 했다. 그는 걱정스러운 눈으로 노인을 브았다. 하지만 노인은 요동을 즐기는 듯 보였고 놀이기구를 탄 듯 신나하는 것 같기도 했다. 그의 눈길을 느낀 노인이 한마디 했다.

"우리 집 안마기보다도 못하네 뭐. 시멘트길 두고 일부러 이 길로 데려왔더니 별로야."

그가 뭐라고 따지려는데 노인이 얼른, 그런데 저 처자는 말을 못해? 물었다. 그는 룸미러로 그녀를 살펴보았다. 그녀는 우울한 얼굴로 앉아 창밖만 내다보고 있었다. 이봐, 하고 그가 불렀으나 대답하지 않았다. 창에서 시선을 돌리지 않았다. 말 좀 해봐, 하고 그가 말했으나 그녀는 대꾸하지 않았다. 그를 보지 않았다. 민망함에 얼굴을 붉히는 그를 노인이 위로했다.

"냅둬. 말하기가 싫은 모양이지. 나도 그럴 때 있어."

10분쯤 더 달려 마침내 버스가 다닌다는 도로에 노인을 내려주었다. 운전석에 앉은 채 인사하는 그에게 노인이 말했다.

"싸우지들 말고 살어. 인생, 한순간이야."

그는 차마 대답은 못하고 얼굴만 붉힌 채 차를 돌려 왔던 길로 되돌아갔다.

노인이 새로이 알려준 길은 시멘트 포장된 길이었다. 조금 덜 컹거리긴 했지만 비포장길만큼은 아니었고 거리도 훨씬 가까웠다. 그들이 하룻밤 노숙한 개울가까지 금방 닿았다. 잠깐 멈출까 하다 그대로 달렸다. 노인이 일러준 대로 다리를 건너고 가파른 오르막길로 접어들었다. 차가 헉헉거리고 식식거렸다. 오르막 중간에 시동이 꺼지는 게 아닌가 걱정했지만 다행히 그런 일은 벌어지지 않았다. 간신히 가파르기 짝이 없는 오르막을 지나고 완만한 오르막으로 접어들었을 때 그는 여전히 뒷좌석에 우울한 얼굴로 앉아 있는 그녀에게 드대체 왜 그래? 하고 물었다. 화를 내더라도 일단 얘기나 들어보고 내자고 작정했지만 묻는 목소리에 이미 불꽃이 피어나고 있었다.

"도대체 왜 뚱한 얼굴로 있냐고? 노인이잖아. 노인이 말을 시키는데 한마디 하면 안 되니? 무안해 죽는 줄 알았다."

드문드문 집들이 나타나기 시작했다. 집들은 옹기종기 모여 있지 않고 아마도 녹차밭인 듯한 푸릇한 밭 가장자리에 한 채씩 혹은 두 채씩 떨어져 있었다. 슬레이트 지붕은 낮았고 집 주위를 나무가 에워싸고 있었다.

"도대체 왜 그러냐니까? 말 안 하면 나 화낸다?"

갈 데까지 가보자는 심정으로 그는 구불구불 이어진 오르막길을 계속 달렸다. 가끔 위에서 차가 내려오면 앞으로 뒤로 이동하며 그나마 넓은 길을 찾아 아슬아슬하게 지나쳤다. 좁은 길에 비해 그의 차가 너무 컸다. 고난이도의 길에 비해 그의 차는 너무 약했다. 허리 굽고 치석 앉고 검버섯 핀 노인의 두 다리보다 못했다.

"화 안 낼게 말해봐라."

효과가 있었다. 그날 처음으로 그녀가 그를 쳐다보았다. 그는 정말이야, 하고 부드럽게 말했다. 잠시 후에는 또 약속하마, 하고 안심을 시켰다. 그러자 그녀가 마침내 그날의 첫 목소리를 내놓았다.

"휴대폰 좀 주세요."

순간 그는 뜨악해했고 그것은 그의 말투에 가감 없이 드러났다.

"휴대폰을 달라고? 어디다 걸게?"

그녀는 말하지 않았다. 휴대폰을 달라면서 손도 내밀지 않았다. 그는 그녀의 고개가 다시 창으로 향하기 전에 재빨리 다짐을 두었다.

"설마 오빠는 안 된다."

번호가 길게 이어졌다. 연결도 한참 뒤에 이루어졌다. 상대방의 목소리는 들리지 않았지만 그녀의 말소리는 그도 들을 수 있었다. 그녀는 카페 종업원에게 미안하다고 말했다. 조금 있다가 또 잠을 깨워 미안하다고 사과하고, 자신이 누구라고 밝히고, 자신이 누구의 딸이며 누구의 누나인지 설명했다. 그런 뒤에는 어머니와 통화하고 싶으니 좀 데려다 달라고 했다. 상대방이 싫다고 하는지 그녀는 거듭 부탁했다. 오랜만에 듣는 라오어가 그렇게 반가울 수 없었다. 그는 시계를 보았다. 열 시 삼 분이었다. 그렇다면 그곳은 여덟 시가 조금 넘었을 터였다. 게을러터진 놈. 그는 속으로 욕을 했다. 카페에서 아무것도 안 하고 하루 종일 빈둥거리기만 하는 놈이 늦잠까지 자면서 그녀를 애태우고 있었다. 혹 다시 만난다면 가만두지 않겠다. 그는 속으로 다짐했다. 마침내 그녀는 상대를 설득하는 데 성공했는지 30분 뒤에 다시 걸겠다고 말하고 전화를 끊었다. 그는 조금 전에 한 다짐을 그녀에게 말해주었다. 그녀는 개꾸하지 않았다.

"이제 가만두지 않을 놈이 두 놈이 되었군."

그가 중얼거렸다. 직무유기 학원강사와 게으른 카페 종업원. 여전히 아무런 반응을 보이지 않았지만 그는 그녀의 마음이 풀렸다는 것을 알 수 있었다. 차 안에 훈기가 돌았다. 모처럼 따뜻함을 만끽하며 그는 창을 열고 시원한 공기를 들이마셨다.

"노인을 보니까 어머니가 생각난 모양이구나. 그러면 그렇다고 말을 하지 그랬나?"

"내가 여기서 뭘 하나 싶어 우울했어요."

"뭘 하긴? 우리는 여행 중이잖아."

"여행 싫어요."

"잠깐만 기다려봐. 적당한 장소 나오면 운전 가르쳐줄게."

그는 얼른 운전으로 화제를 돌렸다. 그녀가 배우고 싶어하는지 어떤지도 모르면서 그녀에게 조수석으로 건너오라고 한 다음 출발과 정지, 전진과 후진을 몸소 보여주며 운전이란 말야, 하고 설명하기 시작했다.

마침내 마지막 마을에 도착했다. 걷는다면 계속 올라갈 수야 있겠지만 차로는 더 이상 달릴 수 있는 길이 없었다. 그는 기지개를 켜며 차에서 내렸다. 집이 스무 채는 돼 보였고 올라오면서 본 어떤 마을보다 컸다. 이렇게 높은 곳에 마을이 있다는 게 그는 신기하기만 했다. 뒤따라 내린 그녀와 함께 마을 앞의 녹차밭으로 걸어가 짐짓 냄새를 맡고 심호흡을 했다. 일하는 사람은 보이지 않았다. 마을에도 사람은 보이지 않았다. 한겨울도 아니고 한여름도 아닌데 사람은 보이지 않고 개만 여러 마리 보였다. 감시인지 환영인지 개 한 마리가 그들의 뒤를 졸졸 따라다녔다. 그가 쫓아보았으나 조금 물러나는 척하다가 다시 따라왔다.

그는 그녀가 통화를 할 동안 혼자 산책을 했다. 노인이 말한 죽순밭과 고사리밭도 발견했다. 산인지 밭인지 모를 비탈진 곳에 죽순은 죽순대로, 고사리는 고사리대로 모여 자라고 있었다. 그러나 역시 일을 하는 사람은 발견할 수 없었다. 그럼 다들 집에서 낮잠이라도 자나? 그가 중얼거리자 컹, 하고 개가 짖었다. 산책에서 돌아오니 그녀의 눈가가 붉어져 있었다. 그는 애써 그녀를 외면하며 마을로 시선을 돌렸다.

*

"아직 안 갔어?"

눈을 뜬 그는 아침처럼 또 자신을 들여다보고 있는 노인을 발견했다. 그는 일어나 앉으며 주위를 두리번거렸다. 정자나무가 있고 머리 위에는 매미 소리가 있고 엉덩이 아래에는 평상이 있고……, 점심을 해 먹은 뒤 잠시 누워 있는다는 게 그만 잠이 들어버렸다. 그런데 읍내에 간다던 노인이 왜 여기 와 있지?

"내가 누구처럼 게으름이나 피우는 사람으로 보여? 얼른 볼일 보고 왔지."

노인의 손에는 신문지로 날을 감싼 낫 한 자루가 들려 있었다. 그는 약간 어이가 없어서 낫 한 자루를 사기 위해 읍내에 간 거냐고 물었다. 노인이 그렇다고 했다. 그러면서 한번 보여줄까? 하더니 신문지를 풀어내고 시퍼렇게 날 선 낫을 그의 얼굴 앞으로 쓱 내밀었다. 깜짝 놀란 그가 뒤로 물러앉았다. 노인이 치석 앉은 이를 드러내며 케케케, 하고 웃었다. 몇 가닥 남은 턱수염이 따라 웃었다.

"그런데 색시는 어디 갔어?"

"아, 그게, 글쎄요."

"올라오다 보니 단복이 색시하고 쑥 캐고 있던데?"

"쑥이요?"

"미친 소가 하나 있어. 지가 무슨 곰이라고 쑥에 환장을 했어."

"미친 소요?"

"마침 저기 오는군."

"마침 온다구요?"

그는 화들짝 놀라 노인이 가리키는 쪽을 보았다. 하지만 그건 미친 소가 아니라 사람이었고 여자였고 아마도 만복이 색시와 그리고 아메이였다. 그가 놀라는 모습이 재미있는지 노인이 다시 웃었다.

만복이 색시는 고향이 필리핀 어디라고 했다. 나이는 말하지 않고 시집온 지는 3년 조금 넘었다고 했는데, 아메이보다 키도 크고 덩치도 크고 나이도 훨씬 많아 보였다. 그런데도 아메이를 언니라고 불렀다. 나 때문인가, 그가 생각했지만 이제 처음 만나는데 그의 나이를 알아서 그런 것 같지는 않고, 손님에 대한 예우인가, 했지만 그런 예우가 있다는 말은 들어보지도 못했고, 가만 보니 아무래도 말 때문인 것 같았다. 만복이 색시는 말이 서툴렀다. 만복이 색시의 말이 유아 수준이라면 아메이는 중학생 수준이었다. 그만큼 차이가 났다. 그런데 신기한 것은 그가 못 알아듣는 말도 아메이는 신통하게 알아듣고 대답을 한다는 것이었다. 어쨌거나 벌써 얼굴에 주름골이 잡히기 시작한 만복이 색시가 아직 어린 티가 나는 아메이에게 언니라고 부르는 것은 그가 보기에 우습기만 했다. 한편 남의 동네에 와서 당당히 언니 대접을 받는 아메이가 대견하기도 했다. 말 못하는 만복이 색시와 말 잘하는 아메이를 가만히 지켜보던 노인이 말했다.

"말 못하는 처잔 줄만 알았더니 말만 잘하네."

아메이는 얼굴을 붉혔고 만복이 색시는 어리둥절한 얼굴을 했다.

만복이 색시가 자기 소를 보여주겠다며 아메이의 팔을 잡아끌었다. 갓 태어난 소를 사와서 지금은 어른이 다 됐다고, 자기가 쑥을 먹여 키웠다고 자랑스럽게 말했다. 아메이가 그를 쳐다보았다. 그는 갔다 오라고 했다. 그녀는 오랜만에 밝아 보였고 많이 웃었고 많이 떠들었다. 르오스에서의 모습을 떠올리며 멀어지는 그녀를 보고 있던 그가 문득 노인을 향해 물었다.

"무슨 일이든 해드릴 테니까 하룻밤만 재워주시면 안 될까요?"

"무슨 일?"

"네. 어떤 일이라도 좋습니다."

"시키는 일이면 다 한단 말이지?"

"네, 뭐. 제가 할 수 있는 일이라면."

"그렇다면 일어나. 가자고."

그는 일어났다. 무슨 일이냐고 묻지 않았다. 그녀의 웃음을 되찾아준 마을에서 하룻밤을 더 묵을 수 있다는 것으로 만족했다. 평상에서 내려와 신발을 신고 노인의 뒤를 따랐다.

좁은 골목을 지나 마을 뒤편으로 가니 집을 짓는 공사가 한창이었다. 마을 사람들이 모두 달려들어 일을 하는 것 같았다. 별장인가, 했지만 별장을 지을 만한 위치가 아니었고 가정집인가, 했지만 가정집치고는 규모가 컸다. 그가 무슨 집이냐고 묻자 노인이 마을회관이라고 했다. 마을회관이기는 하지만 그 안에 방도 넣고 부엌도 넣고 거실도 넣는다고 말했다. 그는 고개를 끄덕였다. 노인이 일하는 사람들을 불러 모으더니 그를 소개했다.

"여기 일꾼 하나 데려왔어. 일당은 필요 없고 재워주기만 하면 된대. 하기야 저 나이에 일당 받고 일하기는 힘들겠지?"

그는 고개 숙여 인사했다. 마을 사람들이 그를 둘러싸서는, 이 산골에는 무슨 일로 왔느냐, 물놀이를 온 거라면 길을 잘못 들었다, 지리산에 온 거라면 이쪽으로는 길 아닌 길만 있을 뿐이니 역시 길을 잘못 들었다, 중구난방으로 떠들었다. 그들 대부분은 허리 굽고 검버섯 자욱한 노인들이었고 그중 사십 대로 보이는 남자가 가장 젊었다. 그는 한꺼번에 쏟아지는 질문에 대답을 못하고 그냥 서 있기만 했다. 그런 그를 대신해 노인이 나섰다.

"색시한테 한국을 보여주는 중이지."

그러자 다시, 색시가 누구냐, 색시는 어디 있느냐, 한국을 보여준다니 그게 무슨 소리냐, 질문을 쏟아냈다.

"나중에 보면 알아."

그들 모두의 질문을 노인이 한마디로 정리해버렸다. 그런 다음에는 사십 대 남자에게 그를 인계했다. 그 남자가 바로 고향이 필리핀 어디라는 여자의 남편이자 미친 소를 키운다는 '만복이'였다.

그는 오후 내내 돌을 나르고 나무를 자르고 시멘트를 개고 못질을 했다. 설계도는 없었다. '만복이'의 입이 설계도였다. '만복이'가 이걸 좀……, 저걸 좀……, 여기도 좀……, 할 때마다 그가 달려가 일을 하는 식이었다. 노인들은 급할 것 없다는 듯 일은 뒷전이고 일하는 그를 따라다니며 구경만 했다. 그는 일을 잘하지는 못했다. 20년 동안 이런저런 공사를 맡아 해왔지만 현장에서 직접 땀을 흘린 것은 아니었다. 그렇다고 일을 아주 못하지도 않았다. 하루에도 몇 번씩 공사현장을 들락거렸고 일하는 인부들을 봐왔다. 보는 것만으로도 공부가 됐다. 그러므로 노인들의 평가도 제각각이었다. 누구는 감탄을 했고 누구는 혀를 찼다. 아침의 노인이, 그럭저럭 밥은 먹여줘도 되겠지? 하면 누구는 밥뿐인가, 했고 누구는 젊은 사람이 영 힘을 못 쓰네, 토를 달았다. 듣다 못한 그가 일들 안 하세요? 했을 때에야 노인들은 흩어져 각자의 자리로 돌아갔다.

그날 밤 그는 밤새 끙끙거리며 앓다가 그녀가 아프지 마세요, 하며 안아주자 그때에야 비로소 잠이 들었다.

예전에도 그런 일이 있었다. 비엔티안에서였다. 하루의 일이 끝나고 나면 그는 직원들과 자주 술자리를 가졌다. 한국인 직원 중에 가족 없이 혼자 와 있는 사람은 그뿐이었다. 어느 정도 술이 오르면 직원들은 모두 집으로 돌아가고 그만 홀로 남았다. 그런 밤이면 사람이 그리워 집으로 전화를 걸어보지만 아이들이 깬다고, 아이들 공부에 방해가 된다고 잔소리만 할 뿐 아내는 그의 외로움을 받아주지 않았다. 그러던 어느 날 만취한 그는 아메이의 집으로 찾아갔고, 화를 낼 줄 알았던 그녀가 화를 내기는커녕 부드러운 목소리로 므슨 일이냐고 물어주었을 때에야 비로소, 맨바닥에 쓰러진 채이기는 했지만 참으로 오랜만에 외롭다는 생각 없이 편안한 마음으로 잠들 수 있었다.

"일 필요하면 언제든 와."

이튿날 아침, 노인이 말했다. 집에 계시라고 해도 노인은 대문까지 따라 나왔다.

"그럴게요."

하지만 이곳에 다시 오지 못하리라는 것을 그는 잘 알았다. 그래서 미안했고 미안해서 노인의 손을 꼭 잡았다.

"잘 데 없으면 와."

노인은 혼자 살고 있었다. 방이 네 개나 되었다. 원래는 방 두 개에 온 가족이 모여 오글오글 살았다고 했다. 자식들이 커서 다 떠나고 난 뒤 노인은 집을 줄이기는커녕 원래 있던 방 옆에다 방 두 개를 더 만들어 붙였다. 자식들이 내려온다면 언제든지 받아 주기 위해서라고 했다. 전날 저녁, 집을 보면서 그는 구조가 이상한 것은 말할 것도 없고 새 천에 난 구멍을 낡은 천으로 기운 듯한 인상을 받았는데, 거기에는 그런 연유가 있었다.

"싸우지들 말고 살어."

노인과는 집 앞에서 헤어졌다. 차를 막 출발시키려는데 만복이 색시가 나오더니 정자나무 아래에 섰다. 더 다가오지는 않았다. 그냥 그곳에 서서 슬픈 얼굴로 아메이를 바라보았다. 그가 돌아보자 아메이도 슬픈 얼굴을 하고 있었다. 하지만 차에서 내려 달려가거나 하지는 않았다. 잘 가라, 잘 있어라, 하는 인사도 없었고 손을 흔들지도 않았다. 아무런 제스처가 없으니 차를 출발시킬 수도 없었다. 할 수 없이 그가 만복이 색시를 향해 고개를 까딱, 해 보임으로써 인사 비슷한 것을 하고, 인사를 해 보임으로써 이제 출발하겠다는 뜻을 알리고, 그런 뒤에도 몇 초쯤 더 기다렸다가 차를 움직였다. 사이드미러 속의 만복이 색시는 어느새 울고 있었다.

"하루 만에 만리준성을 쌓았네?"

그가 그렇게 놀리듯이 말한 것은 아메이의 기분을 조금이라도 풀어주기 위해서였다. 하지만 그녀는 대답하지 않았다. 어쩌면 말뜻을 못 알아들었을 수도 있었다. 피아골을 거의 다 빠져나와서 그는, 같은 나라 사람도 아닌데 헤어지는 게 그렇게 슬프냐고 이번에는 진지하게 물었다. 그녀는 바로 대답하지는 않았다. 1분쯤이 흐른 뒤에야, 한국 남자들은 우리 마음 몰라요, 하고 토라진 듯 말했다. 그는 이어질 말을 기다렸으나 그녀는 입을 꾹 다문 채 우울한 얼굴로 앉아 있었다. 기다리다 못한 그가 무슨 마음? 물었으나 대답하지 않았다. 그는 말을 해보라고 했다. 말을 해야 알지 말을 안 하면 누가 아느냐고 달랬다. 삐치고 싶어도 먼저 무슨 일인지 말한 다음에 삐쳐야지. 그가 말했다. 여자들의 가장 큰 문제점이 그거야. 입을 꾹 다물고서는 남자들이 알아서 해주기를 바란다는 거지. 그가 말했다. 그랬다가 그녀의 눈치를 보며, 마음 상하게 하려고 한 말이 아니라 사이좋게 잘 지내려고 한 말이라고 변명했다. 사이좋게 잘 지내기 위해서는 서로 얘기를 많이 나눠야 한다고도 했다.

"우리는 집 지키는 동물이에요. 밖에도 못 나가게 해요. 못 나가게 하니까 더 나가고 싶어요."

처음에는 이해를 못 했다가 그는, 저런 나쁜 놈, 하고 얼른 맞장구를 쳐주었다. 효과가 있었다. 그동안 해야 할 말만, 그것도 감질나게 하던 그녀가 마침내 마음을 꺼내놓았다.

"남편들은 자신이 이용당하는 게 아닌가 의심하고 우리가 도망갈까봐 걱정해요. 잔소리도 심하고 고집도 세요. 술을 너무 많이 마셔요. 거기다 술버릇까지 나빠요. 의논도 안 하고 모든 결정을 혼자 해요. 우리한테는 무조건 따라오라고 하죠. 할 말을 하면 말대꾸한다고 화를 내고 말을 안 하면 곰 같다고 화를 내요. 살림을 하라면서도 돈을 잘 안 줘요. 음식을 못 만든다고 구박해요."

"도대체 어느 놈이?"

"우리를 무시해요. 거지 취급해요. 미련하다는 말을 아무렇지 않게 써요. 우리는 집안일을 하고도 정당한 대우를 못 받아요. 친구들이 말해요. 몸이 아파서 누워 있으면 남편들이 그런대요. 본전 생각난다고. 본전도 못 뽑았는데 병원비 들게 생겼다고 화를 낸대요."

"……."

"친구들 중에는 이런 일도 있었어요. 어느 날 집에 있던 돈이 없어졌대요. 남편하그 시어머니가 친구 가방을 뒤졌어요. 물론 친구는 아니라고 했죠. 가방 속에서 돈도 안 나왔구요. 그 뒤로도 돈은 못 찾았어요. 그런데 남편하고 시어머니가 계속 의심한대요. 혹시 돈을 훔쳐서 집으로 보낸 게 아닌가 하는 거죠. 반찬이 조금 부실해도, 물건을 조금 아껴도 남편이 그런대요. 그 돈 모아서 집으로 보낼 생각이냐고. 안 아끼면 헤프다고 잔소리하고 아끼면 그런 의심을 받아요. 우리는 억울해요."

그는 그녀가 눈치 채지 못하게 핸들을 틀어 차가 휘청거리게 만들었다. 방심하고 있던 그녀의 몸이 앞으로 옆으로 세차게 흔들렸다. 그는 미안하다고 말하고 움푹 파인 길 때문에 어쩔 수 없었다고 말했다. 그녀가 뒤늦게 안전벨트를 매는 사이 그는, 그런 사람도 있지만 안 그런 사람도 많다고 했다. 그런 다음에는 그녀가 다른 말을 꺼내기 전에 재빨리, 우리 어디로 가지? 하고 물었다. 또 그런 다음에는 섬진강 알아? 하고 물었고 여기서 섬진강이 가까운데, 중얼거렸다. 그때 문득 떠오르는 것이 있었다. 예전에도 종종 그녀와 함께 메콩 강에서 했던 것이었다.

"우리 낚시 할래?"

"소장님은 내 말 듣기 싫죠?"

"아냐. 이제 곧 갈림길이 나올 거라서 그래. 어디로 갈지 결정

155

해야 하잖아."

"다 똑같아요. 소장님도 한국 남자잖아요."

그는 짐짓 화를 내는 척했다. 그가 소리쳤다.

"내가 언제 너한테 그러는 거 봤니?"

"아직은 아니지만 앞으로 그럴지도 모르잖아요. 내가 어떻게 알아요?"

"난 안 그래. 난 다른 남자들이랑 달라. 5년을 봐놓고도 그런 소리가 나오니?"

그녀는 아무런 말도 하지 않았다. 그는 뭔가를 문득 생각해내고는 그녀에게 물었다.

"참, 어머니는 건강하시더냐?"

그녀는 대답하지 않았다.

"동생은 잘 있고?"

그제야 그녀는 마지못해 그런 것 같다고 대답했다.

"그동안 생활비는 좀 보내드렸니?"

"아뇨."

그는 잠깐 생각하다가 말했다.

"그럼 생활비 좀 보내드리자. 산에서 내려가면."

"됐어요. 엎드려서 절 받기예요."

"아냐. 네 말하고는 상관없는 거야. 진작부터 생각하고 있었는데 깜빡했다. 요즘 우리 상황이 좀 복잡했잖니. 오후에 어디 가까운 읍내로 가자."

"몰라요."

"그래, 넌 몰라도 돼. 내가 알아서 할 테니까. 앞으로는 화나거나 섭섭한 일 있으면 먼저 말을 해. 봐, 말하니까 좋잖아. 이제 우리 낚시하러 가는 거다?"

길을 몰랐을 땐 돌고 도느라 한참 걸렸던 것이 길을 알고 나자 금방이었다. 기어서 지리산을 찾아갔다면 달려서 지리산을 빠져나오는 격이었다. 섬진강에는 금방 닿았다. 그는 국도변에 차를 세우고 낚싯대 두 개를 산 다음 적당한 장소를 찾아 천천히 달렸다.

생각보다 날이 더웠다. 어느덧 계절은 여름의 한가운데로 성큼 들어와 있었다. 차에서 내리자 따가운 햇빛이 머리 위에서 쏟아졌다. 짐칸을 뒤져봤지만 햇빛을 가릴 만한 것은 눈에 띄지 않았다. 하다못해 박스 하나도 없었다. 그는 일광욕하는 셈 치자고 말했다. 그녀가 일광욕이 뭐냐고 물었고, 그는 햇빛 아래 가만히 앉아 있는 거라고 설명했다. 사람이 햇빛을 쬐지 못하면 죽을 수도 있다고 겁을 주었다 그녀는 안다고 말하며 자신은 평소 충분히 햇빛을 쬐기 때문에 걱정 없다고 말했다. 까맣게 탄 그의 얼굴을 보더니 소장님도 걱정 없어 보인다고 말했다. 그는 고맙다고 말하며 웃었다.

그늘 한 점 없는 곳에서 움직임 없는 낚싯대를 지켜보고 앉아 있는 것은 보기보다 퍽 힘든 일이었다. 고기가 잡히지 않자 그녀는 진작 싫증을 내고 매운탕 끓일 준비를 한다며 코펠과 버너를 가져와서는 코펠에 물을 담아 버너 위에 올려놓았다. 그런 뒤에는 그의 낚싯대만 쳐다보았다. 지겹기는 그도 마찬가지였지만 그녀가 먼저 낚시를 포기했으므로 그는 포기할 수 없었다. 햇빛 때문에 눈을 뜨기도 힘들었지만 일광욕 어쩌고 잘난 척을 해놓은 뒤라 나무 그늘 아래 세워놓은 차 안으로 도망갈 수도 없었다. 게다가 조금은 믿는 구석도 있었다. 낚시가게 주인의 말로는 쏘가리도 있고 은어도 있고 붕어, 잉어도 있다고 했다. 설마 그중에 한 마리도 걸리지 않으랴 싶었다.

그녀가 길게 하품을 하며 물고기는 대체 언제 잡을 거냐고 물었다. 배가 고프다고 했고 김치는 이제 질린다고 투덜거렸다. 그것은 그도 마찬가지였다. 그도 배가 고팠고 김치는 이제 질렸다. 게다가 더운 날씨 때문에 김치는 진작부터 쉬어버렸다. 냄새를 맡는 것만으로도 진저리가 쳐져서 익히지 않으면 먹을 수 없었다.

시간이 흘렀다. 햇빛은 더 따가워졌고 그녀는 점점 더 자주 하품을 했다. 먹이를 건드리는 물고기는 없었지만 그는 수시로 미끼를 바꿔 달았다. 낚싯대 주위로 미끼를 뿌리기도 했다. 그러면서 고기가 잡히지 않는 것은 미끼 때문인지도 모른다고 생각했다. 낚시가게 주인이 추천한 것은 새우였다. 하지만 평소 새우 미끼를 먹어온 물고기들이라면 새우에 물리지 않았으리라고 장담할 수는 없었다. 새우가 아닌 다른 먹을거리를 원할 수도 있었다.

지금까지 먹어보지 못한 서롭고 특별한 맛. 한번 그렇게 생각하
자 정말 그럴지도 모른다는 생각이 들었고 낚시가게 주인이 미워
졌다. 어쩌면 주인은 낚시꾼들에게는 새우를 추천하면서 자신은
다른 미끼를 쓸지도 모른다는 생각까지 들었다. 가는 길에 가게에
들러 따져야겠다고 생각하는데, 몇 시간이 지나도록 물고기 한 마
리도 못 잡느냐고 그녀가 불평했다. 이렇게 앉아 기다리느니 동생
한테 가서 잡아달라고 하는 게 더 빠르겠다고 악을 올렸다.

"가라, 가! 내가 낚시할 시간이 어디 있었니? 나는 평생이 바빴
다!"

메콩 강에서 했던 낚시는 까맣게 잊고서 그가 소리쳤다. 낚싯
대를 팽개쳤다. 자리에서 벌떡 일어났다. 새우가 담긴 종이상자
를 발로 걷어차 물속으로 빠뜨렸다. 그 순간 그는, 드디어 낚시에
서 해방되었군, 하고 생각했다.

결국 그들은 전날 점심때 먹고 남은 밥과 김치찌개로 대충 허
기를 때우고는 차 안으로 들어가 누웠다. 물고기는 한 마리도 잡
지 못했지만 몸은 벅 마리라도 잡은 것처럼 무거웠다. 이왕 누운
김에 그가, 한번 안아봐도 되니? 하고 물었으나 그녀가 싫다고
하는 바람에 토라져서는, 다시는 잘해주나 봐라, 다짐하다가 금
방 낮잠 속으로 빠져 들어갔다.

7

언니는 집으로 탐정을 불렀다고 조심스럽게 말했다. 내가 집? 하며 놀라자 큰 소리가 날지도 모르는데 남부끄럽게 밖에서 어떻게 만나느냐고 했다. 애들은? 하니 지수는 방학이라 캐나다로 어학연수를 보냈고 한수는 학교에 가서 없다고 했다. 내가 캐나다? 하자 캐나다에 아는 언니가 있어서 두 달 동안 데리고 있기로 했다며 주먹으로 가슴을 콩콩, 쳤다.

"애들은 아직 몰라?"

"출장 갔다고 했어."

말끝에 언니가 한숨을 폭 내쉬었다. 그러자 평소 나이보다 어려 보이던 얼굴이 그제야 제 나이대로 보였다. 화장으로 가리기는 했지만 한 달 남짓 사이 눈가에 주름살이 늘었고 얼굴도 까칠해 보였다. 자세히 브니 살도 좀 붙은 것 같았다. 다이어트 한번 안 하고도 아직 이십 대 몸매가 유지된다며 자랑하던 언니였다. 나는 언니가 살찐 이유를 알고 있었다.

두 번째로 부산에 다녀온 뒤 언니 집에 들렀을 때였다. 정오 조금 지난 시각이었는데 언니는 혼자 식탁에 앉아 술을 마시고 있었다. 가족들이 다 모인 명절에도 마시지 않던 술이었다. 오빠 때문에라도 징글징글하다고 틈만 나면 미워하던 술이었다. 나는 너무 놀라서 몇 초쯤 그대로 보고 있다 결국 잔을 뺏기 위해 다가갔다. 하지만 손을 내밀기 직전에 그만두었다. 애들 때문에 밤엔 못 마셔, 하고 언니가 말했기 때문이었다. 낮술이라고 안 되고 밤술이라고 괜찮은 것도 아니건만 그 말을 듣는 순간 잔을 뺏을 수가 없었다. 나는 맞은편 식탁에 앉아 술 마시는 언니를 가만히 쳐다보았다. 언니가 말했다.

"이런 것들도 위로가 되네. 아니다. 요즘 내게 위로가 되는 건 이것들뿐이야. 술이 온몸을 훑고 지나가며 괜찮다, 괜찮다, 말해. 그러면 또 안주라는 녀석들이 뱃속을 따뜻하게 채우며 중얼거리지. 네 잘못 아니니까 걱정 마. 네 잘못 아냐…… 네 잘못 아냐……. 넌 단지…… 실수를 했을 뿐이야. 단지 실수를 했을 뿐인데……. 내가 두 사람을 소개하지 않았다면 어떻게 됐을까. 적어도 지금하고 결과는 달랐겠지?"

거기까지 말한 언니가 식탁을 짚으며 자리에서 일어났다. 그리고 안방으로 들어가며 말했다.

"네 얘긴 나중에 듣자. 애들 오기 전에 술 깨야지."

"탐정 때문에 오라고 한 거야?"

"너라도 있는 게 혼자 만나는 것보다는 낫지 않겠니."

"오빠는?"

"정효하고는 말이 안 통한다고 나한테 연락을 했더라. 비용 때문인 것 같은데 일단 만나자고 했어. 그런데 나 떨려. 밖에서 만나기는 싫고 집에서 만나자니 해코지할까 두렵고."

실제로 언니는 몸을 조금 떨어 보였다. 나는 걱정하지 말라고 말했다. 알고 보면 별거 없어. 언니의 표정이 조금 풀렸다. 우리는 둘이잖아. 언니가 맞아, 하고 맞장구쳤다.

탐정 올 때가 됐다며 언니는 집 안의 창문을 모조리 닫고 에어컨을 켰다. 소파에 나란히 앉아 맞은편 벽을 바라보았다. 언니 집에 한두 번 온 것이 아니고 소파에 앉아 맞은편 벽을 바라보는 것도 한두 번이 아닌데 지금까지는 깨닫지 못했던 것을 문득 깨달았다. 가족사진이었다. 사진 속에 형부는 없고 언니와 아이들만 있었다. 일부러 오려냈나 싶었지만 아니었다. 내가 바라보는 것을 언니도 보았다. 나는 묻지 않았으나 내가 묻지 않은, 혹은 묻지 못한 것을 언니는 들었고 대답을 했다.

"도통 알다가도 모를 사람이야."

나는 가만히 있었다.

"평소엔 아무렇지 않다가도 이상한 데서 한 번씩 고집을 부려."

그날도 그랬다고 했다. 지수와 한수가 초등학교에 다닐 때였다. 오랜만에 온 가족이 모였으니 다 같이 사진을 찍자고 언니가 제안했다. 아이들은 특별히 좋아하지도 않았지만 그렇다고 특별히 싫어하지도 않았다. 문제는 형부였다. 누구보다도 반길 줄 알았던 형부가 오히려 사진 찍기를 거부했다. 언니가 왜냐고 물으니 가족처럼 보이는 세 사람 속에서 자신만 겉도는 장면을 굳이 사진으로까지 남길 필요가 있느냐고 했다. 그렇게 사진이 찍고 싶으면 세 사람만 가서 찍고 오라고 고집을 부렸다. 아이들 때문에라도 몇 번 더 조르던 언니는 결국 오기가 나서 정말 세 사람만 사진을 찍고 왔다. 그 뒤로는 형부에게 가족사진 찍자는 말을 하지 않았다. 그러니까 지금 거실 벽에 걸려 있는 액자가 언니네의 마지막 가족사진이었다. 정장을 차려입은 언니가 의자에 앉고 초등학생인 지수와 한수가 양쪽에 서서 언니의 어깨에 손을 올리고 있었다.

"가장이라는 사람이 정신연령은 애들보다도 낮고 유치하기가 하늘을 찔러. 이건 뭐 어리광을 부리는 것도 아니고. 누가 혼자 겉돌래? 우리가 일부러 소외시켜? 아빠하고 오래 떨어져 있으니까 애들이 낯설어서 그런 거잖아. 그럼 자기가 노력해야지. 아빠가 먼저 서먹하게 구는데 애들이 어떻게 다가가? 라오스에 꿀을 발라났는지 들어오라고 해도 말 안 듣고. 오히려 나보고 애들 데리고 오래. 가족 없이 혼자 있는 사람은 자기뿐이라고. 그게 말이 되니? 그 사람들이야 자식이 없으니까 가능한 거고. 애들 교육은 어떡하라고? 유럽이나 미국쯤 되면 또 몰라. 가난한 나라에 애들까지 주르르 데려가서 뭘 어쩌겠다는 거야? 내가 남편을 데리고 산 게 아니라 애 셋을 키우며 살았다. 지금도 봐. 애들이나 내 생각은 눈곱만큼도 안 하고 자식뻘인 여우하고 바람나서 도망이나 다니고. 내가 남부끄러워서 어디 가서 말도 못한다.”

“연락…… 없지?”

“연락 있으면 탐정을 불렀겠냐. 연락이고 뭐고 기다리지도 않는다. 여기서도 이러는데 라오스에서는 무슨 짓을 하고 돌아다녔을지 안 봐도 뻔하다.”

“설마.”

“설마가 아냐. 네가 아직 남자라는 족속들을 몰라서 그래. 이기적인 데는 따를 자가 없어. 뭐든지 자기가 우선이야. 왕 대접을 해줘야 겨우 만족하지. 마지못해 해주면 그것도 자기가 잘나서 왕 대접 받는 줄 안다니까.”

그때 초인종이 울렸다. 언니는 심호흡을 한 뒤 현관문을 열었다. 예상대로 탐정이었다. 탐정은 들어서며 집 안을 기웃거렸고, 나와 눈이 마주치자 머쓱한 듯 머리를 긁적였다. 그런 후엔, 그땐 왜 그냥 갔습니까, 물었으나 나는 못 들은 척 대답하지 않았다.

겨우 자책과 분노에서 벗어나 평정을 찾아가고 있는 언니 앞에서 탐정과 나눌 만한 얘기는 아닌 것 같아서였다.

우리는 거실 소파에 둘러앉았다. 탐정은 큼큼거리며 목을 가다 듬고는 김이 나는 뜨거운 차를 후후 불어가며 마셨다. 그러는 탐 정을 언니가 조용히 지켜보았다. 속은 어떨지 몰라도 겉으로는 동요하는 기색 없이 침착한 모습이었다.

"왜 만나자고 했어요?"

언니가 묻자 탐정이 조심스럽게 찻잔을 내려놓았다. 그런 다음, 동생분하고는 말이 통하지 않아서 이쪽으로 연락했다고 말했다.

"무슨 말이 통하지 않는다는 거죠?"

침착했으나 언니의 목소리는 날카로웠고 냉정했다. 목소리에 날이 있다면 벌써 손가락 두어 개쯤 댕강 잘렸을 듯싶었다. 언니 가 재차 묻자 기다렸다는 듯 탐정이, 자신이 지방을 몇 번이나 왔 다 갔다 했는지 아느냐고 했다.

"몰라요."

대답을 듣기 위해서가 아니라 자신의 말을 꺼내기 위해 던진 질문에 언니가 모른다고, 그것도 너무 당당하게 대답하자 탐정은 말의 박자를 놓치고 잠깐 당황했다. 그사이 언니가, 세 번 아닌가 요? 하고 역시 당당하게 말했다. 그러자 탐정이, 알면서 왜 모른 다고 하느냐, 세 번이 맞기는 하지만 한번 지방에 가면 마침표만 찍고 오느냐, 쉼표 느낌표 물음표 다 찍고 온다, 세 번이 세 번이 아니다, 투정부리듯 말했다.

언니는 계속 말해보라고 했다.

"사람을 쫓는다는 게 얼마나 힘든지 아세요? 행적을 모르면 몰라서 고생이고 알면 알아서 고생이죠. 잠도 못 자고 밥도 못 먹고 화장실도 못 가고 고생도 이런 고생이 없습니다. 오죽하면 치질까지 도졌겠습니까."

언니는 계속 말해보라고 했다. 그러자 신이 난 탐정이 침을 튀겨가며 고생담을 늘어놓았다.

"지리산에 갔을 때는 정말 죽을 뻔했죠. 이상한 노인네가 이상한 말만 하더니 결국 엉뚱한 길을 가르쳐줘서 갔다가 돌아오고 돌아왔다가 다시 가고, 나중에 봤더니 제자리에서 맴을 돌았더라구요. 그뿐인 줄 아세요? 차가 산비탈 밭에 빠지는 바람에 견인차를 불렀는데 금방 온다던 견인차는 오지 않고 해는 지고 사람은 없고 길은 모르고 짐승 소리는 들리고, 결국 쫄쫄 굶으며 밤새 차 안에서 떨었습니다. 못 오면 못 온다 전화는 해줘야 할 거 아닙니까. 도대체 상식이 통하지 않는다니까요."

언니는 계속 말해보라고 했다. 그러자 이번에는 약간 떨떠름한 표정을 지으며 탐정이 푸념했다.

"이상한 동네에 이상한 노인들만 우글거리는데, 산속에 살아서 이상해진 건지 원래 이상해서 산속에 사는 건지는 모르겠지만, 사진을 보여주고 이런 사람들을 봤느냐 물어도 당최 봤다는 건지 안 봤다는 건지 아리송한 대답만 해서 행적을 쫓기는커녕 시간 낭비하고 몸 상하고 돈은 돈대로 깨졌다는 거 아닙니까."

언니는 계속 말해보라고 했다. 그러자 탐정이 다소 뜨악한 표정을 짓더니 언니의 눈치를 보며 말을 풀어놓았다.

"그래도 뭐, 수확이 아주 없는 건 아닙니다. 이상한 노인들이 이상한 말만 해도 탐정인 내 눈을 속일 수는 없죠. 그들이 나타난 게 분명하고 아직도 그 근처를 맴돌고 있을 가능성이 크다고 보입니다. 잘하면 며칠 안에라도 그들을 찾을 수 있을 것 같은데……."

언니는 계속하라고 했다. 그러자 탐정이 그러니까……, 뜸을 들이고 나서 말했다.

"생각보다 지출이 커서 처음에 말한 금액으로는 어림도 없어요. 일본으로 훌쩍 건너가질 않나 산속으로 들어가 버리질 않나. 나 원, 재수가 없으려니. 그래도 여기까지 왔으니 끝까지 가야겠죠? 돈 몇 푼 때문에 여기서 포기한다면 다 잡은 물고기를 놓치는 것과 같고 그건 나도 자존심 상하는 일이니까 뭐. 이제 그들의 동선을 파악했으니 며칠 내에 눈앞으로 데려올 수 있을 것 같은데…… 문제는 비용이…… 벌써 바닥난 지 오래인 데다……."

언니는 차를 한 모금 마시고 잔을 내려놓을 듯하다가 다시 한 모금 마셨다. 내내 언니의 눈치를 살피던 탐정이 나를 보고 다시 언니를 보았다. 그 시간에 한수가 올 리 없다는 것을 알면서도 나는 불안한 마음에 자꾸만 출입문 쪽을 쳐다보았다. 침묵이 흘렀다. 언니가 어떤 결정을 내릴지 예상하는 것은 어렵지 않았다. 선택의 폭은 좁았다. 언니가 할 수 있는 일은 하나뿐이었다. 어차피 탐정의 말을 다 들어줄 거면서 왜 의도적인 긴장을 조성하는지 이해할 수 없었다. 그때 바깥에서 달고 맛있는 수박을 사라는 확성기 소리가 들려왔다. 때를 맞춰 언니가 찻잔을 내려놓았다.

"그들의 발뒤꿈치라도 한번 본 적이 있나요?"

탐정은 대답을 못했다. 어리둥절한 얼굴이었다.

"그들의 옷자락이라도 한번 스친 적이 있나요?"

탐정은 대답을 못했다. 입이 조금 벌어졌다.

"그들이 휴대폰을 사용하기 전에 당신이 먼저 찾아낸 적이 있나요?"

탐정은 대답을 못했다. 불안한 눈빛으로 언니를 주시했다.

"그들이 휴대폰을 사용하기만 기다리고 있는 것이 탐정인가요? 뒤늦게 쫓아가서 매번 허탕치고 오면서 그러고도 탐정이라고 할 수 있어요?"

탐정은 입을 벌리고 눈만 동그랗게 떴을 뿐 대답을 못했다.

"당신한테 일을 맡기느니 차라리 우리가 알아서 하겠어요."

언니가 결연한 얼굴로 선언했다. 그러자 탐정이 손사래를 치며 서둘러 말했다.

"그래도 그러는 게 아니죠. 탐정 일이 만만해 보이나 본데 그건 오햅니다. 우리는 목숨을 걸고 일한다 그거예요. 내 말 좀 들어보세요."

"됐어요. 앞으로는 이런 일로 전화하지 마세요."

예상 밖의 결과에 탐정은 어리둥절한 표정만 지을 뿐 제대로 된 반박은 하지 못했다. 잠깐 침묵이 흘렀다. 이제 그만 일어나시죠, 언니가 말했을 때에야 탐정은 겨우 자리에서 일어났다. 또 잠깐 침묵이 흘렀다. 가세요, 언니가 단호하게 말했을 때에야 탐정은 머뭇거리며 현관으로 걸어갔다. 신발을 신으며 도와달라는 듯 나를 보았고, 밖으로 내몰리며 저기 금액을 더 깎아줄 수도 있는데……, 하고 뒤늦게 사정했다. 하지만 탐정의 말은 언니가 세차게 잡아당긴 현관문에 싹둑 잘려나가고 말았다. 언니가 문을 잠그더니 기나긴 숨을 내뱉었다. 그런 다음 가슴을 쓸어내렸다.

"떨려서 죽는 줄 알았어."

언니는 물을 두 컵이나 마시고도 심호흡을 계속했다. 전혀 떠는 것처럼 안 보였어, 내가 칭찬하자 그제야 언니는 평소의 자신감을 되찾았다. 하지만 이제 어떡할 거냐고 내가 물었을 때는 또 금방 낯빛이 어두워졌다. 생각해둔 게 있다면서도 목소리에는 힘이 없었다.

"아무래도 정효가 해야겠지?"

나는 반신반의했다. 일단은 오빠의 몸 상태가 믿을 만한가 의문이 들었고, 현장을 덮쳤다가 자칫 충격받는 일이라도 생길까 걱정이 되었다. 오빠는 병원에 입원했다가 사흘 전에야 겨우 퇴원한 터였다. 자의가 전혀 개입되지 않은 강제입원이었다. 오빠의 건강을 위해 언니가 비밀리에 진행한 일이었다.

"나가서 또 마실 거라는 거 안다. 그래도 쉬지 않고 마시는 것보다는 며칠이라도 쉬어주는 게 낫지 않겠니."

그곳에서 오빠는 며칠 동안 양팔과 양 다리가 침대에 묶인 채영양제 주사를 맞았고 밥을 먹었고 잠을 잤다. 술을 달라고 난동을 부릴 줄 알았던 오빠는 그러나 의외로 조용했다. 양팔과 양 다리가 풀려난 뒤에도 병원을 탈출하거나 지하 매점을 습격하지는 않았다.

내가 찾아갔을 때 오빠는 창가에 서 있었다. 똑똑, 노크를 해도 대답이 없었다. 내가 들어가도 들어가는 줄 몰랐다. 내가 일부러 소리 내 걸어도 사람이 있는 줄 몰랐다. 혹은 모르는 척했다. 무슨 생각을 하는지 창밖만 내다볼 뿐이었다. 오빠가 뒤를 돌아본 것은 내가 병실에 들어간 지 20분이나 지나서였다. 왔냐? 그날 오빠가 한 말은 그게 다였다.

자의든 타의든 어쨌거나 며칠 술을 끊고 잘 먹고 잘 잔 오빠는 겉모습만큼은 훨씬 건강해 보였다. 술독이 올라 거무튀튀하던 얼굴빛도 한결 밝아졌고 걸음걸이에도 힘이 붙었다. 그러나. 그럼에도.

"집에만 있는 것보다는 낫지 싶다. 일거리를 줘야 밖으로 나가

지. 사람이 움직여야 활기도 생기고 목표도 생겨. 혹 잘못된다 해
도 여기서 더 나빠질 게 뭐가 있겠니."

나는 반대하지 못했다. 오빠에게 맡겨질 일이 여전히 마음에
들지 않았지만, 그럼에도 그 일만이 오빠를 밖으로 끌어낼 수 있
기 때문이었다.

언니와 오빠의 통화는 길었다. 마지막으로 언니는, 얼른 끝내
고 새출발 하자, 말하고는 전화를 끊었다. 그런 다음 부엌으로 가
서 물을 한 컵 마신 뒤 소파로 걸어오더니 무너지듯 주저앉았다.

"우리가 어쩌다가 이 지경이 됐을까. 남들 사는 대로 살았을 뿐
인데……, 크게 잘못한 것도 없고 남한테 몹쓸 짓 한 것도 없는
데 도대체 왜……."

언니의 설득이 효과가 있었는지 다음 날부터 오빠가 움직이기
시작했다. 언니가 내준 차를 끌고 나가더니 하루는 구례에서, 또
하루는 하동에서, 대구에서, 김천에서 전화를 걸어왔다. 나는 언
니를 통해 오빠가 어디를 어떻게 옮겨 다니는지 전해 들었다. 한
번은 하루 이틀 사이로 그들을 놓치기도 하고 때로는 몇 시간 차
이로, 또 때로는 간발의 차이로 놓치기도 했다. 그런가 하면 또
목격자들의 기억이 늘 정확한 것만은 아니어서 금방 찾을 것 같
다가도 며칠 종적이 묘연할 때도 있었고, 그러다가도 운이 좋으
면 반나절 차이로 따라붙기도 했다.

며칠 쫓아다니다 못 찾으면 포기할지도 모른다고 생각했으나

오빠의 집념은 대단했다. 가끔은 그런 오빠가 이해되지 않기도
했다. 언니가 그 정도 집념을 보인다면 차라리 이해하기가 쉬웠
다. 언니와 형부 사이에는 20년이라는 세월과 아이들이 있었다.
세월만큼 배신감도 클 터였다. 하지만 오빠는 고작 몇 개월 살았
을 뿐이었다. 사랑해서 결혼한 것도 아니라고 했다. 매일매일 싸
우고 물어뜯고 서로 상처주며 살았다고 했다. 그런데도 왜 포기
하지 않는지, 자신까지 다 팽개치고 전국을 떠도는지, 밤마다 낯
선 여관방에 몸을 누이면서까지 기를 쓰고 찾으려고 하는지 이해
할 수 없었다. 추적이 한 달을 넘어갈 즈음에는 처음 그 일을 계
획했던 언니조차 이제는 그만 집으로 돌아오라고, 제발 포기하라
고 오빠를 설득하기에 이르렀다.

8

　그는 지도를 보지 않았다. 목적지가 없었으므로 볼 필요가 없었고, 본다 하더라도 결과가 크게 다르지 않다는 것을 알았기 때문이었다. 그는 마음 내키는 대로 좌회전, 우회전, 혹은 직진을 거듭하며 국도를 달렸다. 달리다가 배고프면 멈춰서 밥을 해먹고 졸리면 낮잠을 잤다. 모기나 날벌레들 때문에 밤에는 잠을 설치기가 일쑤였으므로 점점 낮잠을 자는 횟수가 늘어갔고, 아무리 자도 몸은 늘 한여름에 겨울이불을 덮고 자는 것처럼 찌뿌듯하기만 했다. 차에서 자는 잠은 그가 각오한 것보다 더 고통스러웠다. 동네의 불량배들이 그녀를 노릴까 걱정스럽기도 했지만 그것보다는 물을 뒤집어쓸 수 있는 막힌 공간이 간절했고 평평한 방바닥이 그리웠다. 하지만 지금 당장 필요한 것은 샤워시설이나 방

바닥이 아니라 다른 것이었다.

그는 속도를 줄이며 그녀를 돌아보았다. 아무것도 안 하는 게 뻔한데도 그는 뭘 하느냐고 물었다. 그녀는 생각을 한다고 했다. 그는 다시 무슨 생각을 하느냐고 물었다. 이것저것 아무거나 생각한다고 했다. 지치지도 않고 참 열심히 생각을 한다고 그가 칭찬했다. 그러자 그녀가 조금 우쭐해하며, 생각을 하는 게 자신의 특기라고 말했다. 잠깐 침묵이 흘렀다. 룸미러와 사이드미러를 들여다본 뒤 그는, 생각 없는 사람이 넘쳐나는 세상이 돼버려서 그녀처럼 열심히 생각하는 사람은 이제 찾아보기 힘들어졌다고 말했다. 잠깐 침묵이 흘렀다. 그녀에게서 아무런 대꾸가 나오지 않았으므로 그는, 사람들이 그녀만큼만 생각을 한다면 지금보다는 세상이 훨씬 살기 좋아질 거라고 말했다. 그러자 그녀가 왜 자꾸 같은 말을 하느냐고 신경질을 냈다. 같은 말을 하니까 놀리는 것 같다고 했다. 그는 화들짝 놀라며 아니라고 말했다. 놀리는 게 아니라 칭찬을 한 거라고 뒤늦게 움찔하며 말했다. 그녀는 입을 꼭 다문 채 대답하지 않았다. 잠깐 침묵이 흘렀다. 따라오는 차가 없다는 걸 확인한 뒤 그는, 나는 심심한데 너도 심심하냐? 하고 물었다. 이것저것 생각한다던 그녀는 조금 전의 대답은 잊고서 그런 것 같다고 했다. 그가 안 심심하게 해줄까? 하니 관심을 보이며 뭐냐고 물었다.

"너를 위해 내 허리를 내놓을 테니 마음껏 밟아라."

그녀가 어리둥절한 얼굴로 그를 쳐다보았다. 전방과 후방을 살핀 뒤 그는, 밟는 거라면 사람의 허리가 제일 재밌고 그다음이 메주라고 했다. 패는 거라면 역시 사람의 허리가 제일 재밌고 그다음이 복날에 잡는 개라고 했다. 잠깐 침묵이 흘렀다. 머뭇거리며 그녀가, 나도 허리를 내놓아야 해요? 물었다. 그는 손까지 내저으며 아니라고 했다. 허리를 내놓는 건 자기 하나로 족하다고 했고, 아무리 재미를 위해서라지만 어떻게 여자를 밟느냐고 했다. 잠깐 침묵이 흘렀다 마침내 그녀가 좋다고 하자 그는 비상등을 켠 뒤 차를 세웠다.

그는 뒷좌석으로 가서 누웠다. 구부정하게 선 그녀가 그의 허리를 밟았다. 그가 끙끙거리는 소리를 내자 그녀가 아프냐고 물었다. 그는 아프지 않다고 말하고 나서, 게임기에서도 소리가 나지 않느냐, 지금 신음 소리는 바로 그런 음향효과라고 덧붙였다. 그녀가 빙그레 웃더니 재밌다고 했다. 그러나 재미는 오래가지 않았다. 구부정하게 선 탓에 그녀는 목이 아프다고 했고 허리도 아프다고 했다. 재미를 위해선 그 정도 고통은 감수해야 하는 거야, 그가 말했지만 소용없었다. 그녀는 조수석으로 건너가버렸다. 할 수 없이 자리에서 일어난 그는 한결 가뿐해진 몸으로 운전석으로 옮겨 탔다.

한동안 침묵이 흘렀다. 휘파람을 불던 그는 뭔가 손해본 듯한 얼굴로 앉아 있는 그녀를 보고는 휘파람을 불지 않았다. 그리고는 그녀가 뭔가를 깨닫기 전에, 여행하니까 좋지? 하고 말을 붙였다.

"멈추고 싶어요. 여행 힘들어요."

그것은 그가 원하는 대답이기도 하고 아니기도 했다. 원하는 방향으로 이끌기 위해 그는 기꺼이 미끼를 던졌다.

"그럼 멈출까?"

"네."

"그럼 라오스로 갈래?"

"라오스 안 가요. 한국에서 멈춰요."

"그건 안 돼."

"왜요?"

차마 들어가 살 집이 없어서, 라고는 할 수 없었다. 그는 두 번째 이유를 내세웠다.

"자객 때문이야. 네 오빠가 자객을 보냈을지도 모른다."

그녀는 대꾸하지 않았다.

"자객이 우리 목숨을 노릴지도 모르는데 한곳에 멈춰 있을 수는 없어. 시간이 지나면 네 오빠도 포기할 거다. 우리는 지금 때를 기다리는 거야."

가만히 듣고 있던 그녀가 자객이 뭐냐고 물었다. 그는, 자객은 바로 킬러, 라고 대답했다. 그녀는 알아들었다. 잠깐 침묵이 흐른 뒤 그녀가 말했다.

"오빠는 그런 사람 아니에요."

그가 반박했다.

"그러고도 남을 사람이야."

다시 그녀가 반박했다.

"오빠는 그러지 않을 거예요."

한동안 불편한 침묵이 흘렀다. 결국 그는 적절한 합의점을 찾아 결론을 내렸다.

"네 오빠가 그러지 않는다고 해도 아무튼 우리는 조심해야 한다."

그녀는 대답하지 않고 굳은 얼굴로 앉아 있었다.

김천을 지날 무렵이었다. 국도변으로 드넓은 양파밭이 펼쳐져 있었다. 밀짚모자 위에 수건을 뒤집어쓴 여자들이 엎드려 일을 하는 모습도 보였다. 그는 차를 세우고 양파밭을 내다보다, 우리 점심이나 먹고 갈까? 물었다. 그녀가 어리둥절한 얼굴로 쳐다보자 그는 일단 내려보라고 말했다.

그가 먼저 양파밭으로 성큼성큼 걸어 들어갔다. 걸으며 양파를 유심히 살피는 척했다. 양파를 뽑던 대여섯 명의 여자들이 엉거주춤 허리를 세우고 그를 쳐다보았다. 그는 걸음을 멈추고 서서 양파 하나를 뽑아 눈앞으로 들어 올린 다음 살펴보았다. 뭐 그럭저럭 괜찮군. 여자들에게 들릴 리 없었지만 그는 그렇게 중얼거렸다.

여자들에게 다가간 그는 날도 더운데 고생이 많다고 치하했다.

그런 다음 밭 한쪽에 세워진 경운기를 흘끗 보며 밭주인이 누구냐고 물었다. 여자들 중 누군가가 밭주인은 없다고 대답했다. 그가 짐짓 놀라며, 그렇다면 공동경작인가요? 했다. 여자들 중 누군가는 공동경작이 뭐냐고 물었고, 누군가는 밭주인이 없긴 왜 없냐고 했고, 누군가는 밭주인은 집에서 점심 준비를 한다고 친절하게 설명했다. 그 와중에 누군가가 무슨 일로 왔느냐고 물었다. 그는 자신을 소개했다. 나는 양파를 사러 다니는 사람이다, 밭떼기로 사서 거래처 식당으로 공급하거나 농산물시장에 넘기기도 하고 트럭에 싣고 다니며 직접 팔기도 한다. 트럭 얘기를 할 때는 마치 그녀가 판다는 듯 뒤에 선 아메이를 잠깐 돌아보았다. 여자들 중 누군가가 해를 한번 올려다보더니 올 때가 됐다고 했다. 그는 무슨 말인지 모르는 척, 뭐가요? 하고 물었다. 그러자 여자들 중 누군가가, 뭐긴 뭐냐 밭주인이 올 때가 됐다는 소리지, 퉁명스럽게 대꾸했다. 그는 아아, 하며 고개를 끄덕였다.

밭주인은 정말 금방 왔다. 그가 담배 한 대를 막 피우고 났을 때 커다란 고무대야를 이고 나타났다. 그는 나이 든 밭주인의 고무대야를 받아 내려준 뒤 뒤따라오던 나이 어린 밭주인의 고무대야도 받아 내려주었다. 고부간으로 보이는 두 밭주인이 고맙다고 하자 그는 별것 아니라고 겸손해했다. 그런 다음 자신이 온 목적을 설명했다. 그사이 여자들이 몰려들어 양파가 뽑혀나간 밭에다 신문지를 깔고 고무대야 안의 것들을 펼쳐놓기 시작했다. 그는 신문지 위의 것들을 크지 않기 위해 노력했지만 어쩔 수 없이 자꾸만 그쪽으로 눈이 갔다. 그도 그녀도 만들 줄 아는 음식이 별로 없었다. 가끔은 식당에서 사먹기도 했지만 경비 절감을 위해 최근 며칠 동안은 김치와 밑반찬 두어 개로 끼니를 해결했다. 그러므로 그들에게 밥은, 즐기기 위해 먹는 것이 아니라 목숨을 연명하기 위해 먹는 것이었다. 그랬으므로 신문지 위에 펼쳐진 점심을 보고 눈이 휘둥그레지지 않을 수 없었다. 집에서 밭까지 한동안 걸었을 텐데도, 뜨거워야 할 것은 충분히 뜨거워 보였고, 차가워야 할 것은 이가 시리도록 차가워 보였고, 신선해야 할 것은 물방울 하나까지도 신선해 보였고, 삭아야 할 것은 푹 삭아 보였다. 그가 음식에서 눈을 떼지 못하자 나이 든 밭주인이 말했다.

"점심 전이면 같이 밥이나 먹고 얘기합시다. 차린 건 없지만 밥만큼은 넉넉허요. 색시도 이리 오슈."

그는 냉큼 신문지 위에 앉으며 고맙다고 말했다. 밥값으로 양파라도 몇 개 뽑아주겠다고 말하고, 밥이라면 뭐니뭐니 해도 밭에서 먹는 밥이 최고라고 너스레를 떨었다. 여자들이 소리 내어 웃었다. 밀짚모자가 없는 그와 그녀는 땀을 뻘뻘 흘리며 밥을 먹었다. 그는 연신 맛있다고 감탄했고 그건 진심이었다. 여자들 중 누군가가 그녀를 보며 입에 안 맞을 텐데도 참 잘도 먹는다고 말했다. 그녀는 얼굴을 붉혔지만 수저질을 멈추지는 않았다. 여자들 중 누군가가 이번에는 그를 보며 사흘은 굶은 것 같다고 놀렸

179

다. 그는 굶다시피 했다는 말은 하지 않았다. 여자들 중 또 누군가는, 밥을 맛있게 먹는 걸 보니 복도 많을 것 같다고 말했다. 그는 어릴 때부터 입이 짧았다는 말은 하지 않았다. 여자들 중 또 누군가는, 먹어대는 걸 보니 제대로 밥값 하려면 이 밭의 양파를 다 뽑아야 할 것 같다고 말했다. 진담 섞인 농담을 완벽한 농담으로 승화시키기 위해 그는, 오늘 양파 뽑는 가위손을 보게 될 거라고 큰소리쳤다. 하지만 아무도 웃지 않았다.

나이 어린 밭주인이 그릇을 챙기는 동안 여자들은 용변을 본다며 어딘가로 몰려갔고 그는 느긋하게 앉아 담배를 피웠다. 나이든 밭주인은 담배 피우는 그를 쳐다보았다. 아메이는 땡볕 아래 혼자 앉아 양파를 뽑았다.

"그래, 얼마나 쳐줄 수 있수?"

"먼저 말씀해보세요."

잠시 망설이던 밭주인은 그쪽이 먼저 말해보라고 사양함으로써 협상에 초짜가 아님을 은연중 드러내었다. 하지만 그도 만만치는 않았다.

"저보다 연장자시고 또 밭주인이신데 먼저 말씀해보세요."

그러자 밭주인이, 여기서 연장자가 왜 나오고 밭주인 얘기가 왜 나오느냐고 했다. 양파 사는 사람이 주인이지 주인이 따로 있느냐고도 했다. 그 말도 맞는 것 같아서 그는 고개를 끄덕이려다가 얼른 정신을 차리고, 아직 사지도 않은 양파를 두고 주인이라고 할 수는 없지 않습니까, 당연히 밭주인이 주인이지요, 하고 겸손하게 말했다. 그의 겸손에 감복한 밭주인이 할 수 없다는 듯 금액을 댔다. 그는 머리를 긁적였다. 밭떼기로 산다 했으니 결코 적은 액수는 아닐 거라고 짐작했지만 예상 금액과 훨씬 더 차이가났다. 그의 표정을 살피던 밭주인이, 요즘 양파금이 좋다고들 하더라고 말했다. 그는 머리를 긁을 뿐 대답하지 않았다. 그러자 밭주인이, 그럼 얼마를 생각하느냐고 물었다. 그는 양파가 풍작임을 강조하고 나서 밭주인이 말한 것보다 한참 낮춰 금액을 불렀다. 이번에는 밭주인이 머리를 긁적였다. 파마한 머리카락에 흙이 묻는 것도 아랑곳하지 않았다.

"값이 안 맞는데 어떡하죠?"

그가 말했다. 밭주인이 금액을 내린다고 할까봐 그는 조마조마한 심정으로 기다렸다. 마음을 들키지 않기 위해 담배를 피워 물었다. 밭주인이 담배 피우는 그를 쳐다보았다. 그는 양파를 뽑는 아메이를 보았다. 용변 보러 갔던 여자들이 돌아와 일할 준비를 했다. 밀짚모자를 고쳐 쓰고 수건이 흘러내리지 않도록 단단히 홀쳐맸다.

"밀짚모자 위에 수건은 왜 두르세요?"

그가 묻자 여자들 중 누군가는 그러면 더 시원할 것 같아서라고 했고, 누군가는 햇빛을 막기 위해서라고 했고, 또 누군가는 흙묻은 손을 닦기 위해서라고 했다. 가장 나중에 들려온 대답은, 다들 그렇게 하니까, 였다. 그는 고개를 끄덕였다. 끄덕이며 밭주인을 보았고, 마주 보는 밭주인을 향해 활짝 웃었다. 그가 왜 웃는지 몰라서 어정쩡한 표정을 짓고 있는 밭주인에게 그는 재빨리 물었다.

"양파 한 박스는 얼만가요?"

밭주인이 어리벙벙한 얼굴로 잠깐 대답을 못하다가 금액을 댔다. 밭떼기에서 박스떼기로 넘어가니 살 수 있을 만한 금액이 나왔다.

"그럼 두 박스는 얼맙니까?"

또 밭주인이 어리둥절한 얼굴로 잠깐 대답을 못하다가 금액을 댔다. 처음의 값에 곱하기 2를 한 금액이었다. 그는 담배를 비벼 끄며, 한 박스 사려던 사람이 두 박스를 사면 값을 깎아주지 않나요? 하고 물었다. 밭주인이 잠깐 생각해보더니 뭐 그러기도 하지만……, 했다. 밭주인이 대답하기 무섭게 다시 그가, 양파 사는 사람이 밭에 와서 직접 뽑아 가면 더 깎아주지 않나요? 하고 물었다. 밭주인이 잠깐 생각해보더니 아무래도 뭐……, 했다. 밭주인이 정신을 차리기 전에 그는 알았다고 말하고, 양파 두 박스를 사겠다고 말하고, 그런 다음에는 멋대로 정한 금액을 밭주인의 손에 쥐어주었다. 밭주인이 어리둥절한 얼굴로 밭떼기로 산다고 하지 않았느냐, 뒤늦게 물었지만 그는 못 들은 척했다.

아메이가 뽑은 양파만으로도 두 박스가 가득 찼다. 그는 밭주인에게 인사를 하고 박스를 차에 실었다. 밀짚모자를 쓴 여자들에게도 손을 흔들었다. 그러자 그들도 마주 손을 흔들어주었다. 그가 미소를 짓자 그들도 미소로써 떠나는 이들을 배웅했다.

*

"화장실 가고 싶어요."

그는 간신히 머리를 들고 갔다 오라고 말했다. 그녀는 뾰로통한 얼굴로 앉아 움직이지 않았다. 그는 또 간신히 머리를 들고, 사방이 깜깜해서 한 치 앞도 구별이 안 되는데 망이 무슨 필요가 있느냐고 했다. 그러자 그녀가 발끈했다. 깜깜한 건 맞지만 한 치 앞이 구별 안 될 정도는 아니고, 한 치 앞도 구별 안 될 정도는 아니지만 깜깜해서 오히려 무섭고, 지금은 아무도 없지만 언제 사람이 나타날지 모르는데 하필이면 마을에서 훤히 올려다보이는 둑 위에다 차를 세웠느냐고 따졌다. 이번에는 그가 발끈했다.

"내가 아픈 거 안 보이냐? 여기까지 온 것도 기적이다. 까딱 잘못했으면 시장바닥에서 잘 수도 있었어."

그날 오후였다. 양파를 처분하기 위해 그는 시골 장터로 방향을 잡았다. 물어물어 찾아간 시장에는 역시 식당이 많았다. 그는 제일 먼저 눈에 띌 식당부터 들어가 흥정을 시작했다. 식당들은 채소 공급처가 있다면서도 그의 양파에 관심을 보였고 공급처보다 조금이라도 가격이 싸다면 살 기세였다. 일단은 양파를 없애는 게 중요했으므로 그는 마진폭을 줄였다. 처음부터 마진을 노리고 가져온 양파도 아니었다. 손해만 안 봐도 다행이라고 생각했다. 그런 마당에 비록 설렁탕 한 그릇 값이라고는 해도 어쨌거나 마진이 남는다는 사실에 그는 안도했다. 욕심을 버리자 양파한 박스가 금방 나갔다. 식당 두 곳에 반 박스씩 들여놓아주었다. 나머지 한 박스를 들고 세 번째 식당으로 찾아갔다. 역시 홍정에 성공했다. 반 박스를 부려놓았다.

네 번째 식당을 찾아 두리번거리는데 누군가가 그의 앞을 막아섰다. 삼십 대 초반으로 보이는 건장한 청년이었다.

"나 좀 보슈."

그는 청년을 보았다. 청년이 몇 발짝 걷다가 돌아보았다.

"나 좀 보자니까."

그는 청년을 보았다. 청년이 또 몇 발짝 걷다가 돌아보았다.

"안 들려요? 나 좀 보자니까!"

그는 여전히 청년을 보며 말했다.

"보고 있잖아요."

청년이 성큼성큼 다가와 그의 팔을 잡더니 어딘가로 끌고 갔다. 농담이 안 통하는 청년이라고 생각하며 그는 청년이 이끄는 대로 끌려갔다. 굳이 끌려서 가고 싶지는 않았지만 그렇다고 제 발로 따라가기도 싫었고, 제자리에서 버티자니 힘의 차이가 너무 컸다.

그가 끌려간 곳은 인적이 없는 시장의 뒷골목이었다. 모든 건물들이 초라한 등을 보이며 돌아앉아 있었고, 하나같이 세월의 때와 먼지와 피곤함을 뒤집어쓰고 있었다. 개천인지 하수구인지 발밑에는 물이 흐르고 있었는데 보기에도 더러울 뿐 아니라 냄새가 심하게 났다. 몇 분만 서 있어도 구역질이 날 것 같았다. 그는 얼굴을 찌푸리고 코를 틀어막고 싶었지만 참았다. 눈앞에 청년이 있었다. 농담이 안 통하는 청년에게 자칫 오해의 소지가 있는 행동인 것 같아서였다. 그가 상대방을 고려해 얼굴도 찌푸리지 않고 코도 틀어막지 않았지만 그런 노력의 보람도 없이 청년이 그의 가슴팍을 세게 밀쳤다. 그가 밀쳐지는 걸 가만히 보고 있던 청년이 다시 양파박스를 노리고 발길질을 했지만 그가 몸을 틀어 피하는 바람에 실패했다. 그는 얼른 박스를 바닥에 내려놓았다. 청년이 물었다.

"뭘 잘못했는지 아슈?"

그는 모르겠다고 말했다. 청년이 양파 하나를 집어 개천으로 던졌다. 양파는 박살이 났고 그것은 열 마디 말보다 청년의 뜻을 전달하는 데 더 효과적이었다. 그는 즙을 흘리며 죽어 나자빠진 양파를 보았다.

"뭘 잘못했는지 아슈?"

청년이 다시 물었다. 그는 망설였다. 그 사이 청년이 양파 하나를 더 집어 개천으로 던졌다. 양파는 박살이 났고 그것은 그에게 경각심을 일깨워주었다. 그는 얼른 알 것 같다고 말했다. 청년이 미소를 지었다.

"농사지으슈?"

그 말을 하며 청년이 다시 그의 가슴팍을 밀쳤다. 죽고 싶냐, 도 아니고 붙어볼까, 도 아닌, 농사짓느냐는 평범하기 짝이 없는 질문을 던지면서 굳이 가슴팍을 밀칠 필요까지는 없어 보였지만 청년은 밀쳤고 그는 밀쳐졌다. 밀쳐지며 그는 그렇다고 했다. 그러자 청년이, 농사짓는 사람이 농사나 잘 지으라고 했다. 그는 알았다고 대답했다. 그가 알았다고 했음에도 청년은 굳이 알아들었냐고 다시 한 번 묻는 수고를 아끼지 않았다. 그는 청년에게 믿음을 주기 위해 알아들었다고 다시 한 번 말했다. 청년이 양파박스를 한번 차고는 골목을 빠져나갔다.

식당이라거나 양파라는 단어는 한 번도 나오지 않았지만 그는 양파박스를 들고 그녀가 기다리는 차로 얌전히 돌아갔다. 그곳을 떠난 뒤에야 그는 청년의 발길질로부터 양파를 지키기 위해 몸을 틀었을 때, 혹은 가슴팍이 밀쳐졌을 때 허리를 삐끗했다는 것을 깨달았다. 삐끗한 것은 허리지만 허리가 삐끗했다는 것을 알고 나자 온몸이, 어깨와 다리와 등까지도 아파왔다. 우리는 일심동체라고 외치는 것 같기도 했다.

"얼마나 거친 놈들이었는지 아니?"

차마 한 명에게 당했다고 말할 수는 없었다. 또 차마 가슴팍만 밀쳐졌을 뿐이라고 말할 수도 없었다. 그는 고등학교 시절 읽은 무협지를 기억해냈고 주요 내용만 압축해서 설명해주었다.

그녀가 훌쩍거렸다. 깜짝 놀란 그가 우니? 물으니 아니라고 했다. 그녀가 또 훌쩍거렸다. 미심쩍어진 그가 몸을 일으키며, 정말 우는 거 아냐? 하니 눈물이 아니라 콧물이라고 했다. 콧물은 왜 흘리느냐고 묻자 모르겠다고 했다. 그냥 나온다고 했다. 그는 실내등을 켜고 그녀를 보았다. 발개진 얼굴에 정말 콧물이 흐르고 있었다. 그는 휴지를 찾아 건네주고 그녀의 이마를 짚어보았다. 한여름에 개도 안 걸리는 감기에 걸렸구나. 그가 말했다.

"집에 가고 싶어요."

"집? 어떤 집?"

"……"

"라오스 집? 아니면 우리가 살 새집? 설마…… 안산 집?"

그녀는 대답 없이 휴지로 콧물을 닦았다. 그가 자세히 보니 눈에는 총기가 없었고 열에 들뜬 얼굴은 지쳐 보였고 입가에는 딱지가 앉아 있었다. 그가 더 자세히 보니 가뜩이나 작은 얼굴이 더 작아져 있었고 좁은 어깨가 더 좁아져 있었다.

"일어나라, 가자."

그렇게 말하며 그가 먼저 일어나 차에서 나왔다. 여전히 앉은 채 그녀가 그를 쳐다보았다. 그가 화장실, 하자 그제야 몸을 일으켰다. 그는 손전등과 휴지를 챙겨 앞서 걸었다.

"가는 김에 큰일도 보는 거야, 알았지?"

마을이 한눈에 내려다보였다. 둑 안쪽에는 마을이, 둑 바깥에는 강이 있었다. 그러므로 둑은 홍수 때 강물로부터 마을을 보호하기 위해 만들어진 것 같았다. 마을의 중간쯤 되는 곳에 가로등이 하나 켜져 있었다. 물론 그 가로등 빛이 둑까지 미치지는 못했지만 달이 밝았다. 그것이 사람인지 짐승인지, 돌인지 나무인지 구별할 정도는 되었다.

그는 강 쪽으로 내려갔다. 깨지긴 했지만 계단이 있었다. 계단 아래는 수풀이 무더기무더기 자라 있고 쓰레기가 뒹굴고 있어서 사람들이 계단 길을 이용해서 강으로 가지 않는다는 것을 알 수 있었다. 그는 그녀의 손을 잡고 강 쪽으로 조금 더 내려갔다. 그런 다음에는 약간의 거리를 두고 나란히 쪼그려 앉았다.

용변을 보는 것은 쉽지 않았다. 내내 닫혀 있던 몸이었다. 닫혀 있어야 한다고 강요받던 몸이었다. 이제는 열어도 되는데, 그러나 쉽사리 열리지 않았다. 때로는 닫혀 있어야 할 때 열리고, 열려야 할 때 열리지 않기도 했다. 그것은 그녀가 더 심해서 자주 얼굴이 누렇게 뜨고 소화불량에 걸렸다. 또 때로는 나오라는 것은 나오지 않고 엉뚱한 곳에서 엉뚱한 것만 나와 그들의 후각을 괴롭히기도 했다. 그럴 때면 그 아니면 그녀, 그녀 아니면 그인 게 분명한데도 서로 범인이 아니라고 우기다가 급기야 차를 세우고 서로의 냄새를 맡는 진풍경을 벌이기도 했다. 하지만 같은 것을 같은 시간대에 먹는 그들이었으므로 번갈아 내놓는 냄새까지도 똑같아서 스스로 자백하지 않는 한 상대의 범행을 입증할 방법이 없었다. 다툼은 늘 무승부로 끝났다.

"달이 참 좋구나."

그는 달을 올려다보았다. 어쩔 수 없이 아이들 생각이 났다. 지금의 모습이 아니라 어릴 적 그 앞에서 재롱을 부리던 모습이었다. 아내보다 그를 더 잘 따르며 서로 그를 차지하기 위해 팔다리에 매달리던 모습이었다. 하지만 아이들은 자라면서 무섭게 똑똑해지고 무섭게 독립적으로 변해갔다. 가끔씩 보는 그를, 까맣게 탄 그를, 열대지방의 옷을 입고 집 안에서 돌아다니는 그를 또한 무섭게 낯설어했다. 사실은 그 역시 아이들이 낯설었다. 아이들의 문화를 이해하지 못했고, 아이들이 하는 말을 잘 알아듣지 못했고, 아이들의 사고방식을 따라가지 못했다. 아이들이 그를, 자신들을 낳아준 아버지가 아니라 후진국의 노동자처럼 대했다면, 그 역시도 가끔은 아이들을 잘사는 남의 집 아들딸처럼 대할 때가 있었다. 그렇기는 해도 아이들이 엄마를 아까워한다는 사실을, 엄마가 어떻게 그 같은 사람과 결혼했을까 의문을 가진다는 것을 알았을 때는 배신감을 느꼈다. 그는 누구 때문에 자신이 고생하는지 잊지 않았고, 아이들은 누구 때문에 자신들이 잘 먹고 잘 사는지 생각하지 않았다. 그리고 그 생각의 차이는 의외로 컸다.

"달빛이 있어 좋구나. 박덩이 같은 네 엉덩이 다 보인다."

지금까지 그랬던 것처럼 아이들은 그가 없어도 여전히 잘 자랄 것이고 공부를 잘할 것이고 잘 살아갈 것이다.

"보지 마세요. 싫어요."

이제 그가 원하는 한 가지는 아이들의 눈에 띄지 않는 것이었다. 아이들이 아버지의 부끄러운 모습을 보지 않는 것이었다.

"나도 싫다. 내 눈 가지고 내 맘대로 보지도 못하냐. 안 보려고 해도 보이는 걸 어떡하냐."

"눈을 감으면 되잖아요."

그가 없어도 아이들은 잘 살아갈 것이다.

"나는 균형감각이 없어서 눈 감으면 넘어진다. 내가 넘어지면 똥 묻은 옷 네가 빨 거냐?"

"더러워요."

"냄새가 나는 걸 보니 너도 이제 시작했구나."

"소장님 냄새가 더 지독해요."

"말도 안 되는 소리 하지 말아라. 바람이 네 쪽에서 내 쪽으로 불고 있다."

그는 볼일을 마쳤지만 그대로 앉아 있었다. 다리에 쥐가 나서 한쪽 다리씩 번갈아 몸무게를 실었다. 마침내 그녀가 부스럭거리며 일어났고 그도 몸을 일으켰다. 다리가 잘 펴지지 않아서 하마

터면 넘어질 뻔했다. 차로 돌아가며 그가 시원하냐? 물으니 그녀는 입을 삐죽거리기만 할 뿐 대답하지 않았다.

그는 컵 두 개에다 소주 한 병을 공평하게 나눠 따랐다. 삼분의 이쯤 컵이 찼다. 컵 하나에는 고춧가루를 풀었다. 그런 뒤에는 숟가락으로 잘 저었다.

"라오라오가 있으면 좋을 텐데 말이다. 이런 건 독한 술일수록 효과가 크거든."

그가 아쉬워했다. 고춧가루가 어느 정도 녹아들었을 때 컵을 그녀 앞으로 밀었다. 그녀가 뭐냐고 물었다.

"고춧가루 푼 소주라고 들어봤어?"

그녀는 그 대답으로 만족하지 않았다.

"감기 떨어뜨려야지. 약이 없으니 이걸 대신 먹는 거다. 민간요법이니까 그냥 믿고 마셔. 밤새 뚝 떨어질지 혹시 아니?"

그녀가 민간요법이 뭐냐고 물었다.

"어머니가 가르쳐준 방법이야. 옛날에는 다 이거 마시고 감기 나았어."

그제야 그녀가 아아, 하며 고개를 끄덕였다. 그는 그냥 소주를, 그녀는 고춧가루 푼 소주를 들고 건배했다. 인상을 찌푸렸지만 그녀는 여러 모금에 나눠 다 마셨다. 그는 과자를 꺼내 자신도 먹고 그녀에게도 주었다. 정말 효과가 있는지 없는지 이번에 한번 보자, 하고 그가 말했지만 과자 씹는 소리 때문에 그녀는 듣지 못했다. 따끔거리는 목과 속을 달래기에 바빴다.

　뭔가가 요란하게 차를 두드리는 소리에 그는 잠에서 깨어났다. 한두 번 겪는 일이 아니었으므로 그는 곧 알아차렸다. 비가 오고 있었다. 그는 차창을 반쯤 올리고 다시 누웠다. 습기 때문에 온몸이 눅진해진 느낌이 들었다. 게다가 자면서 땀을 흘린 모양인지 속옷이 다 젖어 있었다. 어쩌면 술 때문일 수도 있었다. 그는 그녀를 들여다보았다. 밤사이 감기가 나았을지도 모른다고 생각했으나 그녀의 얼굴은 여전히 붉었고 머리카락은 젖어 있었고 코가 막혔는지 딱지 앉은 입으로 힘겹게 숨을 내쉬고 있었다. 그는 엉터리 민간요법인 모양이야, 중얼거렸다가 또 금방, 어쩌면 고춧가루 양이 적었는지도 모르지, 하고 중얼거렸다. 그러나 고춧가루 푼 소주를 다시 준비하지는 않았다.

　시골 마을은 이른 아침부터 분주했다. 한낮은 너무 더워서 일하기에 적합하지 않았으므로 사람들은 이른 아침과 늦은 오후에 일을 했다. 마을 사람들이 트럭을 타고 지나가다가, 비옷을 입은 채 오토바이를 타고 지나가다가, 우산을 쓰고 걸어서 지나가다가 한 번씩 멈춰 서서 차 안을 들여다보았다. 낯선 차가 호기심을 당기는 것 같았다. 그는 마을 사람들의 의심과 수고를 덜어주기 위해 차창 하나를 내려놓고 들여다보는 사람들에게 일일이 설명했다.

"밤이 너무 늦어서 그만······ 허락도 없이 마을로 들어왔습니다."

도시와 가까운 시골 마을일수록 외지 사람에게 배타적이라는 것을 그는 경험으로 알고 있었다.

우산을 쓰고 지나가던 중년의 부부가 그녀를 들여다보더니 어디 아픈 거냐고 물었다. 그는 감기에 걸렸다고 했다. 중년의 부부가 혀를 찼다.

"길에서 아픈 것만큼 서러운 것도 없는데······."

그는 고개를 끄덕였다. 잠시 의견을 나누던 부부가 빈방이 하나 있는데 쉬었다 가고 싶으면 그렇게 하라고 했다. 차에서 자는 것보다야 낫지 않겠소, 하고 걱정스러운 얼굴로 말했다. 그는 선뜻 대답을 못하고 그녀를 돌아보았다. 그녀가 조그마한 목소리로 괜찮아요, 하고 말했다. 그는 중년의 부부에게 약국과 여관이 있는 곳을 물었다. 중년의 부부가 읍내로 가라고 했다. 그는 다시 읍내가 어디냐고 물었고, 중년의 부부가 손가락으로 읍내 가는 길을 가리켰다. 그는 고맙다고 말하고, 여전히 가지 않고 서 있는 부부를 향해 차창을 올려야 한다고 양해를 구했다. 중년의 부부가 차에서 한 걸음 떨어졌다. 그는 차창을 올리고 운전석으로 옮겨 탄 다음 출발했다. 마을을 벗어날 즈음 그가 사이드미러로 보니 중년의 부부는 여전히 그 자리에 서서 멀어지는 차를 바라보고 있었다.

15분쯤 달려 읍내에 도착했다. '모텔'에서 'ㄹ'자가 떨어져나간 여관 같은 모텔에 방을 잡았다. 그녀는 방에 두고 그 혼자 밖으로 나갔다. 모텔에서 빌린 우산을 쓰고 읍내를 돌아다녔다. 첫 번째로 발견한 약국은 문을 열지 않았고, 두 번째로 발견한 약국은 문은 열어놓았으나 주인이 보이지 않았다. 그는 망설이다가 주인을 불렀다. 약국 안쪽 어둑한 곳에서 주인이 어슬렁거리며 걸어나왔다. 자다 일어났는지 뒷머리가 눌려 있었다. 그는 감기약과 붙이는 파스를 산 뒤 약국을 나왔다. 다시 읍내를 돌아다녔다. 군데군데 물웅덩이가 파여 있어 발밑을 조심하며 걸었지만 그래도 흙이 튀고 바지가 젖었다. 그는 터미널 근처에서 영업 중인 식당을 발견하고는 그곳으로 들어갔다. 음식이 만들어지는 동안 바지에 묻은 흙을 털어냈다. 휴지로 바지의 물기도 닦아냈다. 음식이 완성되자 그는 커다란 양은쟁반에 반찬과 함께 담아 들고 모텔로 갔다.

그녀가 이틀 밤낮을 꼬박 앓는 바람에 그들은 나흘쯤 같은 모텔에 머물렀다. 그동안 그는 읍내를 돌아다니고 다방에서 커피를 마시고 당구장에서 당구를 치기도 했다. 그러나 통장의 잔액을 확인한 뒤부터는 되도록 돈 드는 취미생활은 하지 않았다.

나흘째 되는 날, 그는 15분쯤 달려 그와 그녀의 배설물이 남아 있는 마을의 강으로 낚시를 하러 갔다. 혹시나 했지만 역시 계단 길은 아무도 이용하지 않았다. 낚시꾼들은 국도변에 차를 세워놓고 계단 반대편 강가의 넓적한 바위 위에서 낚시를 했다. 그는 마음을 놓았고 즉시 돈 안 드는, 혹은 적게 드는 취미생활로 뛰어들었다.

9

그는 세숫대야에 물을 채워 붕어를 넣어놓고 아래층으로 내려 갔다. 카운터를 지키던 사내가 호들갑을 떨었다.

"그 붕어 어디서 잡았소?"

그는 15분쯤 떨어진 마을의 강에서 잡았다고 했다. 그런 다음 함께 온 여자를 못 봤느냐고 물었다.

"그 강에 그만한 붕어가 살아요?"

그는 그렇더라고 했다. 물의 흐름이 느려서 저수지처럼 고여 있는 강이었다. 한눈에도 물이 더러워 보여서 이런 물에서 사는 물고기를 먹어도 될까 싶었지만 의외로 낚시꾼이 많았다. 그곳을 소개한 식당 주인의 말이 맞았다. 그는 두 시간쯤 무료하게 기다 린 끝에 붕어 한 마리를 잡았다. 라오스의 커다란 물고기에 익숙해진 그의 눈에는 브잘것없는 것이었지만 다른 낚시꾼들이 몰려와 그 크기에 감탄했다. 30센티미터쯤 될 거라고 했다. 다른 곳이라면 몰라도 이 강에서 이 정도 크기의 물고기가 잡힌 건 처음이라고 했다. 그는 어깨를 으쓱한 다음 바로 낚시를 접었다. 이제 그녀에게 자랑할 일만 남았던 것이다. 그는 명예회복의 기회를 노리며 모텔로 돌아왔다.

"나와 함께 온 여자 못 봤소?"

그러나 사내의 곤심은 온통 붕어에게 쏠려 있었다. 그의 물음에는 대답 없이 이걔 붕어를 어떻게 할 거냐고 물었다. 그는 바깥을 내다보며 모르겠다고 대답했다. 그러자 사내가, 저녁에 붕어찜 해먹읍시다, 했다. 그는 무의미하게 고개를 끄덕이며 1층 홀을 살폈다. 어디에도 그녀는 보이지 않았다. 붕어찜을 확보해서 느긋해진 듯 비로소 사내가 뭘 찾느냐고 물었다. 그는 사내의 관심을 돌린 데 안도하며, 함께 온 여자가 나가는 걸 못 봤느냐고 물었다. 사내가 못 봤다고 했다. 그랬다가, 함께 온 여자가 누구냐고 물었다. 그가 설명을 하자 가만히 듣고 있던 사내가 봤다고 말을 바꿨다. 그가 언제 나가더냐고 물으려는데, 나가는 게 아니라 며칠 전 아침에 들어오는 걸 봤다고 재빨리 덧붙였다.

"지금 놀리는 거요?"

그가 화를 내자 사내가 움찔하더니 카운터 안으로 들어가버렸다.

"어디 잠깐 나갔겠지. 뭘 그런 걸 갖고 흥분하쇼."

그는 사내의 말에는 대꾸 없이 방으로 올라갔다. 아침부터 시간 순서대로 꼼꼼히 되짚어보았다. 그들은 여덟 시에 일어났다. 아침은 배달시켜 먹었다. 그녀가 조금 더 자는 동안 그는 욕실에 들어가 씻었다. 그가 나오자 그녀가 깼고, 그가 따라준 물로 약을 먹었다. 감기는 막바지에 이르러 있었다. 병원 한 번 가지 않았지만 사흘쯤부터 감기의 기세가 수그러들었다. 젊은 몸이 좋긴 좋구나. 그는 농담을 했다. 하지만 아직 차를 타고 이동하는 건 무리였다. 오늘 하루만 더 묵고 내일은 출발하자. 그가 말했다. 그는 외출 준비를 했다. 그녀가 심심하다고 했지만 심심한 건 그도 마찬가지였다. 아픈 그녀는 밖으로 나갈 수 없었고 건강한 그는 방에 있을 수 없었다. 건강한 사람이 무더운 날씨에 하루 종일 방 안에서 뒹구는 건 지옥을 체험하는 것과 같았다.

"지금까지도 혼자 잘 있었지 않냐. 오늘 하루만 참으면 된다. 금방 올게."

그는 그녀의 이마를 짚어본 뒤 일어났다. 그런 다음에는 다방에 가서 커피를 마셨다. 통장 잔고가 걱정됐지만 내일은 떠날 예정이었으므로 마지막으로 들른 것이었다. 레지와 잠깐 잡담을 나누었다. 여전히 아무것도 사주지 않는 그를 두고 레지는 다른 자리로 갔다. 그는 커피를 다 마시고 다방에서 나왔다. 읍내에서는 더 갈 곳이 없었다. 갈 만한 곳은 다 갔고, 게다가 충분히 갔다.

그는 차를 타고 강으로 갔다. 허름한 강에 낚시꾼들이 여럿 자리를 잡고 있었다. 그도 동참했다. 붕어를 잡았다. 곧장 모텔로 돌아왔다. 붕어에 큰 관심을 보이는 카운터 사내를 뿌리치고 방으로 올라왔다. 그녀가 보이지 않았다. 욕실 문을 열었다. 역시 없었다. 그때가 오후 두 시 무렵이었다.

그는 어떤 장면은 두세 번, 또 어떤 장면은 대여섯 번씩 되짚어 생각해봤지만 이상한 점은 아무것도 발견하지 못했다. 평소와 같았다. 그녀가 스스로 떠날 이유는 없었다. 그녀의 가방도 그대로 있었다. 가방 안에는 그녀가 늘 가지고 다니는 여권도 있었고, 옷도 마찬가지였다. 그녀는 돈 한 푼 없었다. 천 원짜리 한 장까지도 모두 그가 관리했다. 여권도 두고 옷도 두고 돈 한 푼 없이 스스로 떠난다는 건 달이 안 되는 일이었다. 그렇다면 산책이라도?

그는 벽에 등을 기대고 앉아 기다렸다. 강에서 돌아온 지 두 시간이 흘렀다. 산책치고는 너무 길다는 생각이 들었다. 너무 긴 산책은 산책이 아니었다. 그것은 다른 명칭을 필요로 했다. 가출 혹은 납치. 가출은 가능성이 없으므로 그렇다면 납치? 그러나 납치로 규정하기에는 든 시간이 너무 짧았다. 게다가 소읍의 모텔은 들고나는 사람이 많지 않았다.

그는 다시 생각했다. 납치든 산책이든 그녀가 밖으로 나갔다면 사내의 눈에 띄었을 것이다. 늘 카운터를 지키는 사내가 보지 못했다는 것은 그녀가 모텔 안에 있을지도 모른다는 뜻이었다. 자리에서 벌떡 일어난 그는 모텔의 방마다 돌아다니며 노크를 했다. 3층까지 모두 여덟 개의 방 중에서 세 개에만 손님이 있었고 나머지는 빈방이었다. 라오스에 있을 때 그녀가 유달리 친화력이 뛰어났다는 점을 상기하며 그는 손님이 있든 없든 방 안으로 들어가 구석구석, 욕실과 커튼 뒤와 옷장 안까지 살펴보았다. 그 어디에도 그녀는 없었다.

그는 카운터 사내에게 그녀가 돌아오거든 연락해달라고 말하고 밖으로 나갔다. 빠른 걸음으로 읍내를 한 바퀴 돌았다. 그녀에게 돈이 없다는 걸 알면서도 혹시나 하는 마음에 슈퍼마다 들어가보았다. 비디오기기도 없으면서 비디오가게에 들어가보기도 했다. 얼굴이 익은 몇몇 식당 주인에게는 그녀의 생김새를 설명하고 본 적이 없느냐고 물었다. 모른다는 대답만 돌아왔다. 저녁시간이 되자 거리에 사람이 많아졌다. 그는 여자들의 얼굴을 자세히 들여다보았다. 지나치는 여자들이 다 그녀였고, 또한 그녀가 아니었다. 그렇게 읍내를 두 바퀴쯤 돈 뒤 모텔로 발길을 돌렸다. 모텔이 가까워질수록 그녀가 돌아와 있을지도 모른다는 생각이 들었다. 전화 연락을 부탁해놓았지만 카운터 사내의 성실함은 믿을 것이 못 되었다. 그는 거의 뛰다시피 해서 모텔로 갔다. 카운터 사내가 불렀지만 곧장 방으로 올라갔다. 그녀는 없었다. 허탈해진 그는 방바닥에 주저앉았다.

"못 찾았어요?"

뒤따라 올라온 카운터 사내가 물었다. 그의 눈치를 살피던 사내가, 벌써 저녁인데……, 했다. 그가 아무런 말도 하지 않자 사내가 다시, 그럼 붕어찜이나 해먹으며 기다릴까요? 했다. 그가 초점 없는 눈으로 올려다보자 사내가 슬며시 눈을 피하며, 어디 찜질방이라도 갔나? 중얼거렸다. 그가 찜질방이 뭐냐고 물었다. 사내가 화들짝 놀라며, 찜질방도 몰라요? 되물었다. 그가 그렇다고 했다. 잠시 생각하던 사내가, 찜질방이란 몸을 지지는 곳이라고 설명했다. 그가 온돌방 말이오? 묻자 사내는 또 잠시 생각하더니, 뭐 그렇게도 말할 수 있겠네요, 했다. 그녀를 찾아야 한다는 것도 잠시 잊고서 그가, 집집마다 온돌방이 있는데 뭐 하러 찜질방까지 가서 지지느냐고 물었다. 사내가 난처한 얼굴을 했다. 그는 사내를 올려다보고 사내는 앉아 있는 그를 내려다보았다. 사내가 미심쩍은 얼굴로 물었다.

"설마 놀리는 건 아니지요?"

그는 지친 얼굴로 고개를 저었다. 사내는 다시 한 번 인내심을 발휘해, 찜질방이란 사우나실 같은 곳이라고 생각하면 된다고 했다. 땀도 빼고 밥도 먹고 텔레비전도 보고 심심하면 화투도 치고 술도 마시고 가끔은 연애도 하고 안마기도 공짜로 사용할 수 있다고 했다. 집에서 뒹굴면 마누라한테 욕밖에 더 먹느냐, 그래서 다들 찜질방으로 간다, 했다. 돈 없고 시간 많은 사람들한테는 천국 같은 곳이라고 덧붙였다. 그는 그런 곳이 있냐며 진정으로 놀라워했다. 이제 사내는 자랑스러운 얼굴로, 심심하면 한번 가보라고 했다. 여자들이 많다고 했다. 자신도 일주일에 한 번은 간다고 말하며 활짝 웃었다.

그녀가 그런 곳에 갔을 거라는 생각은 들지 않았지만 또 혹시 모르는 일이므로 그는 사내에게 붕어를 내주고 읍내에 하나뿐이라는 찜질방으로 달려갔다. 과연 사람이 많았다. 여자는 여자끼리, 남자는 남자끼리 다들 같은 옷을 입고 있어서 그녀를 찾기는 쉽지 않았다. 간혹 수건을 얼굴에 뒤집어쓰고 누워 있는 여자들도 있었다. 그가 눈총을 받으며 여자들의 얼굴을 일일이 다 들여다봤지만 역시 그녀는 없었다. 그가 기진맥진해서 모텔로 돌아오자 붕어찜을 먹고 있던 사내가 움찔하더니 그를 불렀다.

"같이 먹읍시다. 맛이 기가 막혀요."

그는 사내의 말에는 대꾸 없이 물 한 컵을 마시고 방으로 올라갔다.

*

그는 읍내를 떠날 수 없었다. 그녀가 사라진 곳이 읍내였으므로 그녀를 찾기 위한 출발점 역시 읍내가 되어야 했다. 그날 밤을 뜬눈으로 지새운 그는 이튿날 아침 승합차로 짐을 옮겼다. 차는 모텔 주차장에 세워져 있었고 그는 그녀를 찾기 전까지 그곳에서 한 발짝도 움직이지 않을 생각이었다. 혹시 그녀가 돌아온다면 차를 알아보고 그가 떠나지 않았다는 것을 알 수 있을 터였다.

예전처럼 그는 차에서 밥을 먹고 차에서 잠을 잤다. 먹고 자는 시간 외에는 생각이라는 것을 했다. 가능한 모든 방향으로 가설을 세워보았다. 가장 의심스러운 것이 읍내의 건달들이었다. 이십 대 중후반쯤으로 보이는 읍내의 건달들은 수시로 모텔을 드나들었다. 방을 잡아놓고 밤새 술을 마시기도 하고 레지들과 어울려 놀기도 했다. 건달들이 아무리 떠들고 난동을 피워도 카운터 사내는 물론 손님들도 누구 하나 지적하는 사람이 없었다. 가끔 건달들은 술에 취해 방을 잘못 찾아 그와 그녀가 있는 방문을 벌컥 열기도 했다. 그러면 얼른 사과하고 문을 닫기는커녕 호기심 어린 눈으로 그녀를 쳐다보았던 것이다. 두어 번 그런 일이 있고 나서 그는 꼬박꼬박 문을 잠갔다. 잠겼으므로 문이 벌컥 열리는 일은 더 이상 없었지만 건달들은 여전히 방을 잘못 찾았고 잠긴 문이 덜컥거리는 일이 빈번하게 일어났다. 문단속에 익숙하지 않은 것은 그녀도 마찬가지였다. 그는 외출할 때마다 문을 잘 잠그라고 그녀에게 신신당부했다. 하지만 아픈 그녀가 그의 당부를 한 번도 잊지 않고 제대로 이행했다고 장담할 수는 없었다. 그녀는 뭐든 잘 잊었고 낙천적이었고 게다가 사람에 대한 경계심이 약했다. 문단속이 그다지 필요하지 않은 환경에서 자라온 탓이 컸다.

차에서 내린 그는 모텔로 뛰쳐 들어갔다. 출입문에 달린 종이 땡그랑거리며 비명을 질렀다. 카운터에 있던 사내가 눈을 휘둥그레 뜨고는 쳐다보았다.

　"건달들, 건달들 본거지가 어디요?"

　그가 소리쳤다. 사내의 눈이 더 휘둥그레졌다. 할 수 없이 그가, 여기 자주 드나드는 건달들 말이오, 하고 소리쳤다. 그제야 알아듣는 눈치이기는 했으나 사내는 멍한 얼굴로, 왜요? 물었다. 그런 다음에는 아직도 안 갔어요? 물었고 또 그런 다음에는 참, 여자는 찾았어요? 물었다. 그가, 그자들이 내 여자를 데려갔소, 하자 심드렁한 목소리로 다시, 왜요? 했다. 그걸 내가 어떻게 알겠소, 하고 말하는 순간 그의 머릿속에는 새로운 의심이 하나 싹트기 시작했다. 의심의 중심에는 카운터 사내가 있었고, 의심의 시초는 사내의 반응에 있었다. 한번 의심하기 시작하자 모든 것이 의심스러웠다.

　사내는 하루 종일 카운터를 지키고 있으면서도 그녀가 나가는 것을 못 봤다고 했다. 그녀를 잃고 허둥대는 그의 관심을 붕어에게로 돌리기 위해 그를 졸졸 따라다니며 붕어요리에 일가견이 있는 듯 연극을 했다. 연극은 극히 부자연스러웠다. 건달들이 모텔에서 아무리 떠들어도 주의를 주거나 내쫓지 않았다. 걸어서 3분 거리에 있는 경찰을 부르지도 않았다. 가끔씩 건달에게서 뭔가를 받는 장면도 목격했다. 그때마다 사내는 비굴한 미소를 지었다.

사내의 결정적인 실수는 바로 조금 전의 반응이었다. 건달들이 그녀를 데려갔다는데도 사내는 지나치게 태연한 척했다. 보통의 사람이라면 다소 놀라거나 아주 놀랐을 것이다. 아니면 엉뚱한 상상을 한다고 그에게 핀잔이라도 주었을 것이다. 사내는 그 어느 쪽도 아니었다. 마치 그의 마음을 떠보기라도 하듯 왜요? 하고 심드렁하게 물었다. 사내가 건달들과 한패라는 증거는 많았지만 아니라는 증거는 하나도 없었다. 그는 재빨리 머리를 굴렸고 재빨리 결정을 내렸다.

"아니 그게……, 내가 잠깐 더위를 먹은 것 같소."

내키지는 않았지만 그는 겸연쩍은 듯 웃어 보였다. 그러자 사내도 히죽거리며 따라 웃었다. 그는 사내를 보며 다시 어색하게 웃었다. 사내는 카운터에 뚫린 구멍으로 머리를 쑥 내밀고는 히죽거렸다. 그는 모텔에서 물러났다.

카운터 사내가 아니더라도 건달들의 본거지를 알아낼 방법은 또 있었다. 당구장이었다. 건달들은 심심하면 당구장에서 놀았다. 당구를 칠 때도 있었지만 더 많은 시간을 오목을 두면서 소리를 지르거나 바퀴벌레 경주를 지켜보며 소리를 지르는 데 보냈다. 떼거리로 몰려들긴 하나 영업에는 별 도움이 되지 않는 건달들을 당구장 주인은 좋아하지 않았다. 당구장 주인이라면 틀림없이 건달들의 본거지를 알 것 같았다.

그는 당구장으로 달려갔고 때마침 당구장에서 나오는 당구장 주인을 만날 수 있었다. 그가 어디 가냐고 묻자 당구장 주인은 화장실에 간다고 했다. 화장실은 1층과 2층 사이 계단참에 있었다. 당구장 출입문 앞에 선 그를 보면서도 당구장 주인은 어디 가느냐고 물었고 그는 당구장에 가는 길이라고 대답했다. 당구장 주인이 반색하며 잘됐다고 말했다. 화장실에 갔다 올 동안 당구장을 봐달라고 했다. 잘된 것은 당구장 주인에게이지 그에게는 아니지만 그는 알았다고 했고, 잘 갔다 오라고 했고, 당구장 주인을 따라 어색하게 웃었다. 두루마리 휴지를 움켜쥐고 어정쩡하게 선 당구장 주인을 붙잡고 건달들의 본거지를 물어볼 수는 없었다. 당구장 주인은 계단을 내려가고 그는 당구장 안으로 들어갔다.

아무도 없는 당구장에서 아무것도 하지 않던 그는 문득 중요한 사실 하나를 깨달았다. 무기였다. 건달들을 만나러 간다면서 무기 하나 챙겨오지 않았다. 그래서는 그녀를 찾는다 하더라도 데리고 나올 수가 없을 터였다.

그는 당구장을 둘러보았다. 큐는 너무 길어서 칼이나 창 대용으로 사용하기가 불편했다. 게다가 그는 어릴 때도 전쟁놀이를 해본 적이 없었다. 그때 그의 눈에 띈 것이 당구공이었다. 카운터 위에 당구장 주인이 닦다 둔 당구공이 있었다. 중고등학교 시절, 투수가 아닌 타자로서이기는 했지만 그는 야구에 소질이 있다는 얘기를 여러 번 들었다. 학교 창문도 제법 깨먹었다. 한 번은 실수로 운동장을 지나던 교감 선생님을 기절시키기도 했다. 그는 잠시 생각하다 빨간색 공 하나와 하얀색 공 하나를 바지주머니에 넣었다. 그러자 양쪽 바지주머니가 불룩해졌다. 그는 당구장을 둘러보았다. 구석에 날짜 지난 신문들만 모아서 쌓아놓은 것이 보였다. 그는 신문 하나를 집어 의자에 앉은 채 활짝 펼쳤다. 그러자 신문 읽는 시늉을 하고도 반이나 남아 바지주머니를 가리기에 충분했다.

당구장 주인이 돌아왔다. 개운한 얼굴로 들어서던 당구장 주인은 그와 눈이 마주치자 어색하게 웃었다. 그는 당구장 주인에게 건달들의 본거지가 어디냐고 물었다. 당구장 주인이 건달? 했고 그는 설명했다. 당구장 주인이 아아, 했다. 그러면서 취직하려고요? 물었다. 그는 어안이 벙벙해서 대답을 못 했다. 그러자 당구장 주인이, 아마 힘들걸요? 했다. 그는 역시 아무 말도 못 했다. 그러자 또 당구장 주인이, 자기네들도 일 없어서 반은 놀고 반은 일하는데⋯⋯, 했다. 그는 고개를 끄덕였다. 이해가 갔다. 소읍 중의 소읍이었다. 삥 뜯을 나이트클럽도 하나 없고 그럴듯한 술집 하나 없는 곳이었다. 시장에서 좌판을 벌인 사람들도 죄 허리 굽은 노인들뿐이었다. 한 시간이면 자릿세 수거가 끝날 터였다.

"그래서 사업 확장을⋯⋯."

그가 중얼거렸다. 당구장 주인이 용케 그 말을 알아듣고는, 아마 아닐걸요? 했다. 확장하고 싶어도 손님이 없어서 못 할 거라고 했다. 다른 사람들이 뛰어들지 않는 것도 손님이 없어서라고 했다. 그는 화들짝 놀라 벌어진 입을 다물지 못했다. 조용하게만 보였던 소읍이 달리 보였다. 어쩌면 그래서 유달리 조용했던 건지도 모른다는 생각이 들었다. 그는 범죄소굴 같은 읍내를 진작 떠나지 않은 것을 후회했고 그녀가 무사하지 못할까 걱정했다. 그에게서 수긍의 말을 듣지 못하자 당구장 주인이, 직접 봐야 믿겠소? 했다. 그는 당구장 주인의 말을 잘 이해하지는 못했지만 건달들을 만날 수 있다는 생각에, 그렇소, 하고 얼른 대답했다. 그러자 당구장 주인이, 터미널에서 북쪽으로 5분쯤 걸어가라고 말했다. 그곳에 컨테이너 하나가 있을 거라고 했고, 늘 두어 대의 노란색 택시가 서 있으니 찾기는 쉬울 거라고 덧붙였다. 그는 고맙다고 말하고 신문을 읽는 자세 그대로 당구장을 나섰다. 당구장 주인이 고개를 갸웃거렸지만 그를 불러 세우지는 않았다.

당구장 주인의 말대로 컨테이너를 찾는 것은 어렵지 않았다. 아니, 노란색 택시가 멀리서도 금방 눈에 띄었다. 건달인지 기사인지 모를 사람들이 컨테이너 주변에 늘어서서 담배를 피우고 있었다. 그는 심호흡을 하며 컨테이너를 올려다보았다.

씽씽택시.

컨테이너 위쪽에 씽씽택시라고 쓰인 간판이 붙어 있었다. 그가 들어갈까 말까 망설이는데 모텔에 드나들던 건달들 중 하나가 그를 지나쳐 컨테이너 안으로 들어갔다. 그제야 그는 이해했다. 위장술이었다. 이 정도 위장술이면 외지에서 온 '손님'들을 깜빡

속여 넘기기에 충분할 것 같았다.

그는 신문으로 바지주머니를 가리고 컨테이너 안으로 들어갔다. 건달은 모두 넷이었다. 그가 상대하기에 벅찬 숫자였다. 더구나 싸움이 벌어진다면 나머지 건달들이 한달음에 달려올 게 뻔했다. 그녀의 행방을 단도직입적으로 물어볼지 아니면 우회적으로 알아낼지 그는 망설였다. 건달들이 아무도 그에게 신경을 쓰지 않았으므로 그는 우선 출입문 옆의 의자에 앉아 기회를 엿보기로 했다.

책상 하나와 전화기 두 대, 탁자 하나와 소파 두 개가 전부였다. 그 외에는 그가 앉아 있는 출입문 옆의 의자 하나가 고작이었다. 건달들은 한창 내기에 열중해 있었다. 둘은 점심을 걸고 바둑알 밀어내기에 빠져 있었고, 둘은 커피를 걸고 동전을 짤랑거리며 13판 7승제 홀짝게임에 빠져 있었다. 바둑판에서 바둑알이 하나 떨어지거나 홀짝게임이 한 번 끝날 때마다 탄식과 환호성이 동시에 터졌다. 참으로 한심하고 심심한 건달들이라고 그가 생각하는데, 바둑알 하나를 잃어 수세에 몰린 건달이 문득 그를 돌아보았다. 바지주머니 속의 당구공을 움켜쥔 그의 손에 힘이 들어갔다.

"택시 타실 거요?"

물론 그도 건달의 말을 들었다. 택시를 탈 거냐니.

택시, 타다……

그렇군. 그건 이곳 읍내에서만 통하는 암호였다. 그들 건달 세계에서만 사용하는 은어였다. 더 이상 망설일 수 없었다. 그는 양손에 당구공을 하나씩 쥐고 일어섰다. 건달이 둘이었으면 좋았겠다고 생각했지만 어쩔 수 없는 일이었다. 이왕 이렇게 된 거 이판사판이라고 마음을 다잡았다. 그는 배에 힘을 모으고 소리쳤다.

"내 여자를 어디로 데려갔어?"

그러자 택시 탈 거냐고 물었던 건달이 고개를 갸우뚱했다.

"내 여자? 무슨 여자?"

정말로 멍해 보이는 얼굴인 것이, 모텔의 카운터 사내보다는 연기수준이 나은 것 같았다. 하지만 그는 속지 않았다. 네놈들이 한 짓을 다 알고 있다고 소리쳤고, 여자가 어디 있는지 말하라고 다그쳤다. 여자만 내주면 경찰에 신고하지 않겠다고 했고, 곧바로 읍내를 떠나겠다고 했고, 다른 '손님'들에게는 소문내지 않겠다고 약속했다.

"그러고 보니 그 모텔의……?"

홀짝게임을 하던 건달들 중 하나가 일어섰다. 바짝 긴장한 그는 금방이라도 당구공을 던질 듯 팔을 쭉 뻗었다. 그러자 일어선 건달이 움찔하며 한 걸음 뒤로 물러났다. 하지만 그것도 잠깐, 건달은 곧 히죽거리며 웃었다. 그러자 다른 건달들도 그가 기억난 듯 따라 웃었다. 건달들 중 하나가, 어디서 여자를 잃어버리고 여기 와서 행패냐고 으르렁거렸다. 또 다른 건달이, 늙은 게 늙은 주제도 모르고 젊은 여자를 끼고 있으니 도망을 가는 거라고 이죽거렸다. 또 다른 건달이, 딸 같은 여자 데리고 놀 만큼 놀았으면 이제 미련을 버리고 얼른 집으로 돌아가라고 말했다.

"혹시 불법체류자 협박한 거 아냐?"

건달 하나가 의문을 제기하자 다른 건달이 얼른 받았다.

"그럼 경찰에 신고해야지. 번호가 몇 번이더라?"

"그냥 119로 해. 아무나 와서 잡아가면 어때."

말로는 안 되겠다 싶어 그가 당구공을 던지려는 찰나 건달 하나가 순식간에 소파를 뛰어넘더니 그의 두 팔을 잡았다. 눈 깜짝할 사이였다. 두 팔을 잡힌 그는 비명을 지르며 당구공을 떨어뜨렸다. 바닥에 구르는 당구공을 건달들 중 하나가 발로 차 그의 다리를 맞혔다. 그는 다시 비명을 질렀다. 컨테이너 문이 열리고 그는 밖으로 밀쳐졌다. 계단 두 개를 미처 딛지 못한 그는 뒤로 넘어졌고, 삐끗한 허리를 다시 삐끗했고, 바닥에 뒤통수를 찧었다. 그뿐만이 아니었다. 발목을 접질렸고 넘어지는 순간 바닥의 돌을 짚어 손바닥이 찢어졌다. 그는 한동안 일어나지 못했다. 아무도 도와주지 않았다. 컨테이너 주변에 늘어선 건달인지 기사인지 모를 사람들은 짧은 시간 그에게 시선을 돌리기는 했으나 곧 관심을 거두고 다시 담배를 피우고 커피를 마셨다. 컨테이너 문이 쾅, 소리를 내며 닫혔다.

힘겹게 몸을 일으킨 그가 다시 한 번 컨테이너 문을 여는 순간 건달의 발길질이 날아들었다. 명치를 맞은 그는 곧장 나가떨어졌고 이번에는 오랫동안 일어나지 못했다.

정오 무렵, 간신히 차로 돌아온 그는 차창을 모두 올리고 차 문도 꼭꼭 닫고서 찜질방의 불가마 속 같은 차 안에 누웠다. 그랬다가, 끙끙거리며 몸을 일으켜서는 라디오를 켜고 다시 누웠다. 또 잠시 후에는 라디오의 볼륨을 높이고 다시 누웠다. 디제이의 청량한 목소리가 차 안 가득 울려 퍼졌다. 사연을 읽는 사람도, 옆에서 추임새를 넣는 사람도 즐거워 죽겠다는 목소리였다. 가만히 듣고 있던 그는 어느 순간부터 소리 내어 울기 시작했다. 카운터 사내가 의아해하며 지켜보고 있다는 것도 알지 못했다.

*

며칠 동안 그는 자리에서 일어나지 못했다. 뜨거운 차 안에 누워서는 땀을 뻘뻘 흘리며 앓았다. 간혹 카운터 사내가 들여다보았으나 그는 사내의 얼굴이 나타날 때마다 다른 쪽으로 돌아누웠다. 하지만 그가 누운 곳은 집이 아니라 차였다. 양쪽에 다 창이 있었고 한여름에 계속 차창을 닫아놓는다는 건 죽음을 불사하는 일이었다. 그러므로 그가 오른쪽으로 돌아누우면 사내가 차를 빙 돌아 오른쪽으로 와서 들여다보고, 그가 반대편으로 돌아누우면 사내가 또 차를 빙 돌아 반대편으로 와서 들여다보는 바람에 그는 끙끙 소리를 내며 쉬지 않고 몸을 움직여야 했다. 사내의 얼굴을 보는 것도 싫었지만 사내에게 자신의 얼굴을 보여주는 것 또한 싫어서였다. 그의 마음을 아는지 모르는지, 혹은 그의 앓는 소리에 재미를 붙여서인지, 사내는 한번 차 안을 들여다봤다 하면 십여 차례는 기본으로 이쪽저쪽 지치지도 않고 왔다 갔다 했다. 한차례 그러고 나면 그도 사내도 온통 땀투성이가 되었다. 때때로 그는, 사내가 자신을 늘리는 건지 아니면 자신이 사내를 놀리는 건지, 그것도 아니면 늘리는 사람은 없는데 놀림당하는 두 바보만 있는 건지 도대체 모르겠다고 생각했다. 그런 그에 반해 사내는 한바탕 땀을 흘리고 나면 격렬하게 부채질을 하며 부채바람이 시원하다고 좋아했다. 바람은 땀 흘린 뒤에 맞는 바람이 가장 시원하고, 물은 술 마신 다음 날 먹는 물이 가장 맛있다고 말하기도 했다. 그럴 때마다 그는 못 들은 척했다.

어느 정도 몸이 희복된 뒤 그는 다시 씽씽택시를 찾아갔다. 이번에는 컨테이너 안으로 들어가자마자 쫓겨났다. 그는 포기하지 않았다. 다음 날도, 그다음 날도 씽씽택시를 찾아갔다가 험한 꼴만 당하고 돌아왔다. 건달들은 그를 두려워하지 않았다. 그가 모텔 주차장에 있다는 것을 알면서도 레지를 끼고 모텔을 드나들었다. 가끔은 다른 여자들도 끼어 있었지만 그가 찾는 그녀는 아니었다. 그렇게 여러 날이 흘렀다. 마침내 그는 범인은 건달들이 아닐지도 모른다는 결론에 이르렀다. 범인이라기엔 건달들은 너무 태연했고 너무 무신경했다.

　그렇다면 누구인가. 하루 온종일 그는 먹고 자는 시간만 빼고는 생각이라는 것을 했다. 가끔은 카운터 사내가 장기나 한판 두자며 찾아왔지만 그는 바쁘다는 말로 돌려보냈다. 이제 붕어낚시는 안 가는 거냐고 물어왔을 때도 그는 바쁘다고 말했다. 그때마다 카운터 사내는 고개를 갸웃거렸고, 가부좌를 틀고 앉은 그는 짐짓 눈을 감았다. 바위라도 된 듯 움직이지 않는 그를 향해 사내가 부채질을 해줄 때만큼은 그도 바쁘다고 돌려보내지 않았다.

　며칠이 지나 엉덩이에 굳은살이 생기고 무릎이 삐걱거릴 때쯤 그의 눈앞으로 문득 떠오르는 얼굴이 있었다. 탐욕스러운 눈으로 그녀를 쳐다보던 인물이었다. 두꺼비 같은 손으로 그녀의 이마며 볼을 함부로 만지기까지 한 인물이었다. 문이 잠겼더라도 노크 한 번이면 언제고 그들의 방으로 들어올 수 있는 인물이었다. 바로 식당 주인여자였다. 식당 주인여자는 그가 있거나 없거나 하루에 세 번씩 그녀에게 식사를 배달해주었고, 그때마다 일을 필요로 하지 않는 그녀에게 그녀를 필요로 하는 식당들을 읊어댔다. 그녀는, 때로는 그도 함께 원하지 않는 정보를 반강제로 들으며 밥을 먹어야 했다.

　그는 식당으로 달려갔다. 눈에 핏발이 선 채 가게 안으로 뛰어드는 그를 보고 식당 주인여자가 기겁을 했다. 손님들도 뜨악한 얼굴로 그를 쳐다보았다. 이미 그에 대한 소문이 읍내에 자자했다. 그를 보자마자 종업원 아이가 수화기를 들었지만 그는 알지 못했다. 그는 자신의 감정에 충실했다. 맞는 데는 이력이 났다. 맞는 게 두려워서 할 행동을 못하지는 않았다. 그는 의자를 들어서 바닥으로 내동댕이쳤다. 그 행동 하나만으로도 식당 안의 사람들이 두려움에 떨었다. 씽씽택시와는 확실히 달랐다. 그는 자신감을 얻었다. 그녀를 어느 식당에다 팔아먹었냐고 소리쳤다. 눈을 부라리며 여자를 내놓으라고 악을 썼다.

"당신이 내 여자한테 침 흘렸다는 거 알아!"

그때 무릎이 꺾이며 그는 맥없이 앞으로 쓰러졌다. 무슨 일이 일어났는지 그가 알아차렸을 때는 이미 경찰들에게 양쪽 팔과 허리를 내준 뒤였다. 난동을 부린 지 불과 몇 분 만에 그는 제압당했다. 경찰은 조서작성 과정을 생략한 채 그를 곧장 유치장에다 집어넣었다. 그는 경찰들 사이에서도 유명인사였다. 그 때문에 씽씽택시로 출동한 게 한두 번이 아니었다. 다만 제3자의 신고인데다 다치고 깨지는 사람은 오히려 그여서 굳이 연행하지 않았을 뿐이었다.

그날 밤이었다. 그는 두어 명의 취객들과 함께 유치장에 누워 있었다. 눈물이 볼을 타고 흘러내렸다. 울고 나면 잠이 온다지만 그에게는 잠도 찾아오지 않았다. 눈을 떠도 감아도 그녀의 모습만 떠올랐다. 그녀가 온데간데없이 사라졌다는 사실이 믿어지지 않았다. 영원히 함께할 줄 알았던 그녀가 죽었는지 살았는지도 모른다는 현실을 받아들일 수가 없었다. 그럴 줄 알았으면 같이 있어주는 건데……, 인사도 못하고 방을 나와버렸는데……, 그가 맥없이 중얼거려도 이제는 소용없는 일이었다.

그녀가 사라진 그날, 그녀는 하루 종일 혼자 방에 있으니 외롭다고, 나가지 말고 같이 있어 달라고, 고스톱을 치자면 고스톱을 치고 카드를 치자면 카드를 칠 테니 옆에 있어 달라고 그에게 부탁했다. 하지만 그는 매정하게 거절했다. 늘 지기만 하는 상대와 하는 게임이 무슨 재미가 있겠냐고 말했고, 하루 종일 혼자 있는 건 자신도 마찬가지라고 말했고, 인생은 누구나 혼자 가야 하는 길이라고 잘난 척했다. 그녀가 애절한 눈으로 올려다봤을 때도 그는, 네 약 냄새 때문에 숨이 막혀, 투덜거렸고, 하루만 참아, 달랬고, 감기는 원래 종일 잠만 자야 낫는 병이야, 둘러댔다. 그런 다음에는 그녀가 더 붙잡기 전에 얼른 방을 나섰다.

그러지 말았어야 했다고, 그게 마지막인 줄 알았으면 하루가 아니라 1년이라도 같이 있어줬을 거라고, 그는 뒤늦게 가슴을 치며 후회했다. 그녀가 얼마나 소중한 사람인지 잠시 잊고 있었던 자신을 책망했다. 라오스에서 그녀와 함께 밥을 먹고, 영화를 보고, 메콩 강 유람을 하고, 동굴 탐험을 하고, 사원에 가고, 별것 아닌 일에도 즐겁다고 웃고, 그러다가도 또 금방 사소한 일로 싸우던 때가 그는 사무치도록 그리웠다. 그녀와의 추억을 떠올리던 그는 결국 참지 못하고 엉엉 소리 내어 울었다. 취객들이 욕설을 퍼부었다. 경찰이 와서 보더니 혀를 차고는 돌아갔다.

30분쯤 울고 나자 그는 머리가 맑게 개는 느낌이 들었다. 그녀는 도대체 어디로 갔을까? 아니, 누가 왜 어디로 데려갔을까? 그때 문득 떠오르는 인물이 있었다. 물론 그녀가 사라지고 나서 그 인물을 처음 떠올린 것은 아니었다. 그녀가 스스로의 힘으로는 돌아오지 못한다는 것을 깨닫는 순간 제일 먼저 떠오른 인물이었다. 하지만 그는 애써 지웠고 그 인물에 대해 생각하지 않으려고 노력했다. 바로 처남이었다. 그가 처남을 수사선상에서 제외한 것은 처남이 그의 소재를 알고도 가만둔다는 것을 상상할 수 없었기 때문이었다. 처남이 그녀를 데려갔다면 당연히 그도 데려갔을 것이고, 어떤 식으로든 대가를 치르게 했을 터였다. 그러나 그녀의 행방이 미궁에 빠진 지금 그는 처남을 염두에 두지 않을 수 없었다.

이튿날, 식당 주인여자가 경찰서로 그를 찾아왔다. 여자가 혀를 차며 고생이 많다고 허서 그는 미안하다고 말했다. 여자가 이해한다고 했다. 처음 봤을 때보다 얼굴이 많이 상했다고 했고, 애인인지 부인인지 모르겠지만 잃어버려서 안됐다고 했고, 그렇더라도 젊은 사람이 그렇게 망가져서야 쓰겠냐고 했다. 그는 아무런 말도 하지 못했다. 틈을 두지 않고 여자가, 의자 값과 탁자 값 그리고 거울 값을 물어주면 경찰에게 잘 말해서 풀어주도록 하겠다고 말했다. 이 정도도 많이 깎아주는 거라고 했고, 어제 한 행동을 보면 콩밥이라도 먹여야겠지만 동생 같아서 용서해주는 거라고 했다. 멍하게 서 있던 그가, 내가 던진 건 의자 하나뿐인데요, 했지만 여자는 아랑곳없이 혀만 찼다. 혀를 찰 만큼 찬 뒤에야, 나도 설거지를 하다 보면 가끔 컵을 떨어뜨린다, 떨어뜨린 것은 컵 하난데 깨진 걸 보면 컵도 있고 그릇도 있고 접시도 있더라, 했다. 그 정도 이치는 알 줄 알았는데 보기보다 맹하네, 말하고는 다시 혀를 찼다. 그는 고개를 끄덕였다. 의자를 던지긴 했으나 깨지진 않았고, 탁자와 거울은 건드리지도 않았지만 의자 값과 탁자 값과 거울 값을 물어주겠다고 했다. 여자가 또 길게 혀를 찼다. 혀를 찰 만큼 찬 뒤에는 아무 말 없이 유치장 앞을 떠났다.

그날 저녁 그는 경찰서에서 풀려나 모텔로 돌아왔다. 기운이 다 빠져서 주차장 화단가에 앉아 있는데 카운터 사내가 다가오더니 두부를 내밀었다. 그는 사내를 보고 두부를 보고 다시 사내를 보았다.

"두부는 감방에서 나온 뒤에 먹는 두부가 제일 맛있어요."

사내가 말했다. 감동을 받기에는 감방이라는 단어가 너무 노골적이었고, 냉정하게 외면하자니 그의 심사가 너무 울적했다. 냉정도 스스로가 강할 때 부릴 수 있는 허세였다. 그는 사내의 때긴 손톱을 내려다보다가 두부를 받아 들었다. 그런 뒤엔 사내가 빤히 보고 있어서 마지못해 한입 베어 물었다. 사내가 벌쭉 웃더니 간장종지를 내밀었다. 의아해하는 그의 반응을 즐기는 듯 몇 초쯤 기다렸다가 이번에는 막걸리 한 병을 내밀었다. 사내가 또 벌쭉 웃더니 주머니에서 헤드램프를 꺼내 머리에 썼다. 그런 다음에는 교도소 망루의 감시등처럼 일정한 속도로 머리를 좌우로 움직였다. 막걸리와 간장과 두부가 차례로 비쳐졌다. 그의 손이 가는 곳마다 불빛이 따라다녔다. 주위는 아직 어둡지 않았다. 해가 지기는 했으나 막걸리와 간장과 두부를 집는 데는 문제가 없었다. 그는 사내를 보며 참 이상한 사람도 다 있다고 생각했지만 그런 내색을 하지는 않았다. 그는 사내와 건배를 하고 막걸리를 마셨다. 십여 년 만에 맛보는 막걸리였다. 그녀도 함께 있었으면 좋았을 텐데, 하는 생각이 들어서 나아지려던 심사가 다시 울적해졌다.

*

유치장에서 나온 후부터 그는 한 끼를 줄여 하루에 두 끼만 먹었다. 돈이 바닥을 드러내기 직전이기도 했지만 일찍 자고 늦게 일어나는 그에게 세 끼만큼의 에너지가 필요 없기도 해서였다. 하루 온종일 그는 빈둥거렸다. 하는 일도 없이 읍내를 떠나지 못했다. 그녀가 돌아올 기약도 없는데 어슬렁거리며 읍내를 돌아다녔다. 그렇게 걷다 보면 그가 모르는 사람들이 그에게 인사를 해왔다. 그가 의아해하면 그제야 상대는 그가 누군지 깨닫고 겁에 질린 얼굴로 재빨리 멀어졌다. 상대는 그저 낯익은 얼굴이어서 인사를 했다가 뒤늦게 그의 소문을 떠올리고는 불똥이 튈까 피하는 것이었다. 그러므로 아무도 그에게 말을 걸지 않았다. 아니, 딱 한 사람 예외가 있었다. 모텔의 사내였다. 사내는 하루에도 두세 번씩 찾아와 엉뚱한 얘기를 늘어놓다 갔다.

그는 자신이 왜 읍내를 떠나지 못하는지 알고 있었다. 읍내를 떠난다면 그가 갈 곳은 한 곳뿐이었다. 그녀가 있을 만한 곳은 한 군데밖에 없었다. 하지만 그는 당장 달려가지 못했다. 최소한의 양심이라도 있다면 차마 달려가서는 안 되는 곳이었다. 그는 그녀를 되찾고 싶은 마음만큼이나 처남에게 미안한 마음을 가지고 있었고 두려움도 느꼈다. 피할 수 있으면 피하고 싶었으나 또 그럴 수도 없는 것이, 그에게 남은 것은 이제 그녀뿐이었다. 하나 남은 그녀를 되찾기 위해서는 어쨌거나 돌진해야 했고, 그는 그 순간을 읍내를 배회하는 것으로 지연시키고 있었다.

그러던 어느 날이었다. 카운터 사내가 양심선언을 했다. 밤늦게 술에 취한 사내가 주차장으로 그를 찾아왔다. 사내가 할 말이 있다고 해서 그는 차에서 나가 주차장 화단가에 앉았다. 사내가 따라왔다. 사내는 곧장 본론으로 들어가지 못하고 주위에서 맴돌았다. 자식이 넷이라는 말도 했고, 모텔에서 청소하는 여자가 자신의 부인이라는 말도 했다. 그는 짐작하고 있었다고 말했다. 사내가 고개를 끄덕였다. 잠시 뜸을 들이던 사내가, 둘이 일해서 받는 월급으로 근근이 먹고살아요, 했고 올해는 대학생이 하난데 내년에는 둘이 된다고요, 했고 그런 뒤에는 그의 눈치를 슬쩍 보더니 두 녀석이나 어떻게 대학공부를 시키느냐고 엄살을 떨었다. 그는 점점 인내심의 한계를 느껴서 몸을 비틀었다. 그러자 사내가 뜬금없이 용서해달라고 말했다.

"지난번에 어떤 남자가 와서 당신 여자분 데려갔어요."

그는 사내를 바라보았다. 술에 취한 사내가 비굴하게 웃었다.

"나는 말하려고 했는데 마누라가 말하지 말라고 해서……."

돈을 받았다고 했다. 그랬다가, 돈을 받은 것은 자신이 아니라 마누라라고 얼른 덧붙였다.

"나는 받지 않으려고 했는데 옆에 서 있던 마누라가 얼른 가로채는 바람에……."

돈을 받은 이상 약속을 지킬 수밖에 없었다고 했다. 자식이 넷이나 되는데 먹고살기는 빠듯하고 마누라도 어쩔 수 없었을 거라고 또 비굴하게 웃으며 말했다. 그는 끓어오르는 화를 간신히 삭이며 물었다.

"약속을 지킨다면서 왜 내게 말하는 거요?"

사내는 이번에는 좀 애매하게 웃었다. 머리를 긁적이며 시간을 끌던 사내가 어쩔 수 없다는 듯, 그가 이렇게 오랫동안 눌러앉아 있을 줄 몰랐다고 했고, 그가 눌러앉아 있으니 자신이 불편하다고 했고, 이제 주차장을 비워달라고 했고, 그가 주차장에 머물며 모텔의 화장실을 사용하고 물을 써서 마누라가 바가지를 긁는다고 하소연했다. 그는 다시 한 번 끓어오르는 화를 억눌렀다. 그래도 사내에게 위압감을 주기 위해 목소리를 낮게 깔고서, 그 남자의 얼굴을 기억하느냐고 물었다.

"얼굴은 기억 못하지만 자동차 번호는 외워요."

외운다고는 했지만 바로 말하지는 않았다.

"마누라가 물 값이라도 좀 받아오라고 해서……."

더 참지 못하고 그가 자리에서 벌떡 일어났다. 그러자 사내가 기겁하며 말할게요, 하고 외쳤다. 이미 여러 번 맞아본 그는 다시 맞는 게 두렵지 않았으나 사내는 두려워했고, 이미 여러 번 난동을 피운 그는 여러 번의 난동에 한 번을 더한들 피해볼 것이 없었으나 이곳의 토박이인 사내는 피해볼 것이 많았고 감수해야 할 것이 많았다.

사내가 자동차 번호를 댔다. 화단가에서 일어난 그는 조용히 모텔로 들어가 사내의 부인이 잠들어 있는 방 앞으로 갔다. 그런 뒤 방문을 한 번 걷어차고는 밖으로 나왔다. 사내가 얼떨떨한 얼굴로 그를 바라보았다.

"당신 앞에 문이 있었으면 그 문을 찼을 거요. 물 값은 늦게 말한 죗값을 치렀다고 생각하시오."

사내가 여전히 얼떨떨한 얼굴로 바라보는 가운데 그는 차로 돌아가 시동을 걸었다 그리고 출발했다. 이제 더는 머물 수 없었다. 사내에 대한 분노가 엉뚱하게 처남에 대한 분노로 변질되었고, 분노는 미안함과 두려움을 잊게 해주었다. 분노의 불씨를 고이 간직한 채 그는 밤새 쉬지 않고 달렸다.

IO

   그는 안으로 들어갔고 처남은 몸을 비켜서 길을 터주었다. 놀라거나 화를 내거나 주먹을 날릴지도 모른다고 생각했지만 처남은 침착했다. 마치 기다리고 있었다는 듯한 태도에 오히려 그가 놀랐고 화가 났고 주먹을 날릴 뻔했지만 적반하장이라는 단어를 떠올리고는 간신히 참았다. 잘못한 것은 그이지 처남이 아니었다. 상식적으로 말한다면 화를 내지도 주먹을 날리지도 않는 처남에게 그가 고마워해야 했다.

   그는 좁디좁은 거실에 앉았다. 맞은편에 처남이 앉자 다 알고 왔다고 그가 운을 뗐다. 처남은 대꾸하지 않았다. 그는 집 안을 둘러보았다. 닫힌 문이 하나 있었다. 그 문 너머에 그녀가 있을지도 모른다고 생각했다가 처남의 침착한 태도로 미루어 어디 다른 곳에다 숨겼을지도 모른다고 생각을 바꿨다. 그는 여전히 그녀가 걱정되었다. 바람피운 여자의 남편이란 이제 막 떠나온 읍내의 건달들과 별반 다르지 않다는 게 그의 생각이었다. 아니, 읍내의 건달들보다 더할지도 몰랐다.

그는 닫힌 문을 노다가 그녀는 잘 있느냐고 물었다. 잘 있다고 했다. 그가 다시 건강하냐고 물었다. 건강하다고 했다. 폭력을 쓰지는 않았는가, 물으니 폭력을 쓸 필요도 없었다고 했다. 도대체 어떻게 겁을 줬기어⋯⋯. 그는 말을 맺지 못했다. 그러자 처남이, 폭력이 필요한 결혼생활이 무슨 결혼생활이며 겁을 주고 겁을 먹는 관계가 무슨 부부냐고 목소리를 높였다. 처남이 의도한 것 이상으로 그는 '결혼생활'과 '부부'라는 단어 앞에서 기가 죽었다.

"다 내 잘못이야. 그녀에게는 아무런 잘못도 없어."

그가 말했다. 처남은 알고 있다고 했다. 예상 밖의 대답에 그는 얼마간 당황했고 곧 후회했다. 그녀를 되찾기 위해서라도 그렇게 말해서는 안 되는 것이었다.

"그만 돌아가세요. 한때 매형이었던 사람을 치고 싶지는 않아요. 지금 이렇게 마주 보고 있는 것 자체가 나한테는 고문입니다."

그는 말없이 고기를 끄덕였다. 이해가 갔다. 더불어 처남이 말하지 않은 것까지도 이해했다. 그는 미안하다고 말했다. 진작부터 사과하고 싶었다고 했다. 자신을 용서하지 말라고 했고, 얼굴을 대하는 것 자체가 고문이라는 것도 수긍이 간다고 했다. 그는 계속 말했다. 나를 대하는 게 고문이라면 그녀를 대하는 것 역시 고문이 아니겠는가, 눈앞에서 고문거리를 치워주려고 왔다. 그러자 처남이 뜨악한 표정을 지었다. 그는 내처 말했다. 바람피운 여자를 어떻게 데리고 사느냐, 나 같으면 절대 못한다, 한 번 바람피운 여자는 또 피우게 돼 있다, 바람피우는 여자 잡으러 다니느라 세월 다 보낼 거냐. 처남이 더 뜨악한 표정을 지었다. 그는 틈을 두지 않고 말했다. 여자는 얼마든지 있고 대개의 여자들은 바람을 피우지 않는다, 오히려 바람피우는 남자를 잡으러 다니느라 평생이 숨 가쁘다, 처남이 뭐가 모자라서 이러고 사느냐, 여자를 찾는 게 힘들면 내가 도와주겠다.

그 순간 처남이 둘 사이에 놓여 있던 밥상을 내리쳤다. 그는 깜짝 놀랐고 다음에는 뜨끔했고 그다음에는 기가 죽었다. 처남은 언제든 밥상을 내리칠 수 있었지만 그는 내리칠 수 없었고, 처남은 언제든 화를 낼 수 있었지만 그는 화를 낼 수 없었다. 잠시 씩씩거리던 처남이 단호하게 말했다.

"찾아야 할 것을 찾아왔을 뿐이니 신경 쓰지 말고 돌아가세요. 그리고 처남이라고 부르지 마세요. 역겨워요."

그는 다시 처남이 부러웠고 부러운 만큼 기가 죽었다. 처남은 자신이 원할 때 언제든 단호하게 말할 수 있었지만 그는 단호하게 말할 수 없었다. 단호하게 말할 수 없었으므로 그는 토라지는 것을 택했다.

"찾아야 할 것을 찾아왔을 뿐이라면서 왜 모텔 사람들에게는
비밀로 하라고 했어?"

토라지는 것으로 만족할 수 없었으므로 다음에는 원망조를 택
했다.

"비밀로 하는 바람에 내가 얼마나 고생을 했다고."

맞아서 죽을 뻔했다고 원망했고, 굶어서 죽을 뻔했다고 엄살을
피웠고, 더워서 죽을 뻔했다고 너스레를 떨었다. 그때에야 처남
의 표정이 조금 풀렸다. 처남은 시간이 필요했다고 말했다. 마음
을 가라앉힐 시간이 필요했고, 생각을 할 시간이 필요했고, 대화
를 나눌 시간이 필요했다고 말했다. 처남의 눈치를 살피던 그는
떨리는 목소리로, 그러나 목소리의 떨림을 감추기 위해 애쓰며,
그래서 결과는? 하고 물었다. 처남은 호락호락하지 않았다. 매형
이 궁금해할 것은 우리 일의 결과가 아니라 매형의 미래라고 말
함으로써 그를 참담한 기분에 빠지게 만들었다.

침묵이 흘렀다. 그가 가진 패는 바닥이 났다. 그의 패는 처음부
터 부실했고 이제 그것마저도 동이 났다. 그는 좀 과장되게 괴로
운 표정을 지었다. 그것은 동정심을 얻기 위해서였는데, 예상대
로 처남은 꿈쩍도 하지 않았다. 그는 다시 닫힌 문을 바라보았다.
시선을 조금 위로 들어 올리자 천장 아래에 거미줄이 쳐져 있는
게 보였다. 그는 마지막으로 혹 있을지도 모르는 처남의 동정심

에 한 번 더 매달려 보기로 했다.

그의 눈빛부터 애절해졌다. 두 손바닥을 마주 비비다 얼굴을 쓸고 그런 후에는 길게 한숨을 내쉬었다. 마음이 물기를 머금자 목소리도 알아서 갈라졌다. 충분히 분위기를 잡은 그는, 갈 때 가더라도 그녀는 보고 가겠다고 사정했다. 다시는 못 만날 텐데 인사는 하게 해달라고 부탁했다. 그러고는 다시 한숨을 내쉬었다. 없을 것 같던 동정심이 처남에게도 있었다. 한참을 망설이던 처남이 팔을 뻗어 문을 똑똑 두드리더니 나오라고 했다. 그러자 거짓말처럼 문이 열리고 그녀가 나왔다. 그녀는 어디 멍들거나 맞은 상처 하나 없이 너무나 멀쩡했고, 그는 멀쩡한 그녀의 모습에 그리고 침착한 모습에 충격을 받았다. 멀쩡한 사람을 두고 그동안 그렇게 걱정을 했나 싶어서 억울한 마음까지 들었다.

그녀가 직사각형 밥상의 좁은 면에 앉자 삼각형 구도가 되었다. 어디선가 본 듯한 구도라고 그는 생각했지만 그것이 어디에선지는 기억해내지 못했다. 다만 세 사람이 있을 때는 어떻게 앉든 삼각형 구도가 된다는 것을 뒤늦게 깨달았을 뿐이었다.

그는 그녀를 보고 그녀는 밥상을 내려다보고 처남은 그와 그녀를 번갈아 보았다. 뜻밖에도 그는 그녀를 보자마자 화부터 났다. 그리워했으므로 만나면 마냥 반가울 것 같았지만 이상하게도 원망이 앞섰다. 그가 왔을 때 즉각 나오지 않고 처남이 나오라고 했을 때에야 얼굴을 내민 것도 섭섭했다. 그는 섭섭한 마음을 잔뜩 담아 그녀에게 말했다.

"언제부터 그렇게 사람 말을 잘 들었니?"

섭섭해한다는 걸 알아주었으면 해서 한 말이었으나 그녀는 어리둥절한 표정만 지을 뿐이었다. 평소 같으면 몇 마디 더 따졌겠지만 처남이 있어 그는 참았다. 대신 처남의 눈치를 보며 잘 지냈니? 하고 물었다. 이번에도 그는 잘 못 지냈다는 대답을 기대하고 물은 말이었으나 그녀는 나지막한 목소리로 네, 하고 대답했다. 처남이 함께 있어서는 만나도 만나는 게 아니고 대화도 대화가 아니라는 걸 깨달았다. 이런 만남은 갖지 않는 게 낫고 이런 대화는 나누지 않는 게 나았다.

그는 처남을 보며 잠깐만 자리를 비워달라고 했다. 그러자 눈을 동그랗게 뜨며 처남이 그녀를 보고 그녀는 그를 보았다. 처남의 표정에서 가능성을 읽은 그는 재차 부탁했다. 잠깐만 방에 들어가 있으면 된다, 이제 와서 우리가 뭘 어떡하겠느냐, 몇 가지 물어보고 싶은 게 있다, 그녀도 내게 할 말이 있을 것이다, 했다. 처남이 그녀를 보자 그녀도 처남을 마주 보았다. 그 순간 예상하지 못한 일이 벌어졌다. 그녀가 고개를 저었고, 이거 봤지, 하는 얼굴로 처남이 그를 보았다. 충격을 받은 그는, 도대체 왜! 소리칠 뻔했으나 이번에도 역시 적반하장이라는 단어를 떠올리고는 참았다.

침묵이 흘렀다. 묻고 싶은 게 있다고 했고, 실제로도 묻고 싶은 게 있었고, 깨끗하게 포기하기 위해서라도 반드시 물어봐야 했지만 그는 입을 열지 못했다. 그때 처남이 부스럭거리며 주머니를 뒤지더니 휴대폰을 꺼냈다. 그는 또 한 번 심장이 덜컥 내려앉았다. 경찰보다 무서운 것이 아내와 아이들이었다. 그가 마음을 졸이고 있는데 처남이 사장을 바꿔달라고 하더니, 사정이 있어 오후에 출근하겠다, 미안하다, 하고 말했다. 그가 바라보자 처남은 회사를 옮겼다고 했고, 친구 회사이긴 해도 마음이 편하다고 묻지 않은 것까지 말했다. 그는 고개를 끄덕이며 그녀를 슬쩍 보았다. 그리고 들으라는 듯 말했다.

"나도 조만간 복직할 거야. 오래 놀았더니 몸도 근질거리고. 한국에 남을까, 아니면 라오스로 갈까?"

물론 대답하는 사람은 없었다. 대답을 기대하고 물은 것도 아니었다. 들려주기 위해 질문의 형식을 취했고 그 대상은 그녀였다. 그는 또 슬쩍 그녀를 보았지만 표정의 변화를 읽을 수는 없었다. 승부수를 던져야 했다. 시간을 끌수록 그가 불리했다. 처남이 언제 타임아웃을 선언할지 몰랐다. 그는 마음을 다잡고 처남에게 제안했다.

"이곳에 남을지 아니면 떠날지는 아메이가 선택하도록 하지. 선택권을 아메이에게 주자고, 처남."

그럴 가능성은 적었지만 처남이 승낙만 한다면, 그는 자신 있었다. 그는 그녀에게 할 만큼 했다고 생각했다. 라오스에서 그는 그녀에게 머물 곳과 먹을 것을 주었고 배움의 기회를 주었다. 다양한 경험의 기회도 주었다. 한국에 들어와서도 그녀를 돕기 위해 최선을 다했다. 쿠득이 잠깐 도망자의 신세가 되기는 했지만 그때도 그는 그녀의 의견을 최대한 존중했고, 게다가 도피의 시간이 마냥 고통스럽기만 했던 것도 아니었다. 즐거운 순간도 많았다. 때로는 다투기도 했지만 더 자주 웃었고, 함께 있으면서 많은 얘기를 나누었다. 도피의 시간 덕분에 그녀는 또래의 여자들보다 훨씬 더 많은, 분명 인생에 도움이 될 경험을 쌓을 수 있었다. 자유롭게 택할 수 있다면 그녀는 분명 자신을 선택할 거라고 믿었다.

말도 안 된다고 소리칠 줄 알았던 처남은 그러나 화를 내지 않았고 그렇다고 바로 대답하지도 않았다. 그는 처남이 변했다고 생각했다. 감정을 다스릴 줄 알았고 보다 신중해져 있었다. 그 점이 불안하긴 했지만 크게 신경 쓰지는 않았다. 그는 처남을 보고 처남은 밥상을 내려다보고 그녀는 그와 처남을 번갈아 살폈다. 긴장된 침묵이 흐른 뒤 마침내 처남이 고개를 들었다.

"좋습니다."

처남은 결연한 표정으로 그를 보았다. 그는 웃으며 그녀를 보았다. 그녀는 난감한 얼굴로 밥상을 내려다보았다. 기분이 좋아진 그는 처남을 향해 남자답다고 칭찬했다. 처남은 대꾸하지 않았다. 그 정도 칭찬으로는 성에 차지 않는 것 같아 그는 다시, 결단력이 있다고 했고 포용력도 크다고 말했다. 가진 자의 여유로 큰맘 먹고 칭찬했지만 이번에도 처남은 대꾸하지 않았다. 그와 처남은 그녀를 바라보았다. 이제 그녀의 말 한마디에 모든 것이 달려 있었다. 자신이 제안했음에도 막상 결정의 시간이 되자 그는 입술이 타들어가는 것을 느꼈다.

"남겠어요."

그는 자신이 잘못 들었다고 생각했다. 그래서 뭐라고? 하고 물었다.

"남겠다잖아요."

그녀 대신 처남이 대답했다. 그는 놀란 얼굴로 먼저 처남을 보고 다음에는 그녀를 보았다. 그는 간신히 마음을 가라앉히고는, 혹시 협박이라도 당했니? 물었다. 처남이 매형! 했고 그녀는 고개를 저었다.

"그럼 복수라도 하겠다고 하든?"

그러자 처남이 다시 매형! 했고 그녀는 고개를 저었다.

"협박이든 복수든 우리가 라오스로 가버리면 되잖아. 못 찾아. 절대로 못 찾아."

그러자 처남이 매형 정말! 소리쳤고 그녀는 고개를 저었다.

"왜? 라오스 싫어? 그럼 다른 나라로 가자. 다른 나라에서도 얼마든지 행복하게 살 수 있어. 내가 일하면 되잖아. 다른 나라도 싫어? 그럼 한국에 있지 뭐. 이미 너한테 선택권을 준다고 했으

니 우리가 한국에서 산다 해도 네 오빠가 어쩌지 못해. 나 곧 복
직할 거야. 네 오빠보다 월급도 많아. 다달이 어머니 생활비도 보
내드리자. 동생 학비? 걱정 마. 대학까지도 보내줄게."

그러자 처남이 그만 해요! 목소리를 높였고 그녀는 또 고개를
저었다. 마침내 인내의 끈을 놓아버린 그가 부르짖었다.

"오빠 싫다고 했잖아!"

"싫다고는 안 했어요. 무섭다고 했지."

고개를 들지 않은 채 그녀가 조그맣게 대답했다.

"그 말이 그 말이잖아."

"이제는 안 무서워요. 그사이 강해졌나봐요."

"그게 누구 덕분인데!"

그는 두 손으로 밥상을 짚었다. 벌떡 몸이라도 일으킬 기세였
지만 마지막 순간에 포기했다.

"라오스에서 매형한테 도움받았다는 얘기 들었어요. 그래서 용
서하는 겁니다. 이제 돌아가세요."

그는 돌아갈 수 없었다. 혼자서는 돌아갈 곳이 없었다. 그는 길
게 한숨을 내쉬며 너무 늦게 오는 게 아니었다고 후회했다. 소읍
에서 한 달을 허비했다. 그녀를 찾기 위해 엉뚱한 곳을 헤매고 다
닐 동안 그녀는 그에게 향해 있던 문을 닫고 처남에게로 돌아앉
았다. 살기 위해서라도 그녀로서는 어쩔 수 없었을 것이다. 그가
너무 늦게 도착한 것이다. 시간이 필요했다는 처남의 말을 온전

히 이해하는 순간이었다.

그는 울고 싶었지만 울지 않았고, 머리로 밥상이라도 찍고 싶었지만 그러지 않았다. 그는 여전히 희망으로 보이는 미련을 버리지 못했다. 그는 간절한 눈빛과 간절한 목소리로 달래듯 말했다.

"그래도 함께 있는 동안 행복하지 않았니."

그녀는 대답하지 않았다. 내가 싫으냐? 그가 물었을 때는 고개를 저었다. 그럼 내가 좋으냐? 물었을 때는 대답을 못했다. 그럼 오빠가 좋으냐? 물었을 때도 대답을 못했다. 그럼 나는 너한테 뭐냐! 소리쳤을 때 그녀의 대답은 이러했다.

"엄마한테 소장님 얘기를 못 했어요."

처음엔 무슨 말인가 했지만 곧 그 속뜻을 알아듣고 그는 할 말을 잃었다. 그는 떳떳하지 못한 존재였다. 다른 사람에게 드러내놓지 못하는 존재였다. 한 번도 그런 생각을 해본 적이 없는 그는 충격을 받았다. 그는 언제나 자신의 입장에서만 그녀를 생각했지 그녀의 입장에서 자신을 생각해본 적이 없었던 것이다. 망연자실 앉아 있는 그를 처남이 잡아 일으켰다. 그는 잠깐 일어나지 않으려고 버텨보았지만 소용없었다. 알코올에 절은 몸이라 해도 처남은 그보다 일곱 살이나 젊었고 힘도 더 셌다. 그는 다시 한 번 절망감을 느꼈다.

현관문 앞에서 그는 뒤를 돌아보았다. 그녀는 앉았던 자리에서 일어나 있었다. 눈이 마주친 순간 그녀가 미안하다고 말했다. 눈물 두 방울이 그녀의 볼을 타고 흘러내렸다. 그가 뭐라고 대꾸하기도 전에 현관문이 열렸고 그는 밖으로 밀쳐졌다. 그리고 철커덕, 소리를 내며 문이 잠겼다.

*

"누나가 이해해줘."

소파에 앉은 오빠가 침대에 누운 언니에게 말했다. 오빠가 아메이 얘기를 꺼내는 순간 언니는 방으로 들어가버렸다. 오빠가 한 달 동안이나 언니를 속이면서까지 아메이를 데리고 있었던 데 대한 배신감 때문이었다. 언니는 아마도, '나야, 그 여자야?' 묻고 싶었을 터이고, '내가 그 여자보다 못하니?' 따지고 싶었을 터이지만 너무 유치해서 차마 입 밖으로 꺼내지는 못하고 대신 방으로 들어가는 것을 택했다. 그런 마음을 나는 언니의 흔들리는 눈동자에서 읽었지만 고개를 숙이고 있던 오빠는 다행히 보지 못했다.

"나조차도 내 마음이 어떤지 모르는데 누나한테 어떻게 얘기해."

"그래서? 이제는 알겠어서 말하는 거니?"

"아마도."

오빠가 조심스럽게 말했다. 나는 숨을 죽였다. 하지만 이어진 것은 기나긴 침묵이었다. 언니와 나는 들어야 했고 오빠는 말해

야 했지만, 듣는 사람도 말하는 사람도 두렵고 긴장하기는 마찬
가지여서 우리는 묻지 못했고 오빠는 말하지 못했다. 그러나 오
빠가 말하지 않는다고 해서 우리가 듣지 못하는 것은 아니었다.
기나긴 침묵이 바로 오빠의 말이었다. 둔하지 않은 우리는 침묵
을 통해 들었고 어느 순간 언니가 버럭 소리쳤다.

　"그런 여자 찾아와서 같이 살라고 경비 대준 줄 아니!"

　"미안해, 누나."

　오빠는 손바닥으로 얼굴을 쓸어내렸다. 나는 안방의 언니를 보
았다. 그나마 내 자리에서는 언니의 발바닥이라도 보였지만 오빠
는 허공을 상대로 힘겨운 싸움을 하고 있었다. 아니, 가족사진 속
의 언제나 웃고 있는 언니와. 하긴 힘겨운 싸움을 하고 있는 것은
언니도 마찬가지였다. 오빠보다 오히려 언니의 마음이 더 복잡하
지 않을까. 오빠는 분노라는 한 가지 감정에만 충실하면 됐지만
언니는 분노와 자책과 책임감 사이를 왔다 갔다 했다. 오빠가 비
교적 쉽게 아메이를 용서한 데 반해 언니는 형부를 용서하지 못
하는 것에도 그런 이유가 있었다.

　"내가 걔를 어떻게 보니!"

　"아직 어리잖아. 누나가 좀 너그럽게 봐줘."

　"어리면 유부남이랑 바람나서 놀아나도 되는 거야? 미안하다.
너한테는 내가 할 말이 없다만 걔는 용서 못한다. 내 앞에 와서
무릎 꿇고 빌어도 시원찮을 판에 코빼기도 안 비치는 그런 앨 너

그렇게 봐주라고? 라오스에서부터 그렇고 그런 사이였다고 안 하디? 안 봐도 뻔하다. 어디 밖에서 데리고 놀던 여자를 집까지 끌고 와! 이놈이고 저년이고 다들 꼴도 보기 싫다. 너도 제발 정신 차려."

"라오스에서는 아니래. 그냥 조금 아는 사이였대. 그리고 저번부터 말하고 싶었는데 누나가 미안해할 거 없어. 내가 선택한 결혼이야."

"그 말을 믿니? 그랬으면 그럼 그랬다고 하겠어? 아예 대놓고 도망간 것들이야. 무서운 것도 없고 눈에 뵈는 것도 없는 거야. 그만 포기해. 또 그런 일 없다고 어떻게 장담하니? 난 걔 처음부터 맘에 안 들었어. 얼굴 조금 반반한 걸 무슨 자격증처럼 목에 걸고 다니는 애를 왜 데리고 살아."

나는 언니와 오빠의 대화를 듣는 동안 점점 슬퍼졌다. 이런 내용의 대화가 아니었으면 얼마나 좋았을까. 한수 성적이 떨어져서 걱정이라거나 지수가 연애를 시작했는데 어떤 녀석인지 알아봐야겠다거나 하는 이야기라면. 되도록이면 미워하지 않으려고 노력했으나 그때만큼은 어쩔 수 없이 형부가 원망스러워졌다. 형부가 빠진 언니의 가족사진을 올려다보았다. 웃고 있는 언니의 모습이. 웃고 있어서 더 서글퍼 보였다. 웃지 말지……, 반쪽짜리 사진 찍으러 갔으면서 웃기는…….

"그런 거 아냐, 누나. 자존심 때문에 일부러 그러는 거야. 기죽기 싫으니까."

"일부러든 아니든 걔가 뭔데 네가 손해보고 살아? 혼인신고도 안 했다며? 술 끊고 제대로 된 직장만 잡으면 오겠다는 여자 줄 섰어."

마침내 해결책을 찾았다는 듯 언니가 침대에서 일어나 앉았다. 그러나 오빠가 말을 시작하자마자 다시 누워버렸다.

"나 술 못 끊어. 끊고 싶은 마음도 없고. 술이 내 유일한 낙이야. 제대로 된 직장을 잡으라고? 나 서른아홉이야, 누나. 내년이면 마흔이라고. 젊고 팔팔한 애들 놔두고 날 왜 받아주겠어. 나도 그러고 싶은 마음도 없고. 예전의 그 욕망들이 다 사라졌나봐. 잘나가던 누나 동생은 진작 죽었어. 이젠 가진 것도 없고 능력도 없고…… 이런 나한테 누가……. 같이 있을 땐 몰랐는데 혼자 있어보니 알겠더라. 참 지겹게 싸우고 지겹게 미워했는데 그래도 혼자 있는 것보다는, 싸울 사람조차 없는 것보다는 나았던 게 아닐까……. 누나, 나는……."

소파에 기대앉은 오빠는 가족사진 속의 언니를 올려다보며 중얼중얼 그 후로도 오랫동안 말을 풀어놓았다. 침대 위의 언니는 벌떡 일어났다 다시 눕고, 누웠다가 일어나기를 반복했다. 하지만 오빠의 말을 끊지는 않았다.

며칠 뒤 나는 오빠네로 갔다. 오빠가 결혼하고 처음으로 맞는 아버지 제사였다. 언니는 오지 않았다. 오빠가 언니네로 찾아갔던 그날, 오빠의 설득에 한풀 꺾이기는 했지만 언니는 여전히 아메이를 반대했고 얼굴을 마주치고 싶어하지 않았다. 그럼 평생안 보고 살 거야? 오빠가 물었을 때는 대답을 못했다. 언니로서는 오빠가 누구랑 살든 참견하지 않겠다는 선까지 물러선 것만해도 큰 아량을 베푼 것이었다. 그것을 알기에, 그래도 아버지 제산데 누나가 와야지, 했던 오빠도 더 이상 언니에게 참석을 강요하지 않았다. 시간이 필요한 일이었다.

아메이와 나는 목례를 하는 것으로 인사를 대신했다. 오빠도아메이도 나와 눈을 잘 맞추지 않았으나 걱정했던 것보다는 집안 분위기가 괜찮아 보였다. 어쩌면 내가 지나치게 걱정했던 반작용으로 그렇게 보였을 수도 있고, 또 어쩌면 제사 준비로 바빠서 그럴 수도 있었다. 두 사람은 많은 말을 하지는 않았으나 필요한 말은 했고, 가해자 피해자 역할을 맡은 배우처럼 행동하지도 않았다.

부엌에 둘만 남았을 때 나는 음식 만드느라 고생했다고 아메이에게 말했다. 그것은 반은 진심이고 반은 진심이 아니었다. 아무말 없이 좁은 부엌이 나란히 서서 제기를 닦기란 여간 고역이 아니었다. 어색함을 들아내는 데는 말이 가장 효과적이었다. 그러므로 나는 다만 말이 필요했고 제삿날에 어울리는 말이란 바로음식 얘기였다. 아데이는 얼굴을 붉히며 고생한 건 하나도 없고 음식은 시장에서 다 사왔다고 말했다.

"장도 오빠가 다 봤어요. 나는 뒤에서 따라다니기만 했어요."

그럴 수도 있겠다는 생각이 들었다. 나는 이해한다고 말했다. 사실은 나도 제사음식을 못 만든다고 고백했다. 제사 때마다 이런저런 심부름만 했을 뿐 한 번도 음식을 만들어본 적이 없다고 했다. 말해놓고 나는 후회했다. 참석하지 못한 언니를 생각해서라도 그러면 안 되는데 너무 너그럽게 대했다는 자책이 밀려왔다. 매년 자신이 지내다 올해 처음으로 오빠에게 넘긴, 아니 오빠가 가져간 제사에 참석조차 못한 언니 마음이 어떨 것인가. 그때 아메이가 고마워요, 하고 말했다. 조금 있다가는 또 미안해요, 하고 말해서 내가 더 이상 자책하지 않아도 되도록 해주었다. 나는 아메이의 입술에 엉겨 있는 커다란 딱지를 바라보았다.

아홉 시쯤 제상을 차리기 시작했다. 오빠가 제기에다 음식을 담아놓으면 아메이와 내가 방으로 날랐다. 우리가 대충 상에다 갖다놓은 제수는 오빠가 다시 위치를 잡았다. 작년까지는 언니가 하던 일이었는데, 늦게 와서 절만 하고 가던 오빠가 제수의 위치를 기억하고 있다는 게 놀랍기만 했다. 상 차리기를 마친 오빠는 카메라를 갖고 오더니 상을 가운데 두고 앞에서 찍고 위에서 찍었다. 제상을 다 찍고 나서 오빠가 아메이에게 말했다.

"사진 찾아서 벽에 붙여놓을 테니까 틈나는 대로 외워봐."

열 시쯤 우리는 제상을 앞에 두고 작은 상에 둘러앉아 밥을 먹었다. 아니, 아메이와 나는 밥을 먹고 오빠는 술을 마셨다. 한동안 오물오물 밥과 나물 씹는 소리만 들렸다. 너도 한잔 할래? 오빠가 물었지만 나는 운전을 해야 한다며 사양했다.

"하는 일은 잘되고?"

술잔을 비우며 오빠가 물었다.

"뭐 그럭저럭. 늘 그렇지 뭐. 술만 마시지 말고 생선이랑 나물도 좀 먹어."

그러자 아메이가 내 눈치를 슬쩍 보더니 생선 한 점을 뜯어 오빠의 숟가락에 놓아주었다. 아메이 들으라고 한 말은 아니었지만 나는 가만히 있었다. 그러자 아메이가 또 나물을 조금 집더니 오빠의 숟가락에 올려놓았다. 오빠는 술 한 잔을 비우고 나서 생선과 나물을 한꺼번에 먹었다.

"만나는 사람은 없냐?"

"아직은. 왜, 선보라고?"

"오빠가 못나서 소개해줄 사람도 없다."

"못나긴, 오빠가 뭘."

그때 아메이가 물을 가져온다며 부엌으로 갔고, 때를 맞춰 오빠가 말했다.

"새언니, 너무 미워하지는 마라."

"내가 뭘……."

나는 말을 맺지 못하고 우물거렸다. 그러자 오빠가 뒤이어 말했다.

"그렇게 나쁜 사람은 아니다."

나는 아무런 대꾸도 하지 못했다. 그때 아메이가 방으로 돌아왔다. 오빠가 술잔을 비우더니 아메이에게 물었다.

"너도 한잔할래?"

아메이가 내 눈치를 보며 선뜻 대답을 못하자 다시 오빠가 말했다.

"괜찮아, 마셔도. 이거 마시고 지난 일은 다 잊는 거야."

*

누군가가 끈질기게 차창을 두드려서 그는 마지못해 눈을 떴다. 지난밤에는 술에 의지해 겨우 잠이 들었고 그것은 지지난 밤도, 그 전날 밤도 마찬가지였다. 그가 창을 내리자 낯선 얼굴 두엇이 차 안으로 불쑥 들어왔다. 그가 누구냐고 물어도 낯선 얼굴들은 대답 없이 차 안을 둘러보았고 쿵쿵거리며 냄새도 맡았다. 그는 지저분한 차 안이 좀 부끄러워져서 술병과 과자 봉지들을 이불 밑으로 숨겼다. 그의 행동을 유심히 살피던 낯선 얼굴들 중 하나가 물었다.

"혹시 자살하려는 건 아니죠?"

너무 뜬금없는 질문이어서 그는 대답을 못했다. 그러자 다른 낯선 얼굴이 민원신고가 들어왔다고 말했다. 그가 거주자 우선 주차구역을 무시하고 불법주차를 했다고 했고, 당장 차를 빼지 않으면 견인하겠다고 위협했다. 그제야 그는 낯선 얼굴들의 복장을 알아보았다.

그는 이불을 뭉쳐서 차 한쪽으로 밀쳐놓고 운전석으로 옮겨 앉았다. 그가 막 시동을 걸려는데 낯선 얼굴이, 요즘엔 차 안에서 자살하는 경우가 많아서요, 했다. 그러자 다른 낯선 얼굴이, 못 보던 승합차가 주차돼 있으면 주민들이 불안해합니다, 덧붙였다. 그는 대꾸하지 않고 시동을 걸었다. 막 출발하려는데 다시 낯선 얼굴들이, 뭐 하시는 분이냐, 어디로 갈 거냐, 물었다. 그는 대꾸하지 않고 차를 출발시켰다. 도대체 도시에서는 주차를 할 수 있는 공간이 없었다. 골목마저도 모두 주인이 있었다.

어느새 계절은 가을의 중턱에 들어서 있었다. 그녀를 마지막으로 본 지 한 달이 흘렀다. 그동안 그는 아무것도 하지 않고 이곳저곳으로 차를 끌고 돌아다니기만 했다. 아무런 의욕이 생기지 않았다. 아니, 그가 한 일이 두 가지 있기는 했다. 그중 하나가 자신도 모르는 사이 회사에서 잘렸다는 사실을 알았을 때 강력하게 항의한 일이었다.

"20년 동안 죽어라 일한 사람을 이렇게 개처럼 쫓아내? 못 나가! 죽어도 못 나가!"

그는 나갈 수 없었다. 직장은, 그녀를 찾아올 수 있는 마지막

희망이었다. 그녀를 되찾기 위해 아직 휴직 기간이 남았음에도 복직 신청을 한 것이었다. 새 양복을 입고 말끔한 직장인이 되어 나타난다면 그녀도 마음을 바꿀지 모른다고 생각했다. 첫 만남 때처럼 여유 있는 후원자의 모습으로 돌아가는 거야. 마흔여섯의 너절한 중년 남자가 아니라. 도망 다니는 동안 너무 허접한, 그리고 무기력한 모습만 보여준 걸 그는 후회했다.

하지만 일은 그의 생각대로 진행되지 않았다. 그에게는 잠시 동안의 '휴직'인 것이 상사들에게는 일만 잔뜩 벌여놓은 채 '잠적'한 것이었고, 부하 직원들에게는 자유를 향한 용감한, 혹은 무모한 '탈출'이었다. 인사부에서는 휴직 신청서가 접수된 적이 없다는 말만 반복했다. 그의 휴직을 위해 힘써보겠다던 상사는 자리에 없거나 혹은 늘 회의 중이었다. 며칠째 허탕을 친 그는 급기야 회의실로 쳐들어가기에 이르렀다. 하지만 핏발 선 그의 눈에 들어온 것은 티타임 중인 어느 부서의 말단 직원들뿐이었다. 직원들은 회의실 문을 박차고 들어선 그를 의아한 눈으로 쳐다보았다. 그는 곧장 상사의 방으로 달려갔다. 그리고…… 20년 동안 죽어라 일한 사람을 개처럼 쫓아낸다고 항의했던 그는 부하 직원들에 의해 정말 개처럼 끌려나왔다.

그가 한 또 하나의 일은 아내와의 이혼을 마무리 지은 것이었다. 커피숍에서 마주 앉았을 때 아내는 좀 격앙돼 있었다. 그를 비난할 수 있는, 혹은 하소연할 수 있는 마지막 기회였다.

"그동안 혼자 아이들 키우면서 얼마나 고생한 줄 아니? 당신은 당신만 생각하면 됐지만 나는 이런저런 잡다한 일에, 집안 살림에, 아이들 뒷바라지에, 시어머니 건사까지! 내가 미쳤지. 이런 결과를 보려고 그 많은 일을 다 해냈을까."

그는 반박하지 않았다. 반박할 기력도 의지도 없었다. 다 끝난 것이다. 그들 사이에 흐르는 기류가 심상찮아 보였던지 종업원이 커피 두 잔을 내려놓고 서둘러 돌아갔다.

"더러워! 만지지 마."

아내가 소리쳤다. 설탕 그릇의 뚜껑을 열려던 그는 영문을 몰라 어리둥절한 얼굴로 아내를 바라보았다. 주위를 둘러보았고, 종업원에게 한 말이 아니라는 걸 알면서도 종업원을 쳐다보았다. 그러는 사이 아내가 먼저 설탕 그릇의 뚜껑을 열더니 자기 커피잔에다 설탕을 떠 넣었다. 그는 고개를 푹 숙였다.

"간통죄로 확 집어넣으려다가 정효 때문에 참는 거야. 그러니까 아이들만큼은 절대로 내줄 수 없어. 아이들은 내 거야. 내가 키운 내 아이들이야. 소송을 걸어도 내가 이길걸? 당신이 그동안 무슨 짓을 했든, 그리고 앞으로 무슨 짓을 하든 상관 안 해. 대신 우리 앞에 나타나지 마."

그는 고개를 끄덕였다. 그 문제라면 오히려 그가 제발 아이들을 맡아달라고 부탁해야 할 판이었다. 아내는 굳이 하지 않아도 될 말을 했다. 그런 아내의 노력을 높이 사서 그는 퇴직금 중 아주 일부분만 남기고 아내에게 주었다. 처음이자 마지막으로 주는 아이들의 양육비라고 했다. 1년 몇 개월 뒤면 아내는 대학생 둘을 감당해야 할 것이다. 아내는 한 번도 직장을 가져본 적이 없었다. 몇 년 뒤에는 어쩌면 집을 팔아야 할지도 몰랐다. 내년에는 대학생이 둘이 된다며 비굴하게 웃던 모텔의 사내를 떠올리고 그는 처음으로 아내에게 온전한 죄책감을 느꼈다.

이혼이 마무리된 그날, 그는 아내를 먼저 보내고 안산으로 달려갔다. 아메이에게 이혼 사실을 알리기 위해서였다. 그가 떳떳한 신분으로 회복된 걸 안다면 그녀도 마음을 바꿀지 모른다고 생각했다. 게다가 처남이 없는 자리에서라면 그녀도 솔직해질 거라고 기대했다. 하지만 그는 그녀를 볼 수 없었다. 현관문에 커다란 자물쇠가 달려 있었다. 자물쇠를 부수기 전에는 안에서 나올 수도, 밖에서 들어갈 수도 없었다. 말하자면 그녀는, 감금되어 있었다.

처남의 행동에 격분한 그는 현관문을 두드리며 그녀를 불렀다. 오래지 않아 그녀가 왔다는 신호로 안쪽에서 현관문을 똑똑 두드렸다. 그가 괜찮냐고 묻자 그녀가 괜찮다고 대답했다. 그가 정말 괜찮냐고 묻자 그녀가 정말 괜찮다고 대답했다. 사람이 사람한테 어떻게 이런 짓을 할 수 있냐고 그가 분개하자 그녀는 침묵했다. 그는 걱정하지 말라고 했고, 좀 더 일찍 오지 못해서 미안하다고 했고, 열쇠 수리공을 불러 자물쇠를 열겠다고 했다. 그러자 그녀가 말렸다.

"오빠가 자물쇠를 달자고 해서 내가 그러라고 했어요."

그는, 도대체 왜! 소리 질러 놓고는 씩씩거리며 숨을 몰아쉬었다.

"오빠가 출근하고 나면 소장님이 올 거라고 했어요."

"그러니까 도대체 왜!"

그는 다시 소리 지르며 자물쇠를 걷어챘다. 여자 주먹만 한 자물쇠가 둔탁한 소리를 내며 흔들렸다.

"오빠가 우리 마음을 보여주자고 했어요. 그 정도는 들어줘야 한다고 생각했어요, 당분간은."

"우리 마음이 아니라 오빠 혼자 마음이겠지!"

그녀는 대답하지 않았다. 그 틈에 그는, 사람은 누구나 자유의지라는 걸 가지고 있고, 자기가 살고 싶은 대로 살 권리가 있다고 말했다. 그는 또, 자신은 자유의지를 발휘해 오늘 이혼을 했다고 했고, 이제 떳떳한 신분이 되었다고 했고, 그러니 너만 마음을 바꿔 먹으면 된다, 했다. 하지만 회사에서 잘렸다는 것은 말하지 않았고, 거의 빈털터리나 마찬가지라는 것도 말하지 않았다.

그가 자신에게 유리한 것만 말하고 불리한 것은 입도 벙긋하지 않았음에도 그녀에게서 대답을 끌어내지는 못했다. 하지만 그는 그녀의 침묵을 긍정의 뜻으로 받아들였다. 그는 힘을 냈다. 머지 않았다고 생각했다. 현관문 밖에 선 그가 현관문 안에 선 그녀에게 장밋빛 미래를 그려 보였다. 그녀가 원하는 것은 뭐든지 다 들어주겠다고 큰소리쳤다. 그녀의 어머니와 동생도 자신이 책임지겠다고 이미 한 말을 다시 한 번 확인시켰다. 한참을 혼자 떠든 뒤 그가 듣고 있니? 하자 그녀가 네, 했다.

"수리공 부를까?"

그가 물었다. 그녀는 대답하지 않았다. 그는 더 재촉하지 않고 초조한 마음으로 기다렸다. 결정에 시간이 걸리는 것은 당연했다. 보쌈을 먹을까 족발을 먹을까 하는 문제가 아니었다. 자장면을 먹을까 짬뽕을 먹을까 하는 고민 끝에 짬짜면을 고를 수 있는 문제도 아니었다. 인생을 건 선택이었다. 둘 중에 하나만 취해야 하는 문제였다.

마침내 그녀가 입을 열었고, 그 말을 듣는 순간 그는 바닥에 주저앉았다.

"사실은 내가 오빠한테 연락했어요. 와서 데려가달라고 말했어요."

한동안 침묵이 흘렀다. 그는 그녀의 말을 믿을 수 없었다. 있을 수 없는 일이었다. 그녀가 왜? 그는 간신히 자리에서 일어나며 물었다.

"네 오빠가 그렇게 말하라고 시켰니?"

"아니에요."

"아냐. 네가 그랬을 리 없어. 네가 왜? 도대체 네가 왜?"

"내가 아프다는티 소장님은 밖에 나가 놀기만 했잖아요. 그 모텔에서 혼자인 사람은 나뿐이었어요. 다들 같이 있는데 나만 혼자였어요."

"오해야. 너 몸보신시키려고 붕어 잡으러 갔던 거야. 너 붕어 알지?"

그녀가 한숨을 내쉬더니 계속 말했다.

"나는 라오스로 돌아가기 싫다고 했어요. 소장님은 라오스로 가자는 말만 해요. 내 의견은 하나도 안 중요해요."

"라오스는 네 나라잖아. 도대체 왜 가기 싫다는 거냐?"

"사람들이 쳐다봐요. 손가락질해요. 무시하고 욕해요. 나이 든 남자한테 빌붙어 산다고 생각해요. 우리나라보다는 차라리 남의 나라가 편해요."

"라오스가 싫으면 다른 나라로 가자고 했잖아."

"안 가요. 소장님은 변했어요. 거짓말만 해요. 멋진 집도 사주고 차도 사준다고 해놓고선 도망만 다녀요."

"내가 언제 그런 말 했니?"

"그날…… 밤에 그랬잖아요. 술 마시고."

"기억 안 난다."

"봐요. 비겁해요."

"기억 안 난다니까. 하지만 걱정 마. 지금부터 다 사줄게. 정말이야. 너도 내가 좋다며? 나랑 같이 가자."

"소장님을 믿을 수 없어요. 멋진 집 없어도 돼요. 하지만 거짓말하는 사람은 싫어요. 오빠는 그래도 거짓말은 안 해요."

"네가 속고 있는 거야."

"아니에요. 잘못한 건 난데 오빠가 미안하다고 했어요. 내가 도망간 게 오빠 때문이라고 했어요. 그런 사람이 속일 리 없어요. 그리고 나는…… 소장님도 좋지만 오빠도 좋아요. 사실은…… 오빠가 더 좋아요. 도망 다니는 동안 자꾸 생각났어요. 내가 오빠한테 많이 잘못했어요."

그는 할 말을 잃었다. 침묵이 흘렀다. 위층으로 올라가는 사람들이 그를 흘끔거렸다. 여차하면 신고하겠다는 듯 휴대폰을 꺼내 만지작거리는 사람도 있었다. 그는 마음이 급했고, 마지막 기운을 쥐어짜 호소했다.

"그럼 나는? 난 너 때문에 모든 걸 다 잃었다. 아내도 잃고 자식도 잃었다. 나는? 내가 불쌍하지도 않니?"

"미안해요."

그녀가 말했다. 미안하다면 다야? 그가 소리쳤으나 돌아오는 대답은 없었다. 그는 억울했고, 너무 억울해서 그대로 돌아설 수가 없었다. 그가 따지듯 물었다.

"그럼 왜 지금까지 얘기 안 했니? 네가 연락했다고 왜 말 안 했어? 날 바보로 만드니까 재밌더냐?"

"상처받을까봐 얘기 안 하려고 했어요. 그런데 소장님이 하도 조르니까……."

"끝까지 얘기 안 하는 게 나을 뻔했다."

"미안해요."

그는 벽에 등을 기대고 섰다. 그때만큼 스스로가 무기력하게 느껴진 적이 없었다. 머릿속이 텅 빈 것 같았다. 눈앞이 캄캄했고, 앞으로 어떻게 살아야 할지 막막했다. 하지만 그곳에 계속 있을 수는 없었다. 그녀는 완강했고, 당장은 마음을 돌릴 어떠한 기미도 보이지 않았다.

그는 건물을 나오다 돌아보고 대문을 나서다 다시 돌아보았다. 그 후로도 그는 미련을 버리지 못했다. 열심히 휴대폰을 충전하고 30분마다 한 번씩 들여다보았지만 전화는 걸려오지 않았다. 마침내, 그는 포기해야 할 때가 왔다는 것을 깨달았다.

주택가를 빠져나와 한적한 도로를 달리던 그는 길가에 차를 세웠다. 계속 이렇게 길 위를 떠돌며 살 수는 없었다. 하루하루 밤을 보내기가 힘겨웠고 퇴직금도 바닥이 났다. 그는 한참 동안 핸들 위로 몸을 숙이고 있다가 휴대폰을 꺼냈다. 저장된 번호는 채 스무 개가 되지 않았다. 백지장처럼 얄팍한 인간관계였다. 그는 번호를 하나씩 넘기며 보았다. 어떤 번호에서는 오래 머물렀고 어떤 번호는 재빨리 지나갔다. 그렇게 하나씩 넘기며 세 번쯤 본 뒤에야 어렵게 번호 하나를 골라낼 수 있었다. 그는 통화 버튼을 누르며 제발 한 번에 받기를 빌었다. 한 번에 성공하지 못한다면 두 번 시도할 용기는 나지 않을 것 같았다.

II

처음에 나는 형부를 알아보지 못했다. 카운터 앞에서 두리번거리고 있을 때 구석자리의 누군가가 손을 들어 존재를 알렸지만 확신은 없었다. 가까이 다가가서야 그 빼빼 마른 남자가, 수염이 덥수룩하고 짧은 머리카락이 사방으로 뻗친 남자가 형부라는 것을 알았다. 내 표정을 보더니 형부가 놀랐냐고 물었다. 나는 솔직하게 그렇다고 했다.

"그럴 줄 알았어. 차에서 생활하다 보니 몸 가꾸기가 쉽지 않네."

형부가 겸연쩍은 듯 웃었다. 맞은편에 앉자 뭔가 석연찮은 냄새도 났다. 역시 찌푸린 내 표정을 보더니 형부가 냄새 나냐고 물었다. 나는 또 솔직하게 그렇다고 했다.

"그럴 줄 알았어."

"얼굴 찌푸려서 죄송해요. 고의는 아니었어요."

그러자 형부가 괜찮다고 했다. 며칠 동안 씻지 못했다고 했고, 몇 달 동안 빨래를 못했다고 말했다.

"냄새가 나는 게 당연해. 내 코에도 이렇게 진하게 맡아지는 걸 남이라고 왜 모르겠니."

"그렇게 심하진 않아요."

나는 거짓말했다. 형부의 몰골을 보고도 손님으로 받아들인 다방 주인이 새삼 대단해 보였다.

형부와 나는 커피를 주문했다. 형부는 커피에다 크림을 가득 넣었다. 설탕도 가득 넣었다. 그러자 커피는 누런빛을 띠는 걸쭉한 죽이 되었다. 그걸 스푼으로 떠먹었다. 예전에도 가끔 엉뚱하긴 했지만 이 정도는 아니었다. 나는 재빨리 표정을 수습하고 커피를 마셨다. 커피죽을 다 먹을 때까지 형부는 고개를 들지 않았다. 나는 못 본 척했다. 잔이 비고 나서야 형부는 갑자기 불러내서 미안하다고 말했다. 나는 괜찮다고 했고 요즘은 한가한 편이라고 말했다. 어디서 어떻게 지내느냐고는 묻지 못했다. 묻지 않는 게 예의라는 걸 형부의 온몸이 암시하고 있었다. 근황을 생략하자 딱히 나눌 얘기가 없었다. 형부와 나 사이에는 이제 건드리지 말아야 하고 피해야 할 주제밖에 없었다. 그런데도 형부가 나를 보자 했을 때는 뭔가 중요한 이유가 있을 텐데 형부는 핵심으로 들어가지 못하고 입구에서 서성거리기만 했다. 곧이어 형부가

언니 안부를 물은 것도 정말 궁금해서라기보다는 해야 할 말을
미루기 위해서라는 걸 알 수 있었다. 머뭇거리며 형부가 물었다.

"언니는…… 잘 ㅈ내니?"

"네."

"아직 화 많이 나 있지?"

나는 대답하지 못했다. 형부는 수긍한다는 듯 고개를 끄덕였다.

"처제 볼 면목이 없네. 언니한테도 미안하고."

나는 또 아무런 말도 하지 못했다. 형부와 언니 얘기를 하고 싶
지는 않았다. 얘기를 하다 보면 가까스로 눌러놓았던 형부에 대
한 원망이 다시 고가를 치켜들 것 같았다. 나는 이것이 형부와의
마지막 만남이라는 것을 직감하고 있었다. 되도록이면 원망의 마
음 없이 헤어지고 싶었다. 나는 화제를 바꿨다. 내가 물었다.

"형부는 만화책 좋아하세요?"

그것은 살아오는 동안 때때로 궁금하던 것이었다. 조무래기들
속에 정장을 입은 형부가 닭알 속의 타조알처럼 끼어 앉아 있던
장면은 20여 년이 지난 지금까지도 잊히지 않았다. 형부는 정말
로 만화책을 좋아핬을까, 아닐까. 나 때문에 억지로 간 것일까,
아닐까. 언니와 형투가 집에 다니러 올 때마다 나는 형부 손을 잡
고 만화방으로 끌었고, 형부는 싫은 내색 한번 하지 않고 열 살짜
리의 손에 끌려 다녔다. 내가 형부를 만화방으로 이끈 것은 아버
지의 꾸중에 대비한 면피용이었다. 만화책을 못 보도록 엄격하게

감독했던 아버지도 형부가 함께 있는 한은 나를 어쩌지 못했던 것이다.

웬 뜬금없는 질문이냐는 듯 형부가 고개를 들고 나를 보았다. 나는 대답해보라고 했고 잠시 생각하던 형부는 무슨 만화책? 물었다.

"아무 거나요."

"만화책은 처제가 좋아했지 난 아냐. 설마 지금 만화책을 보러 가자는 얘기는 아니겠지?"

나는 대답 없이 웃고만 있었다.

"이제는 같이 가고 싶어도 눈이 침침해서 글자가 잘 안 보여."

형부가 말했다. 돋보기안경을 써야겠다고 내가 놀리자 보이는 만큼만 보면 된다고 형부가 덤덤한 얼굴로 대답했다. 더 보려는 건 욕심이라고 했고, 욕심을 부리면 탈이 나는 법이라고 했다. 나는 말없이 웃고만 있었다.

어색한 침묵이 흘렀다. 눈 둘 곳이 없어 둘 다 탁자를 내려다보고 있었다. 문득 형부의 빈 커피잔이 보였다. 한 잔 더 드시라고 권했다. 형부의 대답을 기다리지 않고 종업원을 불러 커피 한 잔을 더 주문했다. 형부는 민망한 표정을 짓기는 했으나 사양하지는 않았다.

새로 온 커피를 홀짝이던 형부가 문득, 가을이 너무 추워졌다고 말했다. 예전의 가을은 가을다웠는데 올해 가을은 겨울을 닮았다고 했다. 이상한 논리긴 했지만 일단 화제가 생긴 게 반가워서 나는, 올해 가을이 겨울을 닮았다고요? 물었다. 그 반대가 아니구요? 형부가 고개를 끄덕였다.

"한국의 가을이 너무 추워."

"오늘도 추우세요?"

"응."

고작 10월 중순이었다. 드물기는 하지만 한낮에는 아직도 반팔 입은 사람을 볼 수 있는 계절이었다. 게다가 오늘은 이마에 땀이 맺힐 만큼 햇살이 강렬했다.

"추위에 약하신가봐요."

대답 없이 한동안 커피를 홀짝거리던 형부가 불쑥 말했다.

"라오스로 갈 거야."

그러지 말자고 다짐했지만 표정을 숨길 수가 없었다. 내 얼굴을 본 형부가 덧붙였다.

"혼자 갈 거야."

"라오스는 왜·····?"

"사실은 회사에서 잘렸어. 여기선 더 할 것도 없고. 그나마 라오스에 있을 때가 행복했다는 생각이 들어."

"가서 뭐 하시려고요? 회사에서도······."

나는 얼른 입을 다물었다.

"어부가 될 거야."

어부요? 내가 놀라자 형부가 고개를 끄덕였다.

"왜 하필 어부를……? 다른 일을 해도 되잖아요."

형부의 대답은 간단했다.

"멋져 보여서. 메콩 강에서 물고기를 잡을 거야. 큰 욕심만 버린다면 뭐 그럭저럭 살아갈 수는 있을 것 같아. 그 나라가 원래 많은 걸 필요로 하지 않거든. 한국과 달리."

형부는 담담했다. 하지만 나는 담담할 수 없었다. 라오스에서 어부로 살아가는 형부라니, 그 모습이 어떨지 도무지 상상이 되지 않았다. 다시 한 번 생각해보세요, 말릴 수도 있었고, 정말 멋질 것 같아요, 용기를 줄 수도 있었지만 나는 결국 아무런 말도 하지 못하고 말았다.

"친구들하고 놀러와. 메콩 강 크루즈 시켜줄게."

나는 고개를 숙였다.

"내가 간다는 거 소문 좀 내줄래?"

나는 고개를 들었다.

"오해하지 마. 내가 한국에 없다는 걸 알아야 다들 맘 편히 살 것 같아서."

나는 알았다고 했다. 또 한동안 침묵이 흘렀다. 형부는 여전히 할 말이 있는 눈친데도 망설이고 있었고, 나는 정말 할 말이 없어서 말을 못했다. 결국 형부가 침묵을 깼다. 혹시 차 필요 없니? 물었다. 나는 그 말을 잘 이해하지 못했다. 어떻게 들으면 차가 필요하냐고 묻는 것 같기도 하고, 또 어떻게 들으면 말 그대로 지금 가지고 있는 차가 필요 없냐고 묻는 것 같기도 했다. 의문은 금방 풀렸다.

"내게 12인승 승합차가 있는데 말이야, 이제 차가 필요 없기도 하고……. 중고로 산 거지만 몇 달 안 타서 깨끗한 편이야. 이 차를 가져가고 대신 비행기 값을 좀 빌렸으면 하는데……. 역시 염치없는 부탁이지?"

물론 내게 12인승 승합차가 필요할 리는 없었다. 하지만 나는 알았다고 했다. 빌려드리는 게 아니라 정당하게 차 값을 지불하는 거라고 말했다.

"고마워. 라오스로 놀러와. 그때 은혜를 갚을게."

우리는 일어섰다. 먼저 형부의 승합차가 있는 곳으로 갔다. 형부는 몇 달 안 타서 깨끗한 편이라고 했지만 차는 덩치만 컸지 낡을 대로 낡아 보였다. 부식의 정도가 심했고 게다가 차에 손을 대기가 망설여질 정도로 더러웠다. 차 문을 열자 뭔지 알 수 없는 냄새도 심하게 났다. 청소를 한 흔적은 있었지만 미처 냄새까지는 생각하지 못한 모양이었다. 그 자리에서 승합차 열쇠를 건네받은 나는 다음 날 오전까지 차 값을 입금하겠다고 했다. 형부가 다시 고맙다고 말했다.

우리는 할 일을 다 끝냈지만 여전히 차 앞에 서 있었다. 서로 눈을 마주치지 않기 위해 노력했다. 헤어질 적당한 말이 필요했으나 서로가 서로의 눈치를 보며 머뭇거렸다. 결국 나는 건강하시라고 말하고는 돌아섰다. 니가 먼저 돌아서지 않으면 언제까지고 그렇게 서 있을 것 같았다.

집으로 돌아오자마자 통장의 잔액을 확인했다. 차마 차 값이라고 말하기도 부끄러울 정도의 액수밖에 남아 있지 않았다. 하는 수 없이 이 통장 저 통장의 잔액을 긁어모아 간신히 항공료와 그곳에서 얼마간 생활할 수 있을 만한 금액을 만들었다. 그 금액으로 형부가 한 달이나 제대로 살 수 있을지는 알 수 없었다. 그 안에 형부가 살아갈 방도를 마련할 수 있기를, 형부의 바람대로 라오스의 어부가 되어 있기를 빌 뿐이었다. 그것은 형부를 위해서이기도 했지만, 언니를 위해서이기도 했고 오빠를 위해서이기도 했다. 형부가 잘 살아야 언니가 잘 살고 오빠가 잘 살았다.

나는 열 살짜리 처제의 손에 이끌려 만화방에 가는 심정으로 또닥또닥, 입금정보란에다 형부의 계좌번호를 입력했다. 그런 다음 폐차장에 전화를 걸었다.

어쩔 수 없이, 사랑의 불가능성

1. 흥? 쳇!

소설의 시작은 이렇다. "어디로 가지?" 이 첫 문장은 구경미의 신작 장편 『라오라오가 좋아』의 전체 분위기를 단적으로 드러내주는 동시에, 이 질문에 이끌려 앞으로 혹은 뒤로 아니면 옆으로 헤매며 나아가는 남자주인공 '그'의 험난한 여로를 암시한다. 삶의 방향성을 상실한 '그'의 심리적 공황상태를 엿볼 수 있는 의미심장한 질문, 그럼에도 불구하고 대답은 필요로 하지 않는 이 자문自問. 이것은 소설집 『노는 인간』에서 출발해서 장편소설 『미안해, 벤자민』과 두 번째 소설집 『게으름을 죽여라』를 거쳐 이제 두 번째 장편소설 『라오라오가 좋아』에 이르게 된 구경미 소설에 공통된 어떤 분위기를 연상시킨다. 그것을 거칠게 요약하면 일종의 '반항적 자포자기' 쯤 될 것이다. 다시 말해 그것은 현실적 욕구의 포기와 현실에 대한 반항이 거의 구분되지 않은 상태로 반쯤 걸쳐져 있는 상태, 그 결과 인물들의 의욕 없는 무위無爲의 삶을 무능력의 소치로 봐야 할지 아니면 자본주의적 규범에 대한 거부의식으로 해석해야 할지를 판단하기 어렵게 하는 판단 정지의 상태와도 같은 것이다. 따라서 "어디로 가지?"라는 소설 속 질문은 어딘가로 가고 싶은 강렬한 현실도피적 염원에서 비롯된 것이라기보다는, '이곳이 싫지만 그렇다고 해서 딱히 가고 싶은 곳이 있는 것도 아니다'라는 구경미 특유의 반항적 자포자기의 제스처를 함축한다고 볼 수 있다.

이러한 도피적이라고도, 시니컬하다고도, 그렇다고 해서 저항적이라고도 보기 어려운, 오히려 이 모든 태도들이 적당하게 뒤섞인 구경미식 제스처는 초기 단편 「초지일관 그녀는」에서부터 이미 예견된 것이었다. 예컨대 그것은 다음과 같은 것이다.

그녀는, 나는 도대체 왜 살고 있는 걸까, 라고 마흔세 번쯤 생각했다. 아무리 생각해도 살아야 할 이유가 없었다. 그렇다고 살지 않아야 할 이유도 없었다. 어느 날 문득, 딱히 살아야 할 이유가 없는데도 살아가는 자신을 발견했고, 그러고 나자 사는 목적, 의미, 가치, 기타 등등 삶에 있어 꼭 필요할 성싶은 아무런 명분도 없다는 것을 덩달아 깨달아버렸다. 그 증거로 그녀는 최근 몇 년 동안 삶의 명분이 되어줄 만큼 기쁨도 슬픔도 분노도 느끼지 못했다는 것을 역시 동시다발적으로 깨달았다. 깨달음은 한순간, 그리고 한꺼번에 오는 것이다. 가끔 우울하다는 생각은 했다. 더 가끔 무엇에 대한 투덜거림인지도 모르면서 참 시시하다는 생각은 했다. 그러나 그뿐이었다. 우울하다는 생각은 기표화되지 않았다. 시시함 역시 삶에의 천착으로 나아가는 능동적 혹은 파괴적 힘으로 발전하지 않았다.

문제는 구경미 소설의 인물들이 이미 오래전부터 '삶의 명분'을 잃었다는 사실이다. 치욕과 모욕, 궁핍과 게으름을 견디거나 극복하면서까지 삶을 지탱해야 할 이유가 없어졌다는 것이다. 그래봤자 지금 여기의 내 삶에서 크게 바뀌지 않으리라는 자조自嘲, 내가 지금 느끼는 슬픔이나 기쁨 혹은 분노조차 내 삶을, 관계를, 세계를 변화시키지 못한다면 무슨 소용이 있겠느냐는 자탄自嘆, 그렇다고 해서 크게 절망할 것도 없다는 이상한 자부自負. 그런 것들이 절충된 태도를 정리하면 "흥? 쳇!"쯤 되지 않을까? 자신이 처한 부조리한 상황에 대한 의구심과 강한 거부의식(흥?)이 이내 세계의 변화불가능성에 대한 체념(쳇!)에 눌리고 마는 이러한 '흥? 쳇!' 이야말로 구경미 소설의 인물들이 세계와 부딪히면서 빚어내는 어떤 포즈인 것이다. 『라오라오가 좋아』의 주인공 '그' 또한 마찬가지다. 그러니 뜨거운 열정과 분노가 없는, 그렇다고 차가운 냉소를 뿜어내지도 못하는, 미지근한 온도의 인간이 무심코 뱉어낸 "어디로 가지?"라는 질문에 대한 질문이야말로 '흥? 쳇!'으로 일관하는 구경미식 인물의 운명을 예측할 수 있는 한 방법이 될는지도 모른다. 나아가 구경미 소설의 체온을 재는 방법이 될는지도⋯⋯.

2. 어쩔 수 없이, 사랑

『라오라오가 좋아』의 문제적 질문이 등장하게 된 계기는 이렇다. 라오스에서 오랫동안 현장 소장으로 근무했던 '그'는 그곳에서 우연히 알게 된 아메이를 처남(사업 실패로 이미 만신창이가 된)에게 소개해주는데, 그 둘은 만난 지 한 달 만에 급히 결혼한다. 그러나 한국에서의 결혼 생활이 기대와는 다르다는 사실 때문에 실망하던 아메이는 어느 날 부부싸움 끝에 조그만 위로를 얻고자 '그'를 찾아가 함께 낮술을 마시고 급기야 여관에서 하룻밤을 보내게 된다. 그러나 첫날의 실수를 만회하고 각자의 집으로 돌아가기 위한 용기를 얻기 위해 다시 술을 마신 '그'와 아메이는 "전날보다 더 빨리 취"해 어떤 의지나 기억도 없이 다시 여관으로 간다. 이 '구제불능, 자포자기, 수렁'의 상황에서 두 사람은 어쩔 수 없이 사랑의 도피행을 감행하게 된다. 그러니 "어디로 가지?"라는 '그'의 질문은 사회적 제도와 질서를 교란하다가 결국 처절한 파국에 이르고야 말 열정적 사랑의 운명에 대한 비장한 예언은 결단코 되지 못한다. 그것은 다만 한순간의 잘못된 선택과 실수가 만들어낸 원치 않는 상황에서 '어쩔 수 없이' 떠맡게 된 사랑의 대상에 대한 일말의 책임감에서 발설된 무의미하고 무책임한 발언에 불과한 것이다. 따라서 겉보기에 '그'의 사랑은 열정적인 것으로 느껴지지 않는다. 심지어 '그'는 아메이와의 관계를 후회하는 것처럼 보이기도 한다. "어디든 데려가달라는 그녀(아메이)의 말 한마디에 그가 모든 것을 버렸듯, 아내의 전화한 통에 그는 다시 소처럼 일만 하는 이전의 가장으로 돌아갔을지" 모른다는 '그'의 고백은 분명 한순간의 실수에 대한 통렬한 후회의 변辯으로 보기에 손색이 없기도 하다.

그러나 사랑의 도피를 자포자기와 자기 힐난의 '어쩔 수 없는' 결과로 보는 '그'의 주장과는 무관하게, 『라오라오가 좋아』의 서사는 열정적 사랑(흔히 불륜이라고 부르는)에 공통적인 어떤 특징을 드러낸다. 예를 들면 "틀에 박힌 일상생활과 구별될 뿐만 아니라 실제로 그것과 갈등하기도 하는 어떤 급박함"(앤소니 기든스)과 같은 것이 그것이다. 실제로 '그'는 아메이와의 사랑의 도주로 인해 자신의 가정 내적 정체성(아버지와 남편, 형부와 매형)은 물론 사회적 지위(건실한 직장인)조차 포기한 채 처남에게 쫓기는 급박한 상황에 처하게 된다. 그리고 그러한 급박한 서사 전개 끝에 '그'는 이전의 모든 안정적 자리와 지위를 잃고 노숙자로 전락하고야 만다. 자신보다 스무 살 가까이 어린, 이국적 매력을 지닌 여성과의 근친적 관계(처남의 아내를 탐했다는 점에서) 때문에 참담한 파국을 맞이하는 '그'의 서사는 분명 외형상, 시종일관 '급박함'으로 특징지어지는 불륜서사의 스토리 라인을 충실히 따라가고 있는 것처럼 보인다.

문제는 소설이 이렇게 불륜서사의 형식에 충실하면서도 독자에게 멜로드라마적 환상은 조금도 허용하지 않는다는 것이다. 다시 말해서 불륜담과 추격담의 외피를 두르고 있으면서도 이 소설은 어떤 정념이나 긴장감도 독자에게 불러일으키지 않는다. 물론 그렇다고 해서 우리의 삶이 불륜이라는 판타지조차 용납하지 못할 정도로 하찮고 저열한 것에 불과하다는 부정성의 자의식을 풍자와 해학을 빌려 극단적으로 밀어붙이지도 않는다. 다만 소설은 불륜서사의 형식적 요건들을 충실히 따라가면서 불륜서사 자체를 무효화할 뿐이다. 겉보기에는 일단, 그렇다. 그 이유는 언뜻 분명한 것처럼 보인다. 앞서 잠시 언급한 것처럼, '그'와 아메이의 사랑의 도피행은 우연히 벌어진 상황에서 선택할 수밖에 없는 '어쩔 수 없는' 것이었기 때문이다.

소설에서 그러한 선택의 순간은 "운명에 맞서지 않기로 했다"라는 '그'의 진술로 요약된다. 맥락상 이 문장은 '아메이와의 사랑을 운명으로 알고 받아들이겠다' 정도로 해석될 수 있다. 그런데 뒤이어 "맞서지 않는 것, 받아들이는 것, 그것은 또한 그가 가장 잘하는 일이기도 했다"라는 진술이 더해지면서 아메이와의 사랑이라는 '운명'은, 자신에게 주어진 상황을 체념적으로 수용하는 소극적 태도라는 의미로, 우리의 짐작과는 다르게 변질된다. 소설에서 '그'가 주장하는 이러한 소극적 운명론은 분명 불륜서사에서 흔히 기대할 법한 거창한 운명론, 예컨대 '모든 사회적 의무와 질서를 뛰어넘는 운명적 사랑'이라는 테제와는 거리가 멀다. 그뿐만 아니라 오히려 이 소심한 운명론은 거창한 운명론을 교묘하게 비틀면서 배반함으로써, '운명적 사랑'을 자포자기와 자기 힐난의 한 방식으로 만들어버리고 만다. 그러나 정말 아메이에 대한 '운명적 사랑'은 그저 한순간의 위기를 모면하기 위해 선택한 '어쩔 수 없는' 것에 불과한 것일까? 그런데 왜 '그'는 "운명에 맞서지 않기로" 결심한 순간, '어쩔 수 없이' 운명에 맞서게 되는가?『라오라오가 좋아』에서 이러한 의구심은 또 다른 서술자 '나'(처제)이 의하 다음과 같은 질문으로 정리된다. "아메이와 형부는 바람일까, 사랑일까. 몰래 만나는 것도 아니고 아예 도망을 가버린 그들은 바람을 피우는 것일까, 사랑의 도피를 한 것일까." '바람'이라는 통상적 절차를 거치지 않고 곧바로 '사랑의 도피'로 비약한 이들의 행보가 문제적인 것은 표면상, 이들이 그렇게까지 간졀하고 애절하게 사랑하지 않는(것처럼 보인)다는 점이다. 그러니 처제인 '나'의 질문은 다음과 같이 다시 물어져야 한다. 그들은 정말 사랑했을까?

3. 사랑보다 낯선, 돈

이 질문에 대한 답을 구하기 위해서는 우선 '그'와 아메이와의 첫 만남으로 거슬러 올라가야 하는데, 이를 위해 소설에서는 아메이 아버지의 죽음이라는 사건을 깔아놓는다. 사건은 이렇다. '그'가 소장으로 근무하는 라오스 건설현장의 인부였던 아메이 아버지는 월급날 갑자기 들이닥친 강도 떼에 의해 어이없이 죽게 되고, 유족을 찾는 과정에서 '그'는 아메이와 아메이의 어머니를 만나게 된다. 그리고 바로 그때부터 그저 "구름다리 위에서 담배를 피우"면서 바라보던 "라오스의 한 풍경"은 이제 그의 삶 속으로 걸어 들어오게 된다. 그러한 변화의 시작은 아메이 아버지의 유골을 들고 아메이의 집에 찾아갔을 때, 아메이가 내준 '라오라오'라는 라오스 독주를 마시는 바로 그 순간부터다.

여인이 술을 따르고는 그를 빤히 쳐다보았다. 어쩔 수 없이 이번에도 그가 잔을 비웠다. 세 잔째 마시자 뜨거움은 점차 따뜻함으로 변해갔고 그는 그 온기가 싫지 않았다. 몸 바깥의 온도보다 몸 안의 온도가 올라가면서 어쩐지 자신이 보호받고 있다는 느낌을 받았다. 그가 잔을 내려놓자 여인이 다시 술을 따랐고 이번에 그는 망설임 없이 잔을 비웠다. 분위기 때문인지 술을 마시는 행위가 마치 의식을 치르는 듯해서 그는 경건함마저 느꼈다. 이전의 그는 인부들이 왜 저녁마다 시원한 맥주를 두고 독한 라오라오를 마시는지 이해하지 못했지만 이제는 이해할 수 있을 것 같았다. 한마디로 화끈한 술이었다. 군더더기가 없었다. 강한 자만이 마실 수 있는 술이었다. 마시면 강해지는 술이었다. 넉 잔만으로도 온몸에 활기를 주고 뱃속에 용기를 심어주었다.

처음에 '그'는 "이렇게 더운 날에, 이렇게 더운 곳에서, 이렇게 독한 술을……"이라고 생각하며 라오라오에 대한 거부감을 드러낸다. 그러나 망자와 유족에 대한 예의 때문에 '어쩔 수 없이' 독주인 라오라오를 한 잔, 두 잔 마시면서 '그'는 낯선 체온의 변화를 서서히 느끼게 되고 급기야 그러한 온도의 변화로 인해 "자신이 보호받고 있다는 느낌"마저 받는다. 지독하게 더운 날에 지독하게 독한 술 마시기. 이 이열치열以熱治熱의 포즈야말로 한평생을 '구름다리 위'에서 미적지근하게 살아온 한 존재의 삶의 온도가 변화하는 '운명적 전환'을 상징적으로 보여주는 것은 아닐는지. 그래서 안주도 없이 라오라오를 연거푸 마시는 위의 장면이 경건하고 엄숙한 제의의 한 장면처럼 보이는 것 또한 그런 이유 때문은 아닐는지. 그리하여 바로 그 순간 아메이를 향한 '그'의 체온 또한 상승하기 시작하면서, '그'는 라오스와 라오라오, 그리고 아메이에 대한 이상한 애착을 갖게 된다.

이렇듯 첫 만남의 정황으로 미루어 짐작해보건대, '그'는 아메이를 사랑했다고 추측해볼 수 있다. 비록 사랑의 도피 과정 내내 아메이에 대한 '그'의 사랑의 감정이 구체적으로 표현되거나 언급된 적은 없지만, 분명한 것은 아메이와의 만남이 '그'의 삶 전체를 송두리째 변화시켰으며, 그러한 급격한 삶의 변화를 '그'는 아무런 거부감 없이, 운명적인 것으로 받아들이고 있다는 점이다. 그러니 다시 한 번 강조하거니와 '그'는 아메이를 사랑했다. 그리고 여전히 사랑한다. 이는 아메이가 사라진 다음 "그녀가 얼마나 소중한 사람인지" 알게 되었다는 '그'의 눈물 어린 독백에서도 알 수 있다. 그렇다면 아메이는 어떤가? 그녀도 '그'를 사랑할(했을)까?

소설이 끝날 때까지 우리는 이에 대해 어떤 명쾌한 대답도 얻지 못한다. 다만 확실한 사실은 아메이가 '그'의 호의를 한 번도 거절한 적이 없다는 것이다. '그'는 언제나 호의를 베푸는 자이고 그녀는 그 호의를 받는 자이다. 그리하여 '그'는 라오스에서는 아메이의 한국어 학원비와 방세를 지불해주었으며 한국에서는 아메이의 결혼을 주선해주었다. 아무런 대가도 없이 말이다. 물론 두 사람이 사랑의 도피라는 미명하에 도망 다닐 때조차 모든 비용을 지불한 사람은 당연히 '그'다. 그럼에도 불구하고 "그녀는 당당했고 그는 당당하지 못했다". 그녀가 받으면서 투덜대는 사람이라면, '그'는 주면서도 욕먹는 사람이다.

"그래! 가지 말자! 싫으면 안 가는 거지! 안 가면 되잖아!"

"그래요. 싫어요. 됐어요?"

"너…… 후회하니?"

"뭘요?"

"나랑 함께 있는 거."

그렇게 물어놓고 그는 금방 후회했다. 그녀가 아니라고 대답하길 기다렸으나 끝내 돌아오는 대답은 없었다. 그녀는 뭔가에 단단히 삐쳐 있으면서도 아닌 척했고 그러면서도 삐친 감정을 엉뚱한 곳에다 고스란히 드러내고 있었다. 그는 이유도 알지 못한 채 하루 종일 그녀의 삐친 감정과 사투를 벌이는 중이었다.

언제나 이런 식이다. 분명 "먼저 시작한 것은 그녀였"지만, 매번 아메이의 눈치를 살피고 그녀의 투덜거림과 짜증을 계속 받아주면서 어찌 됐든 그들의 도피성 여행을 지속하려고 노력하는 사람은 '그'다. 소설 초반부터 아메이는 '뚱하거나', '뾰로통한 얼굴로' '그'가 묻는 말에도 잘 대답하지 않는데, 이런 상황은 소설 끝까지 반복된다. 위의 예문에서처럼 그녀는 '뭔가에 단단히 삐쳐 있으면서도 아닌 척했고 그러면서도 삐친 감정을 엉뚱한 곳에'서 엉뚱한 방식으로 풀어놓는다. 언뜻 그녀는 알 수 없는 사람처럼 보인다.

그러나 그녀의 일련의 행적을 따라가보면 그녀의 불만이 어떤 결핍에서 비롯되었다는 것을 알 수 있게 된다. 그녀의 욕망의 대상은 의외로 물질적이고 속물적인데, 그것은 바로 서울, 집, 자동차 등으로 상징되는 세련된 자본주의적 삶이다. 따라서 '그'를 대하는 아메이의 기대와 불만이 뒤섞인 듯한 혼란스러운 태도는 일차적으로 '그'가 그녀의 기대만큼 "여유 있는 후원자"가 아닐지도 모른다는 불안감에서 기인한다. 왜냐하면 라오스 건설현장의 최고 책임자였던 '그'는 한국에서는 "상사의 눈치를 봐야 하는 월급쟁이에 불과"하기 때문이다. 따라서 아메이에 대한 '그'의 경제적 지원 또한 "라오스에서는 가능했지만 한국에서는 가능하지 않"다. 라오스와 한국 사이의 이러한 물질적 격차로 인해 더 이상 '그'의 경제적 후원을 받을 수 없게 된 아메이가 "막다른 길에서 선택한 것은" 바로 '그'의 디리인으로서의 처남과의 결혼이다. 그러나 아메이는 자신의 남편이 서울의 변두리, 안산에서 차도 없이 사는 알코올중독자라는 사실에 실망한다. 물론 그러한 삶은 그녀가 소장님인 '그'를 통해 상상하고 짐작했던 한국에서의 삶과는 전혀 다른 것이다. 그러니 그녀가 최초의 경제적 후원자인 '그'에게로 돌아간 것은 당연한 일일지도 모른다. 그러나 문제는 앞서 지적한 것처럼, '그'가 한국에서는 아메이가 원하는 '코트'와 '구두', 그리고 '서울에서의 삶'을 가능케하는 든든한 후원자가 결코 될 수 없다는 점이다. 게다가 자신의 모든 삶을 담보로 한 사랑의 도피로 인해 이미 '그'의 경제력은 처남보다도 못한 지경에 이른다. 이제 '그'는 "집도 없고 자동차도 없고 신용카드 하나 없는 "마흔여섯의 너절한 중년남자"가 되고 만 것이다. 그러니 아메이가 더 이상 여행이 아닌 고생이 되어버린 사랑의 도피 끝에 다시 남편에게 돌아간 것은 당연한 일이다. 게다가 다시 도망가자는 '그'에게 다음과 같은 야박한 말을 덧붙이는 것도 잊지 않는다. "안 가요. 소장님은 변했어요. 거짓말만 해요. 멋진 집도 사주고 차도 사준다고 해놓고선 도망만 다녀요."

그녀에게 정작 중요한 것은 사랑이 아니다. 그녀의 사랑의 도피를 가능케한 동력은 '그'가 줄 수 있을 것으로 기대했던 '멋진 집'과 '차'였던 것이다. 물론 그것은 끝내 그녀에게는 불가능한 소망에 불과한 것이 되고 말지만, 그럼에도 불구하고 그녀는 이러저러한 시행착오 끝에 라오스에서 한국으로의 이주에 그럭저럭 성공한다. 그러나 '그'는?

4. 한국의 '폐품', 라오스의 '어부'

다시 한 번 말하거니와 '그'는 자신의 안정된 삶 전체를 담보로 사랑의 도피를 할 만큼 그렇게 뜨겁고 열렬한 인간이 아니다. '그'는 오히려 미지근하고 우유부단하다. 그런데 '그'는 어째서 안전한 라오스에서 시도조차 하지 않던 '짓'을 위험한 한국에서는 한 걸까? 왜 아메이에 대한 '그'의 사랑은 그렇게 뒤늦게, '어쩔 수 없이'의 외양을 두르고 시도되어야만 한 걸까?

"술 마시고 싶어요. 맥주 한잔만 해요. 예전처럼."

사실은 그녀를 보는 순간부터 그도 술을 마시고 싶기는 했다. 밝은 대낮, 거리의 의자에 앉아 있는 그녀를 보자 문득 라오스에서의 생활이 떠올랐고, 그곳에서 그녀와 한가롭게 앉아 마시던 맥주 생각이 났고, 매콤한 파파야 샐러드 생각이 났고, 맥주를 마신 뒤에는 의자에 앉은 채 느긋하게 낮잠을 즐기던 생각이 났다.

라오스에서 그녀와 함께 밥을 먹고, 영화를 보고, 메콩 강 유람을 하고, 동굴 탐험을 하고, 사원에 가고, 별것 아닌 일에도 즐겁다고 웃고, 그러다가도 또 금방 사소한 일로 싸우던 때가 그는 사무치도록 그리웠다. 그녀와의 추억을 떠올리던 그는 결국 참지 못하고 엉엉 소리 내어 울었다.

위의 두 예문은 각각 아메이와 '그'의 사랑의 도피가 시작되는 순간과 끝나는 순간의 서술이다. 그런데 흥미롭게도 그때마다 '그'는 라오스를 떠올린다. '그'는 '그녀를 보자 바로 라오스를 떠올'렸기 때문에 아메이의 제안을 거절하지 못했으며, 그녀가 떠난 뒤에는 "라오스에서 그녀와 함께" 웃고 싸우던 때가 떠올라 그녀에 대한 그리움에 사무친다. '그'에게 아메이는 언제나 라오스다. 아메이의 집에서 뜨거운 라오라오를 마시고 몸 바깥의 온도보다 몸 안의 온도를 올려 무더위의 즐거움을 느끼기 시작한 순간부터, 아메이는 '그'에게 라오스적 삶을 일시적이나마 가능케하는 존재였던 것이다. 이때 라오스적 삶이란 거창한 어떤 것이 아니다. 그것은 그냥 맥주 마시고 낮잠 자기, 밥 먹고 영화 보기, 혹은 메콩 강 유람하기 등과 같이 별것 아닌, 사소한 일상을 즐기는 삶이다. 그런 점에서 아메이를 향한 '그'의 사랑이란 라오스적 삶에 대한 소망의 또 다른 표현이라고 할 수도 있다. '그'와 아메이의 사랑의 도피를 단순히 열정적 사랑의 코드로만 이해해서는 안 되는 이유가 바로 여기에 있다. 특히 여행을 하면 할수록 점점 가난해지는 현실은 그들의 사랑을 (불)가능하게 한 그들의 사회, 경제적 조건을 짐작할 수 있게 한다.

처음에 부산 해운대와 일본 온천에서 화려하게 시작된 여행은 '그'의 신용카드가 정지된 순간부터 급격하게 빈곤해진다. 급기야 그들은 12인승 중고 승합차에서 먹고 자는, 거의 노숙에 가까운 상태로 전락하고야 만다. 그리고 그렇게 도시에서 시골로, 호텔에서 노숙으로 옮겨가는 과정에서 '그'와 아메이의 사랑은 점점 불가능하거나 어긋난 것이 된다. 그러나 이러한 사랑의 불가능성은 이미 어느 정도 예상되었던 바다. 왜냐하면 '그'가 한국인이면서도 한국에서 스스로를 '혼자'이고 '이방인'이라고 느끼는 반면, 아메이는 라오스인이면서도 한국에 정착하고 싶어하기 때문이다. 결국 아메이는 만족스럽지는 않더라도 한국에서의 삶을 선택하고 '그'는 한국에서의 삶을 완전히 포기한 채 빈털터리가 되어 라오스로 간다. 그렇게 두 사람의 자리는 뒤바뀐다.

문제는 그러한 교체가 아메이보다는 '그'에게 더 비참한 결과를 야기한다는 점이다. 물론 아메이도 그 결과에 완전히 만족하지는 않는다. 그녀가 바랐던 것은 "서울의 화려함"이지 안산의 초라한 삶은 아닌 것이다. 그러나 시부모의 제사를 준비하는 아메이의 모습에서 우리는 그녀가 결국 한국적 관습과 질서에 동화될 것이라는 사실을 어렵지 않게 추측할 수 있다. 문제는 '그'다. 도식적으로 생각해보면, '그'는 아메이와 마찬가지로 라오스적 관습과 질서에 동화되어 자신이 바랐던 라오스적 삶에서 만족감을 얻어야 할 것이다. 그러나 과연 라오스 건설현장의 최고책임자도 아닌 '그'가, 그렇다고 진짜 라오스인도 아닌 '그'가 라오스에 동화될 수 있을까? 라오스로 돌아가면 '그'는 정말 행복할까? 그런데 '어쩔 수 없는' 사랑 때문에 시작된 이 교체와 교환이 유독 '그'에게 더 가혹하고 비참한 것처럼 느껴지는 것은 왜일까?

아메이와의 사랑을 위해 자신의 사회경제적 지위를 반납한 '그'는 결국 아메이에게 버림받는다. 물론 아메이와의 사랑 때문에 가족에게도 버림받는다. 그렇게 '그'는 자기 삶의 기반을 상실한 채 한국에서 완전히 추방된다. 그런데 그렇게 추방되기 전에 이미 '그'는 낯선 타자적 존재였던바, 아메이와의 불륜이 '그'의 추방의 전적인 이유가 될 수 없는 것은 그 때문이다.

하지만 아이들은 자라면서 무섭게 똑똑해지고 무섭게 독립적으로 변해갔다. 가끔씩 보는 그를, 까맣게 탄 그를, 열대지방의 옷을 입고 집 안에서 돌아다니는 그를 또한 무섭게 낯설어했다. 사실은 그 역시 아이들이 낯설었다. 아이들의 문화를 이해하지 못했고, 아이들이 하는 말을 잘 알아듣지 못했고, 아이들의 사고방식을 따라가지 못했다. 아이들이 그를, 자신들을 낳아준 아버지가 아니라 후진국의 노동자처럼 대했다면, 그 역시도 가끔은 아이들을 잘사는 남의 집 아들딸처럼 대할 때가 있었다.

라오스에서의 오랜 노동으로 '그'는 "후진국의 노동자"가 된다. 그것은 일차적으로는 외모의 변화를 의미하지만, 좀더 근본적으로는 모국과 혈연을 낯설어하는 '그'의 이방인 의식과 관련된다. 자기 자식을 "잘사는 남의 집 아들딸처럼" 낯설어하는 '그'의 이질적 시선은, 바로 거발 국가 사람들의 냉혹한 계산법을 이해하지 못하는 저가발 국가 사람들의 두려움에 가득 찬 태도를 연상시킨다. '그'가 라오스에서 돌아온 뒤에 단 한 명의 "친한 동료도", "그를 따르는 부하 직원도, 그를 챙기는 상사도" 만나지 못한 것도 따지고 보면 이러한 이방인적 자의식과 무관하지 않을 것이다. 이러한 태도가 자발적이건, 비자발적이건 간에 분명한 것은 그 때문에 '그'가 가정에서도, 사회에서도 소속감을 상실한 채 점점 한국사회에 동화되기 어려운 낯선 존재가 되고 말았다는 사실이다. '그'가 빠진 가족사진은 이방인으로서의 '그'의 지위를 상징적으로 보여준다. 자신과 마찬가지로 낯선 이방인인 아메이와의 재회가 반가운 것은 그 때문이다. '그'는 이제 더 이상 혼자 외롭지 않아도 되는 것이다. 그러나 아메이가 한국적 삶에 흡수되어 삼켜지자마자, '그'는 한국적 삶의 질서 바깥으로 내뱉어진다.

『라오라오가 좋아』에서 이러한 '그'의 추방은 양가적인 의미를 갖는다. 그것은 한편으로는 낡고 더러운 12인승 승합차의 폐차와 같은, 즉 무용지물한 존재의 폐품 처리와 같은 것으로 해석된다. 그런 점에서 소설의 마지막 문장이 "그런 다음 폐차장에 전화를 걸었다"인 것은 의미심장한데, 왜냐하면 이 '폐차장'은 "어디로 갈까"라는 '그'의 첫 질문에 대한 이 소설의 대답처럼 느껴지기 때문이다. 그러나 다른 한편으로 '그'의 추방은 자발적 궤도 이탈로 해석될 수도 있다. "멋져 보여서. 메콩 강에서 물고기를 잡을 거야. 큰 욕심만 버린다면 뭐 그럭저럭 살아갈 수는 있을 것 같아. 그 나라가 원래 많은 걸 필요로 하지 않거든. 한국과 달리." 라오스에서 어부로 사는 삶이란 '그'가 그토록 바라 마지않던 '라오스적 삶'에 다름 아닌 것이다. 그렇다면 '그'는 한국에서의 모든 사회경제적 지위를 박탈당하고 나서야 비로소 자신이 원하던 단 하나의 삶을 얻었다고 볼 수도 있다. 한국의 '폐품'과 라오스의 '어부'는 그렇게 탄생한다.

그렇다면 폐품과 어부 중 무엇이 먼저일까? 다시 말해서 '그'

는 어부가 되고 싶어 일부러 폐품이 된 것일까, 아니면 폐품이 되어 어쩔 수 없이 어부가 된 것일까? 그런데 어부와 폐품은 다른 말일까? 작가는 '어부'라고 쓰고 '폐품'이라고 읽는 것은 아닐까? 혹은 그 반대일는지도……. 그러나 라오스의 어부건, 한국의 폐품이건 자본주의적 질서 바깥의 삶이라는 점에서는 다르지 않다. 『라오라오가 좋다』가 찾은 우리 삶의 진실이란 그런 것이다. 그것은 바로 폐품의 현실과 어부의 환상이 다르지 않다는 것에 대한 자각이다. 다시 말해 어부에 대한 환상은 폐품과도 같은 비참한 현실을 합리화하는 망상의 기제일지도 모른다는 것, 그러나 동시에 어부 되기는 폐품의 현실을 견디고 넘어서는 유일하게 가능한 방식일지도 모른다는 것이다. 이렇듯 어부와 폐품을 중층적으로 포개놓고, 희극과 비극, 망상과 현실을 겹쳐놓는 구경미식 감각이 흥미로운 것은, 그러한 독법이 우리가 당면한 복잡하고 모순적인 상황을 가장 근사近似하게 보여주는 소설적 방법론으로 활용되고 있기 때문이다. 구경미 소설이 덥지도 차갑지도 않은 적당히 미지근한 온도를 유지하는 것도 이와 무관하지 않다. 그러니 당분간 구경미 소설의 미지근한 온도를 즐겨보시길…….

2010년 5월

심진경(문학평론가)

작가의 말

2007년 봄의 어느 날이었다. 저녁 무렵이었고, 나는 산책 삼아 동네를 걷고 있었다. 담벼락을 넘어온 개나리며 목련을 보느라 처음에는 그녀들의 존재를 알지 못했다. 그녀들이 언제부터 내 앞에서 걷고 있었는지도 몰랐다. 그런데 어느 순간부터 그녀들이 보이기 시작했다. 그것은 아마도 그녀들의 웅크린 어깨 때문이었을 것이다. 똑같이 긴 머리를 끈으로 묶고 청바지를 입고 단화를 신은 그녀들은 주위를 두리번거리지도 않고 대화도 없이 봄의 어스름 속을 바삐 걷고 있었다. 내 걸음도 덩달아 빨라졌다. 그녀들이 누구인지도 모르면서 그 뒷모습에 이끌려 무작정 따라갔다.

얼마나 걸었을까, 골목으로 꺾어드는 그녀들의 옆모습을 마지막으로 나는 걸음을 멈췄다. 그러나 이국에서 온 그녀들의 뒷모습은 오랫동안 뇌리에서 지워지지 않았다. '등은 거짓말을 할 줄 모른다'고 했던 미셸 투르니에의 말도.

　같은 해 봄의 끝자락에 떠난 여행에서 나는 또 다른 그녀들을 만났다. 시골 읍내의 오일장에서였다. 이미 장보기가 끝난 듯 그녀들은 두 손 가득 검은 비닐봉지를 들고 있었다. 걸음은 느렸고 끊임없이 얘기를 주고받았으며 간혹 깔깔거리고 웃었다. 그녀들의 웃음소리가 높고 맑았다. 이번에는 웅크린 뒷모습이 아닌 맑은 웃음소리에 이끌려 뒤를 따랐다. 그녀들의 언어를 알면 좋을 텐데, 아쉬움이 들었다.

　장바닥을 벗어나 버스터미널로 가는 동안 그녀들은 지나치는 남자들을 힐끔거리며 자기들끼리 속살거렸다. 소곤소곤, 그런 다음엔 웃음을 터뜨리거나 살짝 얼굴을 찌푸리거나 혹은 선망의 눈빛으로 이미 지나친 남자를 다시 한 번 힐끗 돌아보거나. 아하, 품평회를 하는구나. 언어는 알아들을 수 없었지만 나는 몸짓을 통해 그녀들의 생각을 읽을 수 있었다. 그녀들 속에 내재된 인간적인 욕망까지도.

　버스터미널에 도착해 그녀들이 각각 다른 버스를 타고 떠난 뒤에도 나는 대합실 의자에 그대로 앉아 있었다. 엉덩이가 불룩한 구식 텔레비전에서는 야구경기가 한창이었다. 던지기만 할 뿐 치지는 못하는 경기를 조금 보다 자리에서 일어났다. 그리고 미처 구경하지 못한 오일장으로 서둘러 돌아갔다.

그 후로도 비슷한 일들이 이어졌다. 뉴스를 봐도, 신문을 봐도 유독 그녀들에 대한 기사가 눈에 띄었고 마음을 끌었다. 그녀들에 대해 쓰고 싶은 욕구가 끓어올랐다. 하지만 내 속의 무엇이 무르익을 때까지 기다려야 했다. 그렇다고 손 놓고 앉아 때를 기다릴 수는 없었다. 생각 끝에 고향의 군청 홈페이지에 들어가보았다. 군이 집계한 다문화가정이, 하나의 군에만 무려 158! 가정(2010년 3월 말의 집계다. 2008년 당시에는 몇 가정이었는지 잊어버렸다. 아마 큰 차이는 없을 것이다)이나 되었고, 그들을 대상으로 한 친목 목적의 모임도 많았다. 한두 다리만 건너니 내가 알 만한 사람도 있었다. 고향으로 내려가서 그들을 만났다.

2008년 가을, 어느새 나는 새 장편소설 『라오라오가 좋아』를 쓰고 있었다. 그리고 2년여를 이 소설에 등장하는 인물들과 함께 했다. 어디를 가든 무엇을 보든 우리는 함께 가고 함께 보았다. 때로는 그들과 중얼중얼, 소리 내어 대화를 나누기도 했다. 즐겁고도 괴로운 시간이었다. 이제 그들을 내려놓을 때가 된 것 같다.

이 소설이 책으로 묶여 나오기까지 현대문학 식구들의 도움이 컸다. 비싼 밥 먹여가며 격려와 조언을 아끼지 않으셨다. 감사드

린다. 해설을 써주신 심진경 선생님께도 감사의 인사를 전하고
싶다.

2010년 5월

구경미

라오라오가 좋아

지은이 l 구경미
펴낸이 l 양숙진

초판 1쇄 펴낸날 l 2010년 5월 28일

펴낸곳 l ㈜**현대문학**
등록번호 l 제1-452호
주소 l 137-905 서울시 서초구 잠원동 41-10
전화 l 516-3770
팩스 l 516-5433
홈페이지 l www.hdmh.co.kr

ISBN 978-89-7275-461-9 03810

* 이 책은 한국문화예술위원회의 문예진흥기금을 보조받아 발간되었습니다.
* 책 값은 뒤표지에 있습니다.